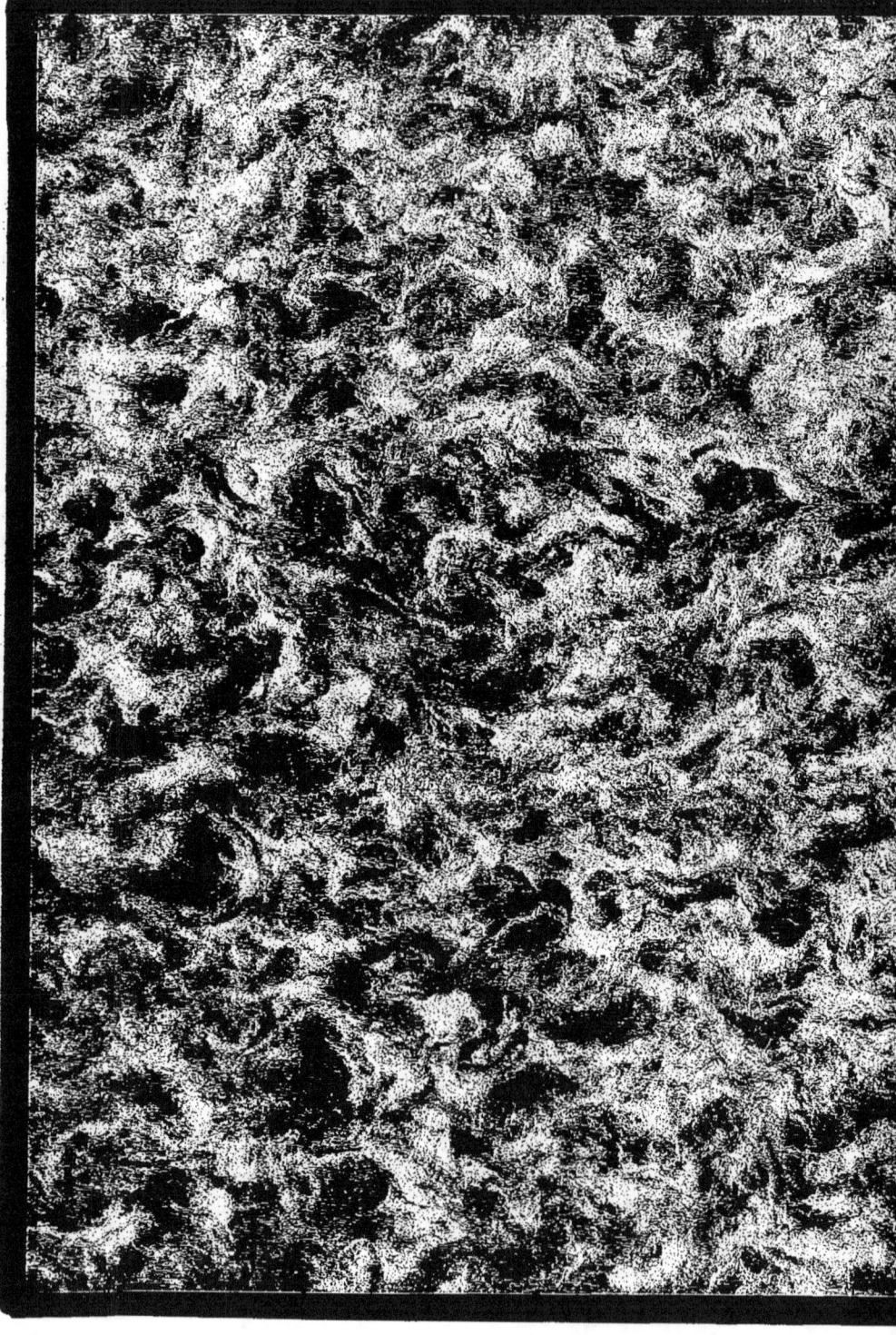

FERRET GUIONIE 1985

BUREAU DES LONGITUDES.

CONFÉRENCE INTERNATIONALE
DE L'HEURE

(PARIS, OCTOBRE 1912).

PARIS,
GAUTHIER-VILLARS, IMPRIMEUR-LIBRAIRE
DU BUREAU DES LONGITUDES, DE L'ÉCOLE POLYTECHNIQUE,
Quai des Grands-Augustins, 55.

1912

CONFÉRENCE INTERNATIONALE
DE L'HEURE

PARIS. — IMPRIMERIE GAUTHIER-VILLARS,
48769 55, Quai des Grands-Augustins.

BUREAU DES LONGITUDES

CONFÉRENCE INTERNATIONALE
DE L'HEURE

(PARIS, OCTOBRE 1912)

PARIS,
GAUTHIER-VILLARS, IMPRIMEUR-LIBRAIRE
DU BUREAU DES LONGITUDES, DE L'ÉCOLE POLYTECHNIQUE,
Quai des Grands-Augustins, 55.

1912

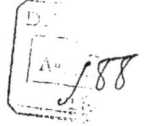

CONFÉRENCE INTERNATIONALE

DE L'HEURE.

Sur l'initiative du Bureau des Longitudes, une Conférence internationale a été réunie à Paris, le 15 octobre 1912, pour étudier les moyens de réaliser l'unification pratique de l'heure, et pour préparer un projet d'organisation d'un service international de l'heure permettant de donner satisfaction à tous les besoins. L'historique de la question est donné dans le discours de M. Bigourdan (p. 15).

Seize États se sont fait représenter officiellement à cette Conférence. La liste de leurs délégués ainsi que celles des membres du Bureau des Longitudes et des personnalités invitées à prendre part aux travaux de la Conférence, sont données ci-après.

MEMBRES DU BUREAU DES LONGITUDES.

MEMBRES TITULAIRES.

Membres appartenant à l'Académie des Sciences.

MM.

Lippmann (Gabriel), Membre de l'Institut, Professeur à la Faculté des Sciences, 10, rue de l'Éperon, Paris (6e).

Darboux (Gaston), Secrétaire perpétuel de l'Académie des Sciences, Doyen honoraire de la Faculté des Sciences, 3, rue Mazarine, Paris (6e).

Astronomes.

MM.

BIGOURDAN (Guillaume), Membre de l'Institut, Astronome titulaire à l'Observatoire de Paris, 6, rue Cassini, Paris (14e).

BAILLAUD (Benjamin), Membre de l'Institut, Directeur de l'Observatoire de Paris, à l'Observatoire, Paris (14e). Tél. 804-20.

DESLANDRES (Henri), Membre de l'Institut, Directeur de l'Observatoire d'Astronomie physique de Paris (Meudon), 39, avenue du Château, Bellevue (Seine-et-Oise). Tél. 51.

ANDOYER (Henri), Professeur à la Faculté des Sciences, 11, rue du Val-de-Grâce, Paris (5e). Tél. 829-67.

HATT (Philippe), Membre de l'Institut, Ingénieur hydrographe en Chef de 1re classe de la Marine, 31, rue Madame, Paris (6e).

Membres appartenant au Département de la Marine.

GUYOU (Émile), Membre de l'Institut, Capitaine de frégate, 284, boulevard Raspail, Paris (14e).

FOURNIER, Vice-Amiral, 65, avenue Bosquet, Paris (7e).

Membre appartenant au Département de la Guerre.

N...

Géographe.

BASSOT (Léon), Général, Membre de l'Institut, Directeur honoraire du Service Géographique de l'Armée, Directeur de l'Observatoire de Nice, Président de l'Association Géodésique Internationale, Observatoire Bischoffsheim, Nice (Alpes-Maritimes), ou 87, rue d'Assas, Paris (6e).

Artiste.

CARPENTIER (Jules), Membre de l'Institut, Ingénieur-Constructeur, 34, rue du Luxembourg, Paris (6e), ou 20, rue Delambre, Paris (14e). Tél. 705-65.

MEMBRES EN SERVICE EXTRAORDINAIRE.

Pour le Service Géographique de l'Armée.

BOURGEOIS (Robert), Colonel d'Artillerie, Directeur du Service Géographique de l'Armée, Professeur à l'École Polytechnique, 59, avenue La Bourdonnais, Paris (7e). Tél. 716-42. Bureau : 140, rue de Grenelle, Paris (7e). Tél. 750-02.

Pour le Service Hydrographique de la Marine.

HANUSSE (F.), Directeur d'Hydrographie, Directeur du Service Hydrographique de la Marine, 19, boulevard des Batignolles, Paris (8e). Bureau : 13, rue de l'Université. Tél. 725-04.

Pour le Service du Nivellement général de la France.

MM.

Lallemand (Charles), Membre de l'Institut, Inspecteur général des Mines, Directeur du Service du Nivellement général de la France, 58, boulevard Émile-Augier, Paris (16e). Tél. 692-90. Bureau : 1, rue Vauvenargues, Paris (18e). Tél. 511-11.

MEMBRE ADJOINT.

Claude (A.), Observatoire du Bureau des Longitudes, parc de Montsouris, Paris (14e). Tél. 805-42.

ARTISTES.

Fénon, Directeur de l'École nationale d'Horlogerie, Besançon (Doubs).
Jobin, Constructeur d'instruments de précision, 27 ou 31, rue Humboldt, Paris (14e).

CORRESPONDANTS.

Stéphan (Édouard), Correspondant de l'Institut, Directeur honoraire de l'Observatoire de Marseille, 3, cours Pierre-Puget, Marseille (Bouches-du-Rhône).

Indio do Brazil e Silva, Amiral de la Marine brésilienne, Rio-de-Janeiro (Brésil).

Deffoeges (Gilbert), Général commandant la 39e Division d'Infanterie, 10, rue Navarin, Toul (Meurthe-et-Moselle).

Benoit (René), Correspondant de l'Institut, Directeur du Bureau international des Poids et Mesures, pavillon de Breteuil, Sèvres (Seine-et-Oise). Tél. 52.

Van de Sande Bakhuyzen (H.-G.), Ancien Directeur de l'Observatoire de Leyde, Secrétaire perpétuel de l'Association Géodésique Internationale, 45, Oude Vest, Leyde (Pays-Bas).

Weiss (Edmund), Professeur d'Astronomie à l'Université, Directeur honoraire de l'Observatoire de Vienne, Vienne (Autriche).

Moureaux, Ancien Directeur de l'Observatoire Météorologique et Magnétique du parc Saint-Maur, 25, avenue de l'Étoile, Parc Saint-Maur (Seine).

Christie (sir William Henry Mahoney), Ancien Astronome royal à l'Observatoire de Greenwich, Deepdale, Woldingham, Surrey (Angleterre).

Gill (sir David), Ancien Astronome royal et Directeur de l'Observatoire du Cap, 34, De Vere Gardens, Londres, W. (Angleterre).

Backlund (Oscar-André), Directeur de l'Observatoire de Poulkovo, Poulkovo, près Saint-Pétersbourg (Russie).

De Glasenapp (Serge), Directeur de l'Observatoire de l'Université, Professeur d'Astronomie et Géodésie à l'Université, Université de Saint-Pétersbourg (Russie).

De la Baume-Pluvinel (comte Aymard), 9, rue de la Baume, Paris (8e).

Gonnessiat (François), Directeur de l'Observatoire d'Alger, La Bouzaréah, près Alger (Algérie).

MM.

FOERSTER (Wilhelm), Ancien Directeur de l'Observatoire de Berlin, Professeur d'Astronomie à l'Université de Berlin, Conseiller intime, 32, Thornallee, Charlottenburg-Westend, Berlin (Allemagne).

LEBEUF (A.), Directeur de l'Observatoire, Professeur d'Astronomie à l'Université, Besançon (Doubs).

FERRIÉ (Gustave), Chef de bataillon du Génie, 23, boulevard du Montparnasse, Paris (7e). Bureau : Établissement central du matériel de la Télégraphie militaire, 51 *bis*, boulevard Latour-Maubourg. Tél. 728-50.

DYSON (F.-W.), Astronome royal, Greenwich (Angleterre).

DÉLÉGUÉS.

Allemagne.

FOERSTER (Wilhelm), ancien Directeur de l'Observatoire de Berlin, Professeur d'Astronomie à l'Université de Berlin, Conseiller intime, Président de la Délégation allemande, Berlin-Charlottenburg, Westend, 32, Thornallee.

HELLMANN (Gustav), Docteur en Philosophie, Professeur à l'Université de Berlin, Conseiller intime du Roi, Directeur de l'Institut royal de Météorologie, Membre de l'Académie royale des Sciences de Berlin, 10, Margaretenstr. 2-3, Berlin, W.

KOHLSCHÜTTER (Ernst), Professeur, Docteur ès Sciences, Conseiller d'Amirauté et Astronome au *Reichs Marine Amt.*, Berlin-Wilmersdorf, Wilhelms-Avenue, 16.

PATTENHAUSEN (Bernhard), Conseiller intime, Professeur à l'École Polytechnique, Dresde A., Reichenbachstrasse, 53.

SCHMIDT (Karl), Docteur, Professeur à l'Université, Halle.

SCHORR (Richard), Docteur, Professeur, Directeur de l'Observatoire de Hambourg, Bergedorf, près Hambourg.

SCHRADER, Conseiller intime supérieur au Département des Postes et Télégraphes, Berlin-Charlottenburg.

WANACH (B.), Professeur, observateur à l'Institut royal Géodésique de Prusse, Potsdam, Luckenwalderstr., 5.

Autriche.

BENNDORF (Hans), Professeur de Physique à l'Université, Institut de Physique de l'Université, Gratz.

DESCOVICH (Emil), Commissaire supérieur au Ministère du Commerce, Lieutenant de vaisseau de réserve, Vienne II, Josefinengasse, 4.

Belgique.

Ministère des Chemins de fer, Postes et Télégraphes.

MM.

Boutquin (A.-J.-P.), Inspecteur de direction à l'Administration centrale des Télégraphes, 18, rue Very, Bruxelles.

Corteil (René-E.-M.), Ingénieur, Chef du Service radiotélégraphique à l'Administration des Télégraphes, 97, rue Verboekhaven. Bureau : 5, rue de la Paille, Bruxelles.

Ministère des Colonies.

Goldschmidt (Robert-B.), Docteur ès Sciences, Agrégé de l'Université de Bruxelles, 54, avenue des Arts, Bruxelles.

Maury, Chef de division au Ministère des Colonies (Service cartographique), Ministère des Colonies, 28, rue de Ruyshoeck, Bruxelles.

Ministère de la Guerre.

Blanc-Garin, Capitaine-Commandant du Génie, commandant la compagnie de télégraphistes, 13, rue Nattebohm, Anvers.

Ministère des Sciences et des Arts.

Gerard (Eric), Professeur à l'Université de Liège.

Gillon (G.), Professeur à l'Université catholique de Louvain.

Lecointe (Georges), Directeur scientifique à l'Observatoire royal de Belgique, Membre correspondant de l'Académie royale des Sciences de Belgique, Président de la Délégation belge, Observatoire royal, Uccle.

Lucas (le R. P. Joseph-Désiré), de la Compagnie de Jésus, Docteur ès Sciences physiques et mathématiques, Professeur de Physique à la Faculté des Sciences du Collège Notre-Dame-de-la-Paix, Collège Notre-Dame-de-la-Paix, Namur.

Steels (O.), Professeur d'Électrotechnique à l'Université de Gand, 14, boulevard Albert, Gand.

Vandevyver (L.), Professeur à l'Université, Directeur de la Station de Géographie mathématique, 63, boulevard de la Citadelle, Gand.

Brésil.

Bhering (Francisco), Docteur ès Sciences mathématiques, Ingénieur, Chef de service au Ministère des Travaux publics, Professeur à l'École Polytechnique, 111, rue Conde Iraja, Rio-de-Janeiro.

Duarte (Nuno), Ingénieur, Chef du Service météorologique fédéral, à l'Observatoire, Rio-de-Janeiro.

Espagne.

Mier (Eduardo), Colonel du Génie, Inspecteur général des Ingénieurs-Géographes, membre de l'Académie royale des Sciences exactes, physiques et naturelles de Madrid, 29, calle de Serrano, Madrid.

États-Unis.

MM.

Hall (Asaph), Professeur de Mathématiques à l'Observatoire Naval, Observatoire Naval, Washington, D. C.

Hough (Capitaine de frégate Henry-Hugues), Attaché naval aux Ambassades des États-Unis à Paris et à Saint-Pétersbourg, 64, rue Spontini, Paris. Tél. 689-58.

Grande-Bretagne.

Dyson (F.-W.), Astronome royal, Greenwich.

Parry (John-Franklin), *Captain* de la Marine royale, Assistant hydrographe, Amirauté, Londres.

Shaw (Dr William-Napier), Directeur de l'Office météorologique, Office météorologique, Londres.

Silvertop (A.-E.), *Commander* de la Marine royale, H. M. S. Vernon, Portsmouth.

Grèce.

Eginitis (Dem.), Directeur de l'Observatoire d'Athènes et Professeur à l'Université nationale d'Athènes, Observatoire, Athènes.

Italie.

Ministère royal de la Marine.

Battelli (Angelo), Professeur à l'Université de Pise, Député au Parlement italien, Université, Pise.

Celoria (Giovanni), Professeur, Directeur de l'Observatoire royal Astronomique de Brera (Milan), Sénateur, 26, rue Brera, Milan.

Pullino (Commandeur Vittorio), Capitaine de vaisseau, Directeur supérieur de l'Institut royal militaire de Radiotélégraphie, Chef des Services électriques de la Marine royale, Ministère de la Marine, Rome.

Righi (Augusto), Professeur de Physique, Sénateur, Institut de Physique de l'Université, Bologne.

Ministère royal de la Guerre.

Bardeloni (Cesare), Ingénieur, Capitaine du Génie, Directeur des Services radiotélégraphiques de l'Armée, 4, place de la Liberté, Rome.

Vanni (Giuseppe), Docteur ès Sciences, Professeur et Directeur du Laboratoire à l'Institut royal militaire de Radiotélégraphie, 38, via Sette Sale, Rome.

Monaco.

Berget (Alphonse), Docteur ès Sciences, Lauréat de l'Institut, Professeur à l'Institut Océanographique, 16, rue de Vaugirard (6e). Tél. 816-07.

Pays-Bas.

MM.

Van de Sande Bakhuyzen (E.-F.), Directeur de l'Observatoire de Leyde, à l'Observatoire, Leyde.

Cosyn (C.-F.-J.), Ingénieur, Conseiller vérificateur des instruments nautiques de la Marine royale, Leyde.

Van Everdingen (E.), Docteur ès Sciences, Directeur en chef de l'Institut Météorologique royal des Pays-Bas, Professeur à l'Université d'Utrecht, Bilt.

Portugal.

Lambertini Pinto (Jose), Chargé d'Affaires de la République Portugaise à Paris.

Russie.

Backlund (O.), Conseiller privé, Directeur de l'Observatoire de Poulkovo, Délégué du Ministère de l'Instruction publique, Poulkovo, gouvernement de Saint-Pétersbourg.

Blumbach (Fedor-Ivanovitch), Conseiller d'État, Membre de la Chambre centrale des Poids et Mesures, Délégué du Ministère du Commerce et de l'Industrie, 19, Perspective Zabalkansky, Saint-Pétersbourg.

Boukhteieff (A.), Capitaine de vaisseau de la Marine impériale, Adjoint du chef de l'Administration hydrographique, Délégué du Ministère de la Marine, Administration hydrographique, Amirauté, Saint-Pétersbourg.

Suède.

Charlier (Charles-Guillaume-Louis), Docteur en Philosophie et ès Sciences naturelles, Professeur d'Astronomie à l'Université, Directeur de l'Observatoire, Membre de l'Académie royale des Sciences, Lund, Suède.

Suisse.

Gautier (Raoul), Professeur d'Astronomie à l'Université et Directeur de l'Observatoire, Membre du Comité international des Poids et Mesures et de la Commission permanente de l'Association Géodésique internationale, Observatoire, Genève.

FRANCE.

Ministère des Affaires étrangères.

Gavarry (Fernand), Ministre plénipotentiaire, Directeur des Affaires administratives et techniques.

Harismendy (Georges), Consul général, rédacteur à la Direction des Affaires administratives et techniques.

Ministère des Colonies.

MM.

BRENOT (Paul), Capitaine du Génie, Conseiller technique du Département des Colonies pour la Télégraphie sans fil.

PÉRIQUET (Louis), Administrateur de 1re classe des Colonies.

Ministère du Commerce et de l'Industrie.

TIRMAN (Albert), Maître des Requêtes au Conseil d'État, Directeur du personnel de la Marine marchande et des Transports.

MASSENET, Inspecteur général d'Hydrographie.

Ministère de la Guerre.

Service Géographique de l'Armée, 140, rue de Grenelle.

Établissement central du matériel de la Télégraphie militaire, 51 *bis*, boulevard Latour-Maubourg.

Poste radiotélégraphique militaire du Champ-de-Mars.

BOURGEOIS (Robert), Colonel d'Artillerie, Directeur du Service Géographique de l'Armée, professeur à l'École Polytechnique.

LALLEMAND (Albert), Lieutenant-Colonel d'Artillerie, Chef de la Section de Géodésie au Service Géographique de l'Armée.

FERRIÉ (Gustave), Chef de bataillon du Génie, Établissement central du matériel de la Télégraphie militaire.

PERRIER (Georges), Capitaine d'Artillerie, de la Section de Géodésie du Service Géographique de l'Armée.

GARNIER, Capitaine du Génie, Établissement central du matériel de la Télégraphie militaire.

Ministère de l'Instruction Publique.

ANGOT (Alfred), Directeur du Bureau central Météorologique de France.

BAYET, Directeur de l'Enseignement supérieur, Conseiller d'État.

Ministère de la Marine.

DRIENCOURT (Ludovic), Ingénieur hydrographe en chef de 2e classe de la Marine.

JEANCE (Jules), Lieutenant de vaisseau.

TERQUEM, Capitaine de vaisseau, Président de la Commission centrale de Télégraphie sans fil de la Marine.

Ministère des Travaux publics.

FROUIN (André), Directeur de l'Exploitation télégraphique au Sous-Secrétariat des Postes et Télégraphes.

JOUGUET (Jacques-Charles-Émile), Ingénieur en chef des Mines, Professeur à l'École des Mines, Répétiteur à l'École Polytechnique.

INVITÉS.

1° PARIS.

MM.

ABRAHAM (Henri), Professeur à la Sorbonne, Délégué à l'École Normale supérieure, Secrétaire général de la Société Française de Physique, 47, rue Denfert-Rochereau (14e). Tél. 824-73, ou 45, rue d'Ulm (5e). Tél. 806-45.

APPELL (Paul), Membre de l'Institut, Doyen de la Faculté des Sciences, 32, rue du Bac (7e). Tél. 737-37.

BERTIN (Louis-Émile), Membre de l'Institut, Directeur du Génie Maritime, du cadre de réserve, 8, rue Garancière (6e).

BONAPARTE (le prince Roland), Membre de l'Institut, 10, avenue d'Iéna (16e).

BOQUET (Félix), Astronome titulaire à l'Observatoire de Paris, Chef du Service de l'Heure, 13, rue Le Verrier (6e).

BOUSSINESQ (J.-J.), Membre de l'Institut, 22, rue Berthollet (5e).

BOUTY (E.-M.), Membre de l'Institut, Professeur à la Faculté des Sciences, 5, rue du Faubourg-Saint-Jacques (14e).

BRANLY (Dr E.), Membre de l'Institut, Professeur à l'École libre des Hautes-Études scientifiques et littéraires, 21, avenue de Tourville (7e).

BRILLOUIN (Marcel), Professeur au Collège de France, 31, boulevard de Port-Royal (13e).

CAILLETET (Louis-Paul), Membre de l'Institut, Président de l'Aéro-Club de France, 75, boulevard Saint-Michel (5e). Tél. 807-97.

COSSERAT (François), Ingénieur en chef des Ponts et Chaussées, Ingénieur en chef adjoint de la Voie à la Compagnie des Chemins de fer de l'Est, 36, avenue de l'Observatoire (14e). Tél. 823-62.

DABAT, Directeur général des Eaux et Forêts au Ministère de l'Agriculture, Membre du Conseil de l'Observatoire de Paris, 78-80, rue de Varenne (7e).

DELANNEY, Préfet de la Seine, Hôtel-de-Ville (4e). Tél. 1018-83.

DIRECTEUR DES CHEMINS DE FER DE L'EST, 23, rue d'Alsace (10e). Tél. 428-74.

DIRECTEUR DES CHEMINS DE FER DE L'ÉTAT, 20, rue de Rome (8e). Tél. 554-45 et 554-55.

DIRECTEUR DES CHEMINS DE FER DU MIDI, 54, boulevard Haussmann (9e). Tél. 226-87.

DIRECTEUR DU CHEMIN DE FER DU NORD, 18, rue de Dunkerque (10e). Tél. 104-33.

DIRECTEUR DES CHEMINS DE FER D'ORLÉANS, 8, rue de Londres (9e). Tél. 113-61.

DIRECTEUR DES CHEMINS DE FER PARIS-LYON-MÉDITERRANÉE, 88, rue Saint-Lazare (9e). Tél. 143-36.

EIFFEL (Gustave), Ingénieur-Constructeur, ancien Président de la Société des Ingénieurs civils de France, 1, rue Rabelais (8e). Tél. 516-16, ou Château des Bruyères, Sèvres (Seine-et-Oise). Tél. 695-00.

MM.

Fayé (Louis), Ingénieur Hydrographe en chef de 1re classe de la Marine, 13, rue de l'Université (7e). Tél. 725-04.

Galli (H.), Président du Conseil Municipal de Paris, 17, rue d'Offémont (17e). Tél. 511-14, ou Hôtel-de-Ville (4e). Tél. 1018-80.

Grandidier (Alfred), Membre de l'Institut, 74 *bis*, rue du Ranelagh (16e).

Hamy (Maurice), Membre de l'Institut, Astronome titulaire à l'Observatoire, 3, rue Humboldt (14e).

Hartmann, Lieutenant-Colonel d'Artillerie en retraite, Membre du Conseil de l'Observatoire de Paris, 61, rue La Fontaine (16e).

Haton de la Goupillière (J.-N.), Membre de l'Institut, Inspecteur général des Mines, Directeur honoraire de l'École Nationale Supérieure des Mines, 56, rue de Vaugirard (6e).

Huet, Chef de Bureau à la Direction de l'Enseignement Supérieur du Ministère de l'Instruction Publique et des Beaux-Arts, 5, rue de Corbin, Le Perreux (Seine). Bureau : 2, avenue Rapp (7e). Tél. 718-50.

Humbert, Membre de l'Institut, Ingénieur en chef des Mines, Professeur d'Analyse à l'École Polytechnique, 6, rue Daubigny (17e).

Janet (Paul), Directeur du Laboratoire Central et de l'École Supérieure d'Électricité, Professeur à la Faculté des Sciences, 8, rue du Four (6e). Tél. 812-65.

Jordan (Camille), Membre de l'Institut; Ingénieur en chef des Mines, en retraite, Professeur honoraire d'analyse à l'École Polytechnique, 48, rue de Varenne (7e).

Leauté (Henri), Membre de l'Institut, 20, boulevard de Courcelles (17e). Tél. 513-26.

Lecornu, Membre de l'Institut, Inspecteur général des Mines, Professeur de Mécanique à l'École Polytechnique, Professeur à l'École Nationale supérieure des Mines, 3, rue Gay-Lussac (5e).

Lecuve, Contre-Amiral, Membre du Conseil de l'Observatoire.

Legouez (Raynald), Ingénieur en chef des Ponts et Chaussées, Président du Syndicat professionnel des Industries électriques, 9, rue d'Édimbourg (8e).

Lépine, Membre de l'Institut, Préfet de Police, 7, boulevard du Palais (4e). Tél. 829-94.

Leroy (Louis), Horloger, 7, boulevard de la Madeleine (1er). Tél. 108-92.

Liard, Membre de l'Institut, Vice-Recteur de l'Université de Paris, 27, rue de Fleurus (6e).

Painlevé (Paul), Membre de l'Institut, Professeur à la Faculté des Sciences et à l'École Polytechnique, Député de la Seine, 18, rue Séguier (6e). Tél. 812-17.

Perot (Alfred), Professeur à l'École Polytechnique, Physicien à l'Observatoire d'Astronomie physique de Paris (Meudon), 16, avenue Bugeaud (16e).

Picard (Alfred), Membre de l'Institut, Président de section au Conseil d'État, Inspecteur général de 1re classe des Ponts et Chaussées, ancien Ministre de la Marine, 12, cité Vaneau (7e).

MM.

Picard (Émile), Membre de l'Institut, Professeur à la Faculté des Sciences, 4, rue Joseph-Bara (6e).

Poirier de Narçay, Président du Conseil Général de la Seine, Hôtel-de-Ville (4e). Tél. 1018-27.

Pomey (Jean-Baptiste), Ingénieur en Chef des Postes et Télégraphes, 120, boulevard Raspail (6e).

Puiseux (Pierre), Membre de l'Institut, Astronome titulaire à l'Observatoire de Paris, 2, rue Le Verrier (6e).

Renan (Henri), Astronome titulaire à l'Observatoire de Paris, 19, rue Soufflot (5e).

Sartiaux (Eugène), Ingénieur en Chef des Services électriques à la Compagnie des Chemins de fer du Nord, 48, rue de Dunkerque (10e). Tél. 412-13.

Sébert (Hippolyte), Général, Membre de l'Institut, Administrateur de la Société anonyme des Forges et Chantiers de la Méditerranée, 14, rue Brémontier (17e). Tél. 568-08.

Siméon, Chef de Bureau à la Direction de l'Enseignement supérieur du Ministère de l'Instruction Publique et des Beaux-Arts, 110, rue de Grenelle (7e).

Simonin (Martial), Astronome titulaire de l'Observatoire de Paris, à l'Observatoire (14e). Tél. 804-20.

Teisserenc de Bort (Léon), Membre de l'Institut, Directeur de l'Observatoire de Météorologie dynamique de Trappes, 33, rue Dumont-d'Urville (16e).

Tissot (Camille), Capitaine de frégate, Laboratoire central de la Marine, 6, rue Charles-Divry (14e).

Tournier, Président du Conseil d'administration de l'École d'Horlogerie de Paris, 74, rue Amelot (11e).

Verwaest, Chef de Bureau à la Direction de l'Enseignement supérieur du Ministère de l'Instruction publique et des Beaux-Arts, 15, rue des Ursulines (5e). Bureau : 110, rue de Grenelle (7e).

Vieille (Paul), Membre de l'Institut, Inspecteur général des Poudres et Salpêtres, 12, quai Henri IV (4e).

Villard (P.), Membre de l'Institut, 45, rue d'Ulm (5e). Tél. 806-45.

Violle (Jules), Membre de l'Institut, Président du Bureau national scientifique et permanent des Poids et Mesures, 89, boulevard Saint-Michel (5e).

Wolf (Charles), Membre de l'Institut, Astronome horaire à l'Observatoire, Professeur honoraire à la Faculté des Sciences, 36, avenue de l'Observatoire (14e), ou Braine-sur-Vesle (Aisne).

2° PROVINCE.

Amagat (E.-H.), Membre de l'Institut, Saint-Satur (Cher).

Bourget (Henri), Directeur de l'Observatoire, Professeur à la Faculté des Sciences, 2, place Le Verrier, Marseille (Bouches-du-Rhône).

MM.

COSSERAT (Eugène-Maurice-Pierre), Directeur de l'Observatoire, Professeur à la Faculté des Sciences, Toulouse (Haute-Garonne).

DEPREZ (Marcel), Membre de l'Institut, Professeur au Conservatoire national des Arts et Métiers, 23, avenue Marigny, Vincennes (Seine).

GUILLAUME (Charles-Édouard), Correspondant de l'Institut, Directeur-Adjoint du Bureau international des Poids et Mesures, Pavillon de Breteuil, Sèvres (Seine-et-Oise). Tél. 52.

MASCART (Jean), Directeur de l'Observatoire de Lyon, Saint-Genis-Laval (Rhône).

PICART (Luc), Directeur de l'Observatoire de Bordeaux, Floirac (Gironde).

3° ÉTRANGER.

DELPORTE (Eugène), Astronome-Adjoint à l'Observatoire royal de Belgique (Service de l'heure), Docteur ès Sciences physiques et mathématiques, 76, rue Verhulst, Uccle (Belgique).

PHILIPPOT (H.), Astronome, Chef du Service méridien à l'Observatoire royal de Belgique, 3, avenue Circulaire, Uccle (Belgique).

PROCÈS-VERBAUX DE LA PREMIÈRE SÉANCE PLÉNIÈRE.

(16 octobre 1912).

La Séance est ouverte à 10^h sous la présidence de M. GUIST'HAU, Ministre de l'Instruction publique et des Beaux-Arts, assisté de M. CHAUMET, Sous-Secrétaire d'État aux Postes et Télégraphes, et de M. BIGOURDAN, président du Bureau des Longitudes. Le Président du Conseil, Ministre des Affaires étrangères, les Ministres de la Guerre et de la Marine sont respectivement représentés par M. GAVARRY, Ministre plénipotentiaire, directeur des Affaires administratives et techniques au Ministère des Affaires étrangères, le Général de Division LEGRAND, sous-chef d'État-Major de l'Armée, le Vice-Amiral AUBERT, chef d'État-Major Général de la Marine.

M. le Ministre de l'Instruction publique souhaite en ces termes la bienvenue aux membres de la Conférence :

« MESSIEURS,

» Je suis particulièrement heureux que les circonstances m'aient permis de venir présider à l'ouverture de vos travaux. Je remplis le plus agréable devoir en souhaitant, au nom de la France, une très cordiale bienvenue aux savants que des gouvernements étrangers ont bien voulu déléguer pour les représenter à cette Conférence internationale. Je leur exprime tous mes remercîments, toute notre reconnaissance pour le précieux concours que leur expérience et leur haute science vont prêter à l'œuvre entreprise sur l'initiative du Bureau des Longitudes français.

» Messieurs,

» Il n'est dans aucune langue du monde de mot plus grave et plus chargé de sens que celui qui désigne l'objet de nos travaux. Il a suffi que j'accepte de présider cette Conférence internationale de l'Heure pour que ma pensée se souvienne des limites de la vie et qu'en foule surgissent dans ma mémoire les souvenirs des minutes enfuies.

» Conseil léger d'Horace *Carpe diem;* amertume voilée de ces vers de Villon :

« Le Temps s'en va, s'en va madame,
Las! le Temps non! mais nous nous en allons. »

madrigal triste du vieux Corneille :

« Le Temps aux plus belles choses
Aime à faire cet affront.
Il saura faner vos roses
Comme il a ridé mon front. »

sourire de La Fontaine :

« Sur les ailes du Temps, la tristesse s'envole! »

et cris de Lamartine :

« O Temps, suspends ton vol. »

» En dépit de cette diversité d'attitudes, lequel de nous, au fond du cœur, ne se redit les mots cruels : *Omnes vulnerant ultima necat.*

» C'est, Messieurs, pour atténuer ces blessures que chaque heure nous fait en s'écoulant, pour retarder la dernière, que vous êtes ici assemblés, et sous cette froide appellation *Conférence internationale de l'Heure*, vous cherchez dans les secrets de la Science des moyens de remédier à l'éloignement des hommes et de parer aux risques qui menacent la vie.

» L'instant imperceptible qui sépare la mise en marche simultanée de deux horloges et qui nous semble à nous sans importance, vous savez qu'au loin des vies humaines en dépendent; que le marin sur son navire, le guetteur en haut de son phare, n'ont pour salut et comme guide que les aiguilles de leur horloge.

» Et le haut souci qui vous assemble ici pour des travaux que, trop profane, je me garderai d'apprécier, me fait souvenir de cette grave et belle devise inscrite sur un cadran solaire à Verrières : *Utere presenti memor ultimæ.*

» Je m'en voudrais, Messieurs, de prendre encore quelques-unes des minutes précieuses dont vous faites un si utile emploi. Aussi bien un poète l'a dit :

« Le Temps furtif vient, tourne et rode
Invisible autour de nos vies,
Et l'on entend glisser sa robe
Sur le sable et sur les orties. »

» Il nous rappelle, Messieurs, vous à vos travaux et moi aux miens, un instant quittés pour vous remercier et vous souhaiter notre plus cordiale bienvenue. »

M. Gavarry donne la lecture de la lettre suivante, adressée par M. le Ministre des Affaires étrangères à M. Bigourdan, président du Bureau des Longitudes :

« Monsieur le Président,

» Vous avez bien voulu m'exprimer le vœu que la Conférence internationale, réunie sur l'initiative du Gouvernement de la République, pour préparer l'organisation d'un service international de signaux horaires télégraphiques, pût inaugurer ses travaux sous ma présidence.

» J'éprouve un très réel regret d'être empêché par les obligations de ma charge de m'acquitter de cet agréable devoir.

» J'aurais ressenti un plaisir particulier à souhaiter personnellement la bienvenue aux éminents représentants des États qui ont accepté l'invitation du Gouvernement de la République et à leur donner l'assurance que rien ne sera négligé pour leur faciliter leur tâche.

» Le Gouvernement de la République porte le plus vif intérêt au succès des délibérations de la Conférence. Il attache le plus grand prix à la réalisation de toutes les applications d'une invention si précieuse, particulièrement chère à la France, et que le monde entier cherche sans cesse à développer et perfectionner.

» C'est donc avec une satisfaction sincère que j'aurais salué les membres de la Conférence en les remerciant de leur présence à Paris, et j'ai l'honneur de vous prier d'être auprès d'eux l'interprète des sentiments du Gouvernement de la République.

» Agréez, Monsieur le Président, les assurances de ma haute considération.

» Poincaré. »

M. Bigourdan prononce le discours suivant :

« Messieurs,

» Il ne s'est pas écoulé encore dix années depuis les premières applications de la radiotélégraphie à l'envoi de signaux horaires; et déjà les ondes hertziennes donnent l'heure exacte sur d'immenses étendues de continents et de mers.

» Outre leur utilité immédiate, pour la Marine, par exemple, ces signaux présentent de grands avantages pour l'Astronomie, la Géodésie, la Physique du Globe.

» Le Bureau des Longitudes, dont je rappellerai tout à l'heure les efforts pour contribuer, par la radiotélégraphie, aux progrès de ces sciences, a pensé que le moment était venu de proposer une coopération internationale pour étendre et perfectionner ce qui a été fait jusqu'ici dans cette voie.

» Le Gouvernement de la République a bien voulu faire sienne la proposition du Bureau des Longitudes et vous la transmettre : je vous remercie tous profondément d'avoir bien voulu répondre à cet appel, de nous avoir apporté l'appui de votre science et de votre expérience.

» Je tiens à remercier particulièrement M. le Ministre de l'Instruction publique, dont la présence ici est un haut et nouveau témoignage de l'intérêt qu'il prend à nos délibérations; — M. le Sous-Secrétaire d'État aux P. T. T., qui nous honore aussi de sa présence après nous avoir donné un appui constant; — M. le Président du Conseil, Ministre des Affaires étrangères, dont le nom est si cher aux Lettres et aux Sciences, et qui a bien voulu transmettre les propositions du Bureau des Longitudes; — enfin MM. les Ministres de la Guerre et de la Marine, qui, retenus par des occupations impérieuses, nous ont délégué ici les plus hauts représentants de leurs départements.

» Je veux aussi remercier chaudement M. Baillaud, directeur de l'Observatoire, qui a mis à notre disposition ce vénérable établissement, siège de tant d'autres réunions scientifiques, particulièrement dans le dernier quart de siècle.

» Il me semble que ces murs nous apportent l'écho des délibérations de nos devanciers. Nous saurons, comme eux, prendre nos décisions à de grandes majorités, sinon à l'unanimité; et aussi, comme eux, nous verrons nos Gouvernements sanctionner nos délibérations en les faisant passer dans la pratique.

» Puisque le Bureau des Longitudes a pris l'initiative de cette Conférence, vous me permettrez de rappeler sommairement ce qu'il a fait pour contribuer, par la radiotélégraphie, aux progrès des Sciences dont il s'occupe spécialement.

» On peut faire remonter à 1899 les premières tentatives concluantes de T. S. F.; c'est, en effet, à la fin du mois de mars de cette année que M. Marconi, au moyen du cohéreur à limaille de M. Branly, parvint à enregistrer, près de Boulogne, des signaux radiotélégraphiques émis aux environs de Douvres, et qui avaient parcouru plus de 45^{km}.

» Dès lors, on songea naturellement à l'emploi de la T. S. F. pour transmettre l'heure à distance et pour déterminer les longitudes. Mais la portée de la nouvelle méthode était encore fort restreinte, et il ne semble pas qu'elle ait réellement été employée avant l'année 1904; mais, à cette époque, des essais, et même des installations pratiques furent réalisés en Allemagne, aux États-Unis, en France, etc.

» Déjà, depuis plusieurs années, on avait fait connaître des détecteurs plus sensibles que le cohéreur primitif; ces nouveaux organes, d'un emploi plus facile, étendirent considérablement le champ de la T. S. F., et, au commencement de 1908, divers postes radiotélégraphiques envoyaient leurs signaux à plus de 2000^{km}. Même on entrevoyait le moment où cette portée pourrait être doublée.

» Depuis quelque temps déjà, le Bureau des Longitudes se préoccupait d'appliquer la méthode radiotélégraphique à la solution de tous les problèmes relatifs à l'heure et aux longitudes. D'intéressantes propositions furent faites par M. le commandant Guyou, par Bouquet de la Grye; des discussions qui en furent la conséquence, et où H. Poincaré eut une grande part, résulta le vœu suivant, formulé par le Bureau, le 13 mai 1908 : *qu'un service de signaux horaires fût installé le plus tôt possible à la tour Eiffel, à titre d'essai, dans le but de servir à la détermination des longitudes.*

» M. le Ministre de la Guerre ayant accordé les crédits nécessaires, on se mit à l'œuvre et, au commencement de janvier 1910, on put faire l'essai de la nouvelle installation, qui fonctionna parfaitement. Mais, quelques jours après, l'inondation de la Seine vint mettre hors d'usage une partie des appareils.

» Lorsque les dégâts furent réparés, au commencement de mai 1910, les opérations furent reprises activement, tant du côté de l'*heure* que de la détermination des *longitudes*.

» HEURE. — L'Observatoire de Paris, dont le concours a été continuel et capital, venait d'être lié à la station radiotélégraphique de la tour Eiffel par deux lignes souterraines, dont l'une sert aux communications téléphoniques, tandis que l'autre permet de commander les appareils radiotélégraphiques de la tour au moyen d'organes placés à l'Observatoire. C'est par celle-ci qu'une pendule spéciale, placée à l'Observatoire, commande le signal qui part de la tour.

» L'envoi officiel de signaux horaires commença ainsi le 23 mai 1910. D'abord, ils ne furent donnés que la nuit; mais, bientôt, à la suite de demandes nombreuses, on en donna également dans le jour à partir du 21 novembre 1910; c'est ainsi que le service continue encore.

» LONGITUDES. — Pour les longitudes, on procéda par étapes successives, d'abord avec Montsouris (janvier 1910), ensuite avec Brest (novembre 1910) et enfin avec Bizerte (avril-mai 1911).

» Les pendules des deux stations furent toujours comparées au moyen de la T. S. F.; mais, en outre, dans les longitudes de Brest et de Bizerte, on mit en comparaison la méthode radiotélégraphique avec les méthodes par fil : les divers résultats furent toujours parfaitement concordants.

» D'ailleurs, le point de vue pratique ne fut pas négligé; comme la détermination des longitudes par la T. S. F. est particulièrement avantageuse dans les voyages d'exploration, le Service Géographique de l'Armée et celui de la Télégraphie militaire donnèrent leur concours pour étudier la question sous ce point de vue. Puis, sur le désir de S. M. le Roi des Belges, deux stations, équipées dans les conditions coloniales, furent installées à Paris et à Laeken et déterminèrent avec plein succès la longitude du château royal de cette dernière localité.

» Les signaux horaires ordinaires, du matin et du soir, ne sont pas assez nombreux pour donner l'heure avec la précision qu'exigent les besoins astronomiques et géodésiques. Aussi, pour les longitudes précédentes, on utilisa des signaux spéciaux, rythmés et formant une sorte de vernier acoustique, pour appliquer la méthode des coïncidences : ils ont permis de faire les comparaisons des pendules aux plus grandes distances et à moins de $0^s,01$ près.

» En résumé, à la fin de 1911 le nouveau service était au point, tant pour l'envoi de l'heure que pour les longitudes. Et, en outre, on s'était préoccupé d'ajouter aux signaux horaires des avertissements météorologiques d'intérêt général.

» Dans le courant de 1910, le Bureau avait envisagé l'utilité d'une entente à établir avec les observatoires français des départements, pour suppléer celui de Paris en cas d'accident, et aussi pour déduire ultérieurement de l'ensemble des résultats individuels une valeur plus précise de l'heure.

» Une coïncidence fortuite montra bientôt l'utilité d'une telle collaboration; en effet, en janvier 1911 l'envoi des signaux fut interrompu un instant, par suite de la continuité du temps couvert, coïncidant avec un accident survenu aux pendules de l'Observatoire de Paris. Après avoir repris aussitôt ces signaux, grâce au concours fourni par l'Observatoire de Montsouris et par le Dépôt de la Marine, on hâta l'installation d'appareils récepteurs de T. S. F. dans tous les observatoires français, et ceux-ci, à partir du 18 octobre 1911, envoyèrent en effet, de semaine en semaine, les différences journalières entre leur heure locale et l'heure de Paris, en tenant compte de la longitude. Depuis lors, divers observatoires étrangers, comme Greenwich et Uccle, ont bien voulu faire de même, et je suis heureux de leur exprimer nos plus vifs remercîments.

» Ainsi, maintenant, nous sommes toujours sûrs d'avoir l'heure avec la précision désirable pour les besoins immédiats; d'ailleurs, on pourra toujours, dans la suite, calculer l'heure des signaux avec toute l'exactitude aujourd'hui atteinte dans les observatoires.

» Dès le commencement de cette année 1912, la question de l'heure et des longitudes radiotélégraphiques était donc pratiquement résolue. Et depuis février, tous les jours, on a donné non seulement les signaux ordinaires de temps moyen, mais encore des signaux rythmés formant vernier, pour la comparaison la plus exacte des pendules. C'est ainsi qu'ont été déterminées, dans le cours de l'été qui finit, les longitudes de Nice, de Toulouse, d'Uccle, etc.

» En outre, le Service Géographique de l'Armée a fait exécuter avec succès, autour d'Alger, diverses déterminations de longitude, dans le double but de préciser encore les conditions d'emploi de la T. S. F. dans les voyages d'exploration, et de comparer ces longitudes astronomiques aux longitudes géodésiques, pour conclure les déviations de la verticale dans le sens Est-Ouest.

» Ces signaux spéciaux sont reçus aussi par les observatoires français qui, aussitôt, font connaître par télégramme la correction de l'heure de Paris : j'ai l'honneur de placer devant vous les dépêches journalières qui nous sont ainsi envoyées.

» Telle est l'œuvre accomplie jusqu'ici par le Bureau des Longitudes ou sous ses auspices.

» Avant de la poursuivre, il a désiré soumettre à votre examen les méthodes et les procédés employés, afin de les perfectionner avec vous et d'accroître ainsi leur précision et leur intérêt. Vous aurez sous les yeux, dans une simple Exposition que vous visiterez à loisir, les divers genres d'instruments et d'appareils employés.

» Vous connaissez les projets grandioses dont la réalisation envelopperа bientôt la Terre entière d'ondes hertziennes. Certainement, vous voudrez suggérer les moyens d'éviter ce qui pourrait troubler la transmission de nos signaux.

» Sans doute, vous jugerez utile aussi de jeter les bases d'une coopération efficace des principaux observatoires, de créer entre eux une liaison permanente qui permette d'avoir partout l'heure avec toute la précision désirable.

» Et ainsi vous pourrez vous rendre cette justice que si, avant vous, on avait réalisé en principe l'unification de l'heure, par l'adoption universelle des fuseaux horaires, c'est vous qui en aurez réalisé l'unification pratique. »

M. le Ministre de l'Instruction publique invite la Conférence à nommer son bureau définitif.

M. Foerster propose d'élire M. Bigourdan président de la Conférence. Cette proposition est adoptée à l'unanimité à mains levées.

M. le Ministre de l'Instruction publique se retire après avoir cédé la présidence à M. Bigourdan.

M. Bigourdan propose de constituer le bureau comme suit :

Vice-Présidents : MM. Backlund, Dyson, Foerster, Righi.

Secrétaire général : M. le commandant Ferrié.

Secrétaires : MM. Bardeloni, Corteil, le capitaine Garnier, Kohlschütter, Maury, le capitaine Perrier.

Ces propositions sont adoptées à l'unanimité à mains levées.

M. le Président lit le programme provisoire des travaux de la Conférence dont voici la teneur :

I. *Détermination astronomique de l'heure ou de la correction d'un garde-temps.*

Méthode des passages. Méthode des hauteurs. Enregistrements divers.

Emploi de la méthode de « l'œil et de l'oreille ».

Causes d'erreurs dans les divers cas et moyens de les réduire.

Précision aujourd'hui atteinte. Précision à rechercher.

II. *Conservation de l'heure.*

Modèles divers de pendules et de chronomètres.
Leur comparaison dans le même observatoire.
Détermination de la correction la plus probable de la pendule directrice.

III. *Transmission radiotélégraphique de l'heure.*

Méthode à employer suivant le degré de précision désiré :
Envoi direct de l'heure d'un garde-temps.
Envoi indirect de l'heure par l'intermédiaire de signaux rythmés permettant d'appliquer la méthode des coïncidences.

IV. *Collaboration de divers centres astronomiques pour assurer au mieux la connaissance de l'heure.*

Choix des centres.

V. *Appareils radiotélégraphiques à employer pour l'émission et la réception des signaux horaires.*

Modèles divers. Leur mise en œuvre. Portées.

VI. *Degré de précision que doivent atteindre les signaux horaires pour les diverses applications.*

Astronomie et géodésie.
Navigation.
Météorologie. Sismographie et applications scientifiques diverses.
Chemins de fer, Administrations publiques, horlogers et particuliers.

VII. *Étude de l'organisation générale à prévoir, tant pour la transmission que pour la réception des signaux horaires, de manière à donner satisfaction à tous les besoins.*

M. le Président propose d'apporter quelques modifications à ce programme provisoire en y ajoutant un paragraphe VIII, *Radiogrammes météorologiques internationaux*, et de répartir les divers paragraphes entre quatre Commissions, comme il suit :

Première Commission, paragraphes I et II.
Deuxième Commission, paragraphes III et V.
Troisième Commission, paragraphe VI.
Quatrième Commission, paragraphes IV, VII et VIII.

Les séances des Commissions seraient plénières, c'est-à-dire que tous les délégués et invités pourraient y assister. On ferait en sorte que deux Commissions ne siègent jamais à la même heure.

Le Général Bassot voudrait prier M. Foerster de traduire en allemand le programme provisoire et la proposition de M. le Président.

M. Foerster ne croit pas que ce soit utile.

La répartition du travail est adoptée à mains levées.

M. le Président croit qu'une suspension de séance permettrait aux délégués d'échanger leurs idées sur la constitution des Commissions; en même temps ils s'inscriraient pour faire partie des diverses Commissions. Cette suspension est aussitôt prononcée.

Suspension de Séance de 10 minutes.

A la réouverture de la Séance, M. le Président avertit les auteurs de Mémoires intéressant la Conférence qu'ils peuvent les déposer au Bureau, pour être, s'il y a lieu, imprimés et distribués aux délégués et aux invités.

M. le Président propose de constituer les Bureaux des diverses Commissions comme il suit :

		Présidents :	*Vice-Présidents :*
1re Commission,	MM.	Foerster	Benndorf, Celoria.
2e	»	Righi.	Brering, Lippmann.
3e	»	Dyson.	Charlier, Asaph Hall.
4e	»	Backlund.	Lecointe, Mier.

Ces Bureaux sont élus à l'unanimité à mains levées.

M. Förster, Président de la première Commission, propose de choisir comme rapporteur de cette Commission M. Gautier et de tenir une séance de la même Commission demain, à $9^h 30^m$.

M. le général Bassot demande que les présidents des quatre Commissions se réunissent immédiatement pour arrêter plus complètement le programme du travail.

Après adoption à l'unanimité de ces propositions, la séance est levée à 11ʰ 30ᵐ.

PROCÈS-VERBAL DE LA DEUXIÈME SÉANCE PLÉNIÈRE.

(23 octobre 1912).

La séance est ouverte à 10ʰ du matin sous la présidence de M. Bigourdan assisté de MM. Foerster, Righi, Dyson, vice-présidents; Ferrié, secrétaire général; Garnier, Kohlschütter et Perrier, secrétaires. M. Brenot remplace dans ses fonctions M. Garnier appelé ailleurs.

M. Perrier donne lecture du procès-verbal de la première séance plénière.

Ce procès-verbal est adopté à l'unanimité.

Au nom de la Délégation du Brésil, M. Brering lit une Note concernant l'organisation radiotélégraphique, qui sera à même de contribuer au Brésil aux divers services généraux, dont la Conférence a tracé les grandes lignes :

« MM. Claude, Ferrié et Driencourt, dans leur article *Emploi de la Télégraphie sans fil pour la détermination des longitudes*, inséré dans la *Revue générale des Sciences pures et appliquées*, n° 14, du 30 juillet 1911, à propos de l'organisation du service d'émission de signaux horaires, prouvent que : « L'Atlantique nord est donc déjà parcouru par les signaux horaires émanant de quatre stations, deux à l'Est, Paris et Norddeich, et deux à l'Ouest, Washington et Halifax. Il en sera bientôt de même pour l'Atlantique sud et les autres Océans.

» Maintenant, M. Lallemand, dans son beau projet d'organisation d'un service international de l'heure, présenté au nom du Bureau des Longitudes à cette Conférence internationale, déclare d'une façon plus précise : « En ce qui concerne la station centrale radiotélégraphique, sa situation géographique devrait être telle que les signaux émis par elle pussent être perçus dans toute l'étendue de l'Europe et de la Méditerranée, dans l'Afrique du Nord et sur une grande partie de l'Atlantique nord; il faudrait enfin que, dans un avenir prochain, ces mêmes signaux pussent aussi régulièrement atteindre les stations radiotélégraphiques les plus orientales de l'Amérique du Nord et de l'Amérique du Sud, telles que Washington (États-Unis) et Fernando de Noronha (Brésil) ».

» A ce propos, je crois utiles les renseignements suivants sur le service radiotélégraphique de la côte brésilienne de l'Atlantique sud.

» Le poste de Noronha, dont la portée normale est de 1000 milles, longueurs d'onde de 2000^m et 600^m, alternateur 60 kilowats, sera muni bientôt de l'émission musicale de puissance égale à l'émission à étincelles rares déjà existante, et aussi d'appareils pour la transmission de l'heure analogues à ceux fonctionnant à l'observatoire de Paris et au poste de la tour Eiffel.

» Le gouvernement brésilien prend en ce moment les mesures nécessaires pour l'établissement de l'Observatoire horaire à Olinda, près du port de Reîcfe, qu'on conjuguera avec les deux postes de Olinda, à petite portée, et avec celui de Noronha, à grande portée. On fera le nécessaire pour qu'on puisse émettre les signaux horaires au moyen des deux systèmes d'émissions, à étincelles rares et à étincelles musicales.

» D'autre part, à Rio-de-Janeiro, sur la colline de Babylonia existe un poste radio pour le service du port et, un peu plus loin, au cap de Saô Thomé, existe un poste à étincelles musicales dont la portée est de 750 milles. Ces deux postes seront bientôt conjugués avec l'Observatoire de Rio, où l'on trouve tout ce qu'il faut pour la détermination de l'heure avec la précision normale propre aux observatoires du premier ordre et nécessaire aux travaux astronomiques et géodésiques.

» L'observatoire horaire qui sera créé à Olinda aura un service organisé de façon à atteindre les degrés de précision nécessaires pour les diverses applications.

» A côté du poste radio de Noronha existe un poste complet météorologique, créé pour donner satisfaction au vœu émis par le « Congrès météorologique de Vienne ». On pourra donc transmettre aussi des radiotélégrammes météorologiques.

» Je crois aussi devoir ajouter qu'on établira, après les deux postes radiohoraires ci-dessus indiqués, un poste horaire à Manaos, au Nord, dans l'Amazonie, où il y a déjà un poste radio de 1000 milles de portée et un autre poste horaire dans le Sud, à Iguassú ou à Port Murtinho, où l'on projette d'établir aussi des postes radio de la même portée.

» Ces renseignements relatifs aux services — radiotélégraphique, horaire et météorologique — au Brésil, je les donne pour faire voir à la Conférence le vif désir de mon Gouvernement de donner satisfaction aux vœux déjà émis par le Bureau des Longitudes, dont le projet a été présenté en son nom par M. Lallemand, et à ceux qui seront émis par cette Conférence internationale de l'Heure radiotélégraphique. »

Le Président remercie le délégué du Brésil de sa Communication ; elle montre que l'Amérique du Sud va être recouverte d'un grand réseau radiotélégraphique, dont la Science pourra tirer le plus grand profit.

M. Schrader, rappelant la Note déposée par l'Administration des Télégraphes français, au sujet de la transmission de l'heure exacte aux particuliers, signale qu'en Allemagne un service téléphonique spécial est organisé dans ce but à Hambourg et dans les villes reliées directement à Hambourg. L'Observatoire de Hambourg distribue des signaux automatiques reçus au téléphone par les abonnés comme des communications ordinaires. Le signal horaire donné automatiquement consiste en un son semblable à celui d'une sirène, qui se fait entendre de la 55e à la 60e seconde de chaque minute. La fin du son indique l'expiration de la minute. Ceci est suivi d'un bruit ronflant, composé de sons longs et courts, qui désigne le numéro de la minute d'une période de 10 minutes. L'organisation de ce service est résumée dans une Note rédigée en langue allemande et distribuée aux membres de la Conférence.

Le Président invite la Conférence à passer à l'examen des vœux et résolutions présentés par les diverses Commissions.

Il en est ainsi décidé. Le texte de ces vœux, imprimé et distribué à tous les membres de la Conférence, est le suivant :

PREMIÈRE COMMISSION.

« Les résultats fournis par les différentes méthodes et les divers instruments en usage pour la détermination et la conservation de l'heure, seront transmis au *centre* à créer pour la discussion astronomique et géodésique de toutes les questions relatives à l'heure.

DEUXIÈME COMMISSION.

» 1. Les observatoires et les administrations intéressées mettront à l'étude l'organisation de l'enregistrement automatique des signaux horaires.

» 2. Il est à désirer qu'en chaque point du globe on puisse toujours recevoir un signal horaire de nuit et un signal horaire de jour, le nombre total des signaux perceptibles ne dépassant pas, en principe, 4 par 24 heures.

» 3. L'étude de la répartition définitive des centres d'émissions horaires sera confiée à la Commission internationale de l'Heure.

» La liste ci-après indique les stations qui seront vraisemblablement en état, au 1er janvier 1913, de jouer le rôle de centre d'émissions horaires et les heures auxquelles devront être faites ces émissions :

	Heures de Greenwich.
	h
Paris	0
Brésil (San Fernando)	2
États-Unis (Harlington)	3
Mogadiscio (Somali)	4
Tombouctou	6
Paris	10
Norddeich	12
Brésil (San Fernando)	16
États-Unis (Harlington)	17
Massaouah (Erythrée)	18
Norddeich	22

» Toute station horaire autre que les précédentes, qui viendrait à être créée, ne pourra faire, en principe, ses émissions qu'à des heures (de Greenwich) rondes, différentes des heures ci-dessus.

» 4. La Commission internationale de l'Heure sera chargée de régler les émissions des signaux spéciaux destinés aux besoins scientifiques, et notamment de ceux qui ont pour objet de réaliser l'unification pratique de l'heure.

» 5. Les signaux horaires ordinaires seront uniformément produits conformément au schéma suivant :

(*Voir le schéma annexé*, p. 33.)

» 6. Les centres d'émissions horaires feront usage d'une longueur d'onde uniforme d'environ 2500^{m}. Lorsqu'ils emploieront des émissions musicales, la tonalité de celles-ci devra être choisie de manière que la réception soit soustraite autant que possible aux perturbations de toute nature.

TROISIÈME COMMISSION.

» 1. En ce qui concerne l'exactitude désirable pour l'Astronomie et la Géodésie, les signaux radiotélégraphiques doivent atteindre le plus haut degré de précision possible.

» 2. On doit considérer les signaux actuels comme assez précis pour les besoins de la Navigation.

» 3. Pour la Météorologie, le Magnétisme terrestre et la Sismographie, l'approximation de la demi-seconde est actuellement suffisante. Si des modifications devaient, dans l'avenir, être apportées au régime actuel, il est désirable que l'approximation de la demi-seconde et même du quart de seconde soit assurée, et que le système des signaux horaires soit assez simple pour que ces signaux puissent être reçus par des observateurs, même peu expérimentés.

» 4. Pour les besoins des chemins de fer et des services publics, les signaux actuels doivent être considérés comme assez précis.

QUATRIÈME COMMISSION.

A. — *Création d'une Commission internationale de l'Heure.*

» 1. Il est utile de chercher à réaliser l'unification de l'heure, par l'envoi de signaux radiotélégraphiques, qu'il s'agisse de signaux ordinaires ou de signaux scientifiques.

» 2. L'heure universelle sera celle de Greenwich.

» 3. Il sera utile de créer une *Commission internationale de l'Heure*, dans laquelle chacun des États adhérents sera représenté par des délégués.

» 4. Il sera utile de créer, sous l'autorité de la *Commission internationale de l'Heure*, un organe exécutif : *Bureau international de l'Heure*, dont le siège sera à Paris.

» 5. Pour les *signaux ordinaires*, les résultats des déterminations de l'heure seront transmis à ce *Bureau* par les centres nationaux, qui centraliseront eux-mêmes les déterminations faites par les observatoires de leurs pays.

» 6. Pour les *signaux scientifiques*, la mission du *Bureau* sera de centraliser les déterminations de l'heure faites dans les observatoires associés et d'en déduire l'heure la plus exacte.

» 7. Le *Bureau international de l'Heure* communiquera les résultats des comparaisons, qui ne seraient pas promptement publiés, au *Bureau central de l'Association géodésique internationale*, à Potsdam, auquel on demandera d'en entreprendre la discussion approfondie. Ces résultats seront également communiqués aux autres associations officielles internationales qui les demanderaient.

» 8. En attendant que les circonstances permettent la réalisation de ce programme, une Commission, nommée par la Conférence, pourrait organiser, à titre d'essai, la coopération dont il s'agit, et étudier les améliorations de toute nature à apporter à ce projet avant de le soumettre officiellement à l'approbation des gouvernements.

B. — *Communication à l'Association internationale des Académies.*

» La Conférence prie l'Académie des Sciences de Paris de bien vouloir soumettre à l'Association internationale des Académies, en l'appuyant, le projet de création d'une *Commission internationale de l'Heure*, conformément au vœu émis par cette Association internationale réunie à Londres en 1904.

C. — *Météorologie.*

» Les questions relatives aux rapports de la Météorologie avec la Radiotélégraphie sont de trois sortes :

» 1° Transmission par une ou plusieurs stations radiotélégraphiques de renseignements météorologiques destinés à des stations éloignées, sur terre ou sur mer;

» 2° Réception par une ou plusieurs stations radiotélégraphiques et transmission aux services météorologiques centraux d'observations provenant de stations éloignées, sur terre ou sur mer;

» 3° Étude des phénomènes météorologiques qui peuvent influer sur les transmissions radiotélégraphiques.

» Ces questions sont trop complexes pour être discutées immédiatement. Il est donc désirable que l'étude en soit confiée d'abord à une Commission composée notamment de météorologistes et de directeurs de stations radiotélégraphiques. Cette Commission présenterait son rapport à la prochaine réunion du Comité météorologique international.

» En attendant, on recommande :

» 1° Que le nombre des stations météorologiques dont les observations sont données dans la dépêche de la tour Eiffel, soit augmenté dans la mesure du possible;

» 2° Que le poste radiotélégraphique en construction à Laeken apporte une large collaboration à l'étude des perturbations radiotélégraphiques produites par les agents atmosphériques.

D. — *Navigation.*

» 1° Il est à désirer que tous les navires, à voiles et à vapeur, soient prochainement pourvus d'appareils pour la réception des signaux horaires radiotélégraphiques;

» 2° La Conférence prend acte des communications échangées entre les délégués des États-Unis d'Amérique et de la Grande-Bretagne au sujet des renseignements à transmettre par voie radiotélégraphique sur les *icebergs* et autres *dangers de la navigation*. Elle apprécie hautement l'accord intervenu entre ces délégués à ce propos, dans l'intérêt de la navigation mondiale.

E. — *Étude scientifique des ondes hertziennes.*

» La Conférence prend acte de la constitution d'un Comité provisoire ayant pour but l'organisation de l'étude scientifique des ondes hertziennes dans leurs rapports avec les milieux ambiants.

» Elle adresse des félicitations à M. Goldschmidt qui veut bien mettre sa station de télégraphie sans fil de grande puissance à Bruxelles, à la disposition de ce Comité en même temps qu'une somme de 25000^{fr} pour subvenir aux frais des premières études.

» La Conférence émet le vœu de voir les pouvoirs publics protéger ce genre de recherches dont les résultats promettent d'être d'une importance capitale, non seulement aux points de vue de la théorie pure et de la Météorologie, mais aussi à celui du développement de la T. S. F.

» Elle estime désirable que la station de T. S. F. de Bruxelles, bien que créée pour le service public, puisse néanmoins contribuer dans l'avenir à ces recherches scientifiques internationales. »

Travaux de la première Commission. — M. Kohlschütter, au nom de la délégation allemande, demande que les mots « au centre » employés dans le vœu émis par la première Commission soient remplacés par les mots « au centre international et aux centres nationaux ».

M. Gautier fait remarquer que la discussion scientifique visée par ce vœu sera entreprise par la Commission internationale dont la quatrième Commission a adopté le principe. Il semblerait rationnel de la désigner formellement dans les propositions.

Après discussion entre divers délégués de l'Allemagne, de l'Italie et de la Suisse, la proposition de M. Gautier est adoptée à l'unanimité : les mots « au centre » seront remplacés par les mots « à la Commission internationale ».

Le texte définitif du vœu de la première Commission est donc le suivant :

« Les résultats fournis par les différentes méthodes et les divers instru-
» ments en usage pour la détermination et la conservation de l'heure seront
» transmis à la Commission internationale à créer pour la discussion astro-
» nomique et géodésique de toutes les questions relatives à l'heure. »

Travaux de la deuxième Commission. — *Paragraphe* 1. Adopté à l'unanimité avec la rédaction ci-après :

« Les observatoires et les administrations intéressées mettront à l'étude
» l'organisation de l'enregistrement automatique des signaux horaires. »

M. ABRAHAM tient, à cette occasion, à adresser publiquement des remercîments aux diverses administrations, pour les facilités qu'elles donnent en vue des essais relatifs aux signaux horaires. Il cite en particulier le Service de la Télégraphie militaire, le commandant FERRIÉ et ses collaborateurs.

La Conférence est unanime à se joindre à M. ABRAHAM.

Paragraphe 2. — Le texte ci-après est adopté à l'unanimité :

« 2. Il est à désirer qu'en chaque point du globe, on puisse toujours recevoir un signal horaire de nuit et un signal horaire de jour, le nombre » total des signaux perceptibles ne dépassant pas, en principe, 4 par » 24 heures. »

Paragraphe 3. — M. HOUGH, au nom de la délégation des États-Unis, demande que la liste des centres d'émissions horaires soit complétée par

San Francisco	20 heures
Manille	8 heures

M. KOHLSCHÜTTER exprime, de la part de la Délégation allemande, le désir qu'au nom de Norddeich soit associé celui de l'observatoire qui transmet l'heure à la station radiotélégraphique « Wilhelmshafen ».

Il demande qu'à côté des indications 12^h et 0^h, on ajoute respectivement midi et minuit pour éviter toute confusion entre le temps civil et le temps astronomique.

M. SILVERTOP fait observer qu'il n'y aurait pas d'inconvénient à ce que deux centres horaires fassent leurs émissions à la même heure sous la réserve que leurs zones d'action ne se recouvrent pas.

Plusieurs délégués demandent que la liste des centres horaires donne les longitudes et les latitudes de ces centres.

La Conférence décide, à l'unanimité, d'approuver le paragraphe 3 modifié conformément aux desiderata ci-dessus.

Note. — Le délégué des États-Unis ayant demandé en fin de séance que l'heure donnée par Manille soit 4 heures (au lieu de 8 heures), et le délégué de l'Italie ayant fait connaître que la portée approximative du poste de Mogadiscio (à qui l'heure 4 était réservée) ne pouvait faire craindre des recouvrements et des confusions, la station de Manille a été intercalée avec l'heure 4 dans la liste des centres horaires.

Le texte définitif du paragraphe 3 est donc le suivant :

« 3. L'étude de la répartition définitive des centres d'émissions horaires sera confiée à la Commission internationale de l'Heure.

» La liste ci-après indique les stations qui seront vraisemblablement en état, au 1er juillet 1913, de jouer le rôle de centre d'émissions horaires et les heures auxquelles devront être faites ces émissions :

	Heures de Greenwich. Temps moyen civil.	Coordonnées approchées.	
		Latitudes	Longitudes
	h	° ′	h m s
Paris	0 (minuit)	48.51 N	0. 9.11 E
San Fernando (Brésil)	2	3.50 S	2. 9.40 O
Arlington (États-Unis)	3	38.32 N	5. 9. 4 O
Manille	4 à titre d'essai	14.50 N	8. 4.40 E
Mogadiscio (Somali)	4	2. 2 N	3. 1.28 E
Tombouctou	6	16.49 N	0.11.47 O
Paris	10		
Norddeich-Wilhelmshafen	12 (midi)	53.37 N	0.28.40 E
San-Fernando (Brésil)	16		
Arlington (États-Unis)	17		
Massaouah (Erythrée)	18	15.37 N	8.12. 0 O
San Francisco	20	37.42 N	2.37.52 E
Norddeich-Wilhelmshafen	22		

» Toute station horaire autre que les précédentes, qui viendrait à être créée ne pourra faire, en principe, ses émissions qu'à des heures (de Greenwich) rondes, différentes des heures ci-dessus. Exceptionnellement, deux centres horaires pourront faire leurs émissions à la même heure sous la réserve expresse que leurs zones d'action ne se recouvrent pas. »

Paragraphes 4, 5 et 6. — Plusieurs délégués de l'Allemagne demandent que le schéma des émissions horaires adoptées, qui est inscrit au tableau noir, soit intercalé au procès-verbal.

Il en est ainsi décidé (*voir* p. 33).

M. Boukhteieff demande qu'une minute avant l'envoi des signaux horaires, la station donne son indicatif.

M. Frouin pense que cela n'est pas très nécessaire; étant donnés les intervalles qui séparent les émissions, aucune erreur ne paraît possible. On allongerait inutilement la période d'envoi des signaux horaires.

La Conférence décide de s'en rapporter pour ces détails à la Commission provisoire qui doit fonctionner après la clôture.

M. KOHLSCHÜTTER, au nom de la Délégation allemande, demande formellement qu'on inscrive au procès-verbal que la longueur d'onde proposée par celle-ci pour les signaux horaires était de 2000^m ; c'est dans un désir de conciliation qu'elle s'est ralliée à l'onde de 2500^m. Il en est ainsi décidé.

Le texte ci-après est adopté à l'unanimité pour les paragraphes 4, 5 et 6 :

« 4. La Commission internationale de l'Heure sera chargée de régler les émissions des signaux spéciaux destinés aux besoins scientifiques et notamment de ceux qui ont pour objet de réaliser l'unification pratique de l'heure. »

» 5. Les signaux horaires ordinaires seront uniformément produits conformément au schéma suivant :

Fig. 1.

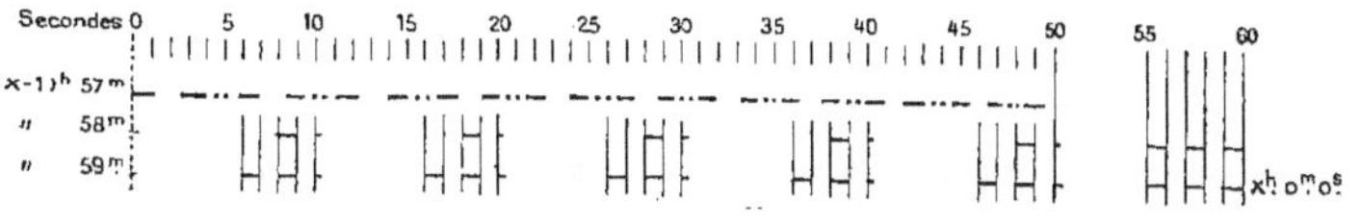

» 6. Les centres d'émissions horaires feront usage d'une longueur d'onde uniforme d'environ 2500^m. Lorsqu'ils emploieront des émissions musicales, la tonalité de celles-ci devra être choisie de manière que la réception soit soustraite autant que possible aux perturbations de toute nature. »

Travaux de la troisième Commission. — *Paragraphe* 1. Sur la demande de la Délégation allemande on ajoute « d'usage scientifique » après les mots « signaux radiotélégraphiques ».

Le texte ci-après est adopté à l'unanimité :

« 1. En ce qui concerne l'exactitude désirable pour l'Astronomie et la Géodésie, les signaux radiotélégraphiques d'usage scientifique doivent atteindre le plus haut degré de précision possible. »

Paragraphes 2, 3 et 4. — La Délégation italienne fait remarquer qu'on ne peut présumer les besoins futurs de la navigation, et le mot « présents » devrait être ajouté au mot « besoins », pour plus de précision.

Après une courte discussion, le texte ci-après est alors adopté à l'unanimité pour les paragraphes 2, 3 et 4 :

« 2. On doit considérer les signaux horaires ordinaires actuels comme assez précis pour les besoins présents de la Navigation.

» 3. Pour la Météorologie, le Magnétisme terrestre et la Sismographie, l'approximation de la demi-seconde est actuellement suffisante. Si des modifications devaient, dans l'avenir, être apportées au régime actuel, il est désirable que l'approximation de la demi-seconde et même du quart de seconde soit assurée, et que le système des signaux horaires soit assez simple pour que ces signaux puissent être reçus par des observateurs même peu expérimentés.

» 4. Pour les besoins des chemins de fer et des services publics, les signaux horaires ordinaires actuels doivent être considérés comme assez précis. »

Le Président fait remarquer que les vœux exprimés par l'Administration française des Postes et Télégraphes, dans le Mémoire déposé le 15 octobre 1912, devraient être ajoutés aux vœux de la troisième Commission, bien que n'ayant pas été imprimés et distribués avec ces derniers. Il en est ainsi décidé à l'unanimité. Les vœux ci-après seront donc ajoutés à ceux de la troisième Commission.

« Les Administrations télégraphiques devront s'efforcer de constituer des centres horaires où l'heure sera reçue et conservée par les moyens les plus précis.

» Les Administrations télégraphiques devront étudier et employer les moyens que la technique suggérera en vue de transmettre l'heure aux particuliers, soit par des signaux généraux à heure fixe, soit par des signaux particuliers envoyés à la demande des intéressés.

» En vue de favoriser le développement de ces procédés, les Administrations télégraphiques devront se communiquer les moyens employés par chacune d'elles. »

Travaux de la quatrième Commission. — Paragraphe I. Les alinéas 1, 2, 3 et 4 sont adoptés sous la forme suivante :

« 1. Il est utile de chercher à réaliser l'unification de l'heure, par l'envoi de signaux radiotélégraphiques, qu'il s'agisse de signaux ordinaires ou de signaux scientifiques.

» 2. L'heure universelle sera celle de Greenwich.

» 3. Il sera utile de créer une *Commission internationale de l'Heure*, dans laquelle chacun des États adhérents sera représenté par des délégués.

» 4. Il sera utile de créer, sous l'autorité de la *Commission internationale de l'Heure*, un organe exécutif : *Bureau international de l'Heure*, dont le siège sera à Paris. »

Alinéa 5. — M. Kohlschütter demande de préciser que les centres nationaux envoient au Bureau international « l'heure la plus exacte déduite des observations de leurs pays ».

Il suffirait d'ajouter à la fin de l'alinéa « et en déduiront l'heure la plus exacte ».

Appuyée par le Président et plusieurs membres du Bureau des Longitudes, cette proposition est adoptée.

Le texte de l'alinéa 5 est donc le suivant :

« 5. Pour les *signaux ordinaires*, les résultats des déterminations de l'heure seront transmis à ce *Bureau* par les centres nationaux qui centraliseront eux-mêmes les déterminations faites par les observatoires de leurs pays et en déduiront l'heure la plus exacte. »

La délégation allemande propose d'ajouter dans l'alinéa 8 au mot « Commission » le mot « temporaire ». Après une courte discussion, la Conférence décide que le mot « provisoire » répond mieux à l'idée que l'on veut exprimer.

Les alinéas 6, 7 et 8 sont alors adoptés à l'unanimité dans le texte ci-après :

« 6. Pour les *signaux scientifiques*, la mission du *Bureau* sera de centraliser les déterminations de l'heure faites dans les observatoires associés et d'en déduire l'heure la plus exacte.

» 7. Le *Bureau international de l'Heure* communiquera les résultats des comparaisons qui ne seraient pas promptement publiés au *Bureau central de l'Association géodésique internationale*, à Potsdam, auquel on demandera d'en entreprendre la discussion approfondie. Ces résultats seront également communiqués aux autres associations officielles internationales qui les demanderaient.

» 8. En attendant que les circonstances permettent la réalisation de ce programme, une *Commission provisoire*, nommée par la Conférence, pourrait organiser, à titre d'essai, la coopération dont il s'agit et étudier les améliorations de toute nature à apporter à ce projet, avant de le soumettre officiellement à l'approbation des gouvernements. »

M. Lecointe, président de la Délégation belge, fait connaître que le délégué de la Grèce, M. Eginitis, obligé de quitter Paris, lui a fait connaître par la lettre suivante qu'il était décidé à appuyer entièrement les propositions de la quatrième Commission pour la création d'une *Commission internationale de l'Heure*.

Paris, le 19 octobre 1912.

« Mon cher Collègue,

« Obligé de partir aujourd'hui pour la Grèce, je vous serais bien obligé si vous vouliez bien déclarer que, si j'étais présent, j'aurais voté, comme délégué de la Grèce, les propositions adoptées par la Sous-Commission de la quatrième Commission dans sa séance d'hier soir.

» Veuillez agréer, mon cher Collègue, l'expression de mes sentiments bien dévoués.

» D. Eginitis.

» *A M. A. Lecointe, Directeur de l'Observatoire de Bruxelles.* »

Paragraphe B. — Le texte ci-après est adopté à l'unanimité :

B. — *Communication à l'Association internationale des Académies.*

« La Conférence prie l'Académie des Sciences de Paris de bien vouloir soumettre à l'Association internationale des Académies, en l'appuyant, le projet de création d'une *Commission internationale de l'Heure*, conformément au vœu émis par cette Association internationale réunie à Londres en 1904. »

Paragraphe C. — Au sujet des questions que ce paragraphe soulève, M. Frouin signale qu'à la Conférence de Londres on s'était déjà préoccupé de la question. Des dispositions ont été prises (article 45 du Règlement radiotélégraphique international) pour aider les Sciences météorologiques. Il sera nécessaire que l'on en tienne compte dans le travail qui sera élaboré, afin que le concours des stations côtières puisse être facilement assuré. C'est ainsi qu'il a été décidé que les télégrammes météorologiques auraient la priorité sur tous les autres, sauf les télégrammes officiels, mais ne devraient pas dépasser vingt mots.

La Délégation belge demande que dans le paragraphe 2 le nom de Bruxelles soit substitué à celui de Lacken.

Le texte ci-après est alors adopté pour le paragraphe C :

C. — *Météorologie.*

« Les questions relatives aux rapports de la Météorologie avec la Radiotélégraphie sont de trois sortes :

» 1° Transmission par une ou plusieurs stations radiotélégraphiques de renseignements météorologiques destinés à des stations éloignées, sur terre ou sur mer ;

» 2° Réception par une ou plusieurs stations radiotélégraphiques et transmission aux services météorologiques centraux d'observations provenant de stations éloignées, sur terre ou sur mer ;

» 3° Étude des phénomènes météorologiques qui peuvent influer sur les transmissions radiotélégraphiques.

» Ces questions sont trop complexes pour être discutées immédiatement. Il est donc désirable que l'étude en soit confiée d'abord à une Commission composée notamment de météorologistes et de directeurs de stations radiotélégraphiques. Cette Commission présenterait son rapport à la prochaine réunion du Comité météorologique international.

» En attendant, on recommande :

» 1° Que le nombre des stations météorologiques dont les observations sont données dans la dépêche de la tour Eiffel soit augmenté dans la mesure du possible ;

» 2° Que le poste radiotélégraphique en construction à Bruxelles apporte une large collaboration à l'étude des perturbations radiotélégraphiques produites par les agents atmosphériques. »

Paragraphes D *et* E. — Ces paragraphes sont adoptés à l'unanimité dans le texte ci-après :

D. — *Navigation.*

« 1° Il est à désirer que tous les navires, à voiles et à vapeur, soient prochainement pourvus d'appareils pour la réception des signaux horaires radiotélégraphiques ;

» 2° La Conférence prend acte des communications échangées entre les délégués des États-Unis d'Amérique et de la Grande-Bretagne au sujet des renseignements à transmettre par voie radiotélégraphique sur les *icebergs* et autres *dangers de la navigation.* Elle apprécie hautement l'accord intervenu entre ces Délégués à ce propos, dans l'intérêt de la navigation mondiale.

E. — *Étude scientifique des ondes hertziennes.*

» La Conférence prend acte de la constitution d'un Comité provisoire ayant pour but l'organisation de l'étude scientifique des ondes hertziennes dans leurs rapports avec les milieux ambiants.

» Elle adresse des félicitations à M. Goldschmidt qui veut bien mettre sa station de télégraphie sans fil de grande puissance à Bruxelles, à la disposition de ce Comité en même temps qu'une somme de 25000^{fr} pour subvenir aux frais des premières études.

» La Conférence émet le vœu de voir les pouvoirs publics protéger ce genre de recherches dont les résultats promettent d'être d'une importance capitale, non seulement aux points de vue de la théorie pure et de la Météorologie, mais aussi à celui du développement de la T. S. F.

» Elle estime désirable que la station de T. S. F. de Bruxelles, bien que créée pour le service public, puisse néanmoins contribuer dans l'avenir à ces recherches scientifiques internationales. »

La Conférence applaudit M. Goldschmidt pour son offre généreuse. Elle décide que la Commission internationale provisoire s'efforcera d'arriver à la réalisation du vœu E, soit par entente avec des organismes existants, soit en provoquant la création de nouveaux organismes.

M. Righi, le président de la Délégation italienne présente, au nom de cette dernière, le vœu ci-après :

« Considérant la très grande importance scientifique et pratique de l'unification et « *standardisation* » des méthodes qui servent à mesurer les différentes grandeurs se rattachant à la technique de la radiotélégraphie,

» Considérant que les spécifications des longueurs d'onde, des portées, des différents degrés d'amortissement, faites par la Conférence, n'auraient aucune valeur pratique sans la détermination et la coordination des méthodes de mesure qui en permettent le contrôle,

» La Conférence internationale de l'Heure émet le vœu qu'il soit fait une entente entre les laboratoires des différents pays afin qu'on puisse procéder à une coordination des méthodes et des appareils de mesures des grandeurs qui se rapportent à la technique de la radiotélégraphie. »

M. Corteil estime que la question soulevée ne semble pas du ressort de la Conférence, qui n'a pas à traiter de la technique de la télégraphie sans fil.

M. Deslandres appuie la proposition italienne.

M. Vanni fait remarquer que, à proprement parler, la Météorologie non plus n'était pas du ressort de la Conférence. D'ailleurs, on a fixé des « longueurs d'onde », des conditions pour les « tonalités musicales » employées, « qui doivent assurer la protection contre les perturbations » : ces règles ne signifient rien, si l'on ne s'entend pas sur les méthodes et instruments de mesure à employer.

Le Président estime que la Conférence a parfaitement qualité pour émettre un vœu qui, d'ailleurs, n'engage nullement les Gouvernements.

M. Frouin, délégué de l'Administration française des Postes et Télégraphes, juge la question trop complexe pour être traitée ici. Le vœu de la Délégation italienne, demandant une entente entre les laboratoires des divers pays, diminuerait sans raison le rôle des Congrès techniques.

M. Descovich appuie le vœu de la Délégation italienne : Les ondemètres donnent des indications très différentes suivant les fabricants : il sera illusoire de fixer une onde de 2500^{m} si l'on ne s'accorde pas sur le moyen à employer pour la mesurer.

D'ailleurs, le paragraphe E (adopté) traite de l'étude scientifique des ondes hertziennes : ce vœu s'y rattache logiquement.

La Délégation italienne appuie encore sa proposition, qui est d'une haute portée scientifique, et ne prétend dessaisir personne. La Conférence a parlé de « portées », de « tonalités », de « longueurs d'onde ». Il n'est pas exagéré de demander aux techniciens de s'entendre pour rendre facile l'application des règles édictées par la Conférence.

Le Président demande si, en supprimant le mot « laboratoires » qui semble exclusif, et en parlant simplement d'une « entente internationale », on ne pourrait rendre au vœu un caractère général qui le ferait accepter de tous.

La Délégation italienne se rallie à cette proposition, et le texte ainsi amendé est adopté.

Le texte définitif des vœux et résolutions de la Conférence, adopté en séance plénière, le 23 octobre 1912, est donc le suivant :

PREMIÈRE COMMISSION

« Les résultats fournis par les différentes méthodes et les divers instruments en usage pour la détermination et la conservation de l'heure seront transmis à la Commission internationale à créer pour la discussion astronomique et géodésique de toutes les questions relatives à l'heure.

DEUXIÈME COMMISSION

» 1. Les observatoires et les administrations intéressées mettront à l'étude l'organisation de l'enregistrement automatique des signaux horaires.

» 2. Il est à désirer qu'en chaque point du globe, on puisse toujours recevoir un signal horaire de nuit et un signal horaire de jour, le nombre total des signaux perceptibles ne dépassant pas, en principe, 4 par 24 heures.

» 3. L'étude de la répartition définitive des centres d'émissions horaires sera confiée à la Commission internationale de l'Heure.

» La liste ci-après indique les stations qui seront vraisemblablement en état, au 1er juillet 1913, de jouer le rôle de centre d'émissions horaires et les heures auxquelles devront être faites ces émissions :

	Heures de Greenwich. Temps moyen civil.	Coordonnées approchées.	
		Latitudes	Longitudes
	h	° ′	h m s
Paris	0 (minuit)	48.51 N.	0. 9.11 E.
San Fernando (Brésil)	2	3.50 S.	2. 9.40 O.
Arlington (États-Unis)	3	38.32 N.	5. 9. 4 O.
Manille	4 à titre d'essai	14.50 N.	8. 4.40 E.
Mogadiscio (Somali)	4	2. 2 N.	3. 1.28 E.
Tombouctou	6	16.49 N.	0.11.47 E.
Paris	10		
Norddeich-Wilhelmshafen	12 (midi)	53.37 N.	0.28.40 E.
San Fernando (Brésil)	16		
Arlington (États-Unis)	17		
Massaouah (Erythrés)	18	37.42 N.	8.12. 0 O.
San Francisco	20	15.37 N.	2.37.52 E.
Norddeich-Wilhelmshafen	22		

» Toute station horaire autre que les précédentes, qui viendrait à être créée, ne pourra faire, en principe, ses émissions qu'à des heures (de Greenwich) rondes, différentes des heures ci-dessus. Exceptionnellement, deux centres horaires pourront faire leurs émissions à la même heure sous la réserve expresse que leurs zones d'action ne se recouvrent pas.

» 4. La Commission internationale de l'Heure sera chargée de régler les émissions des signaux spéciaux destinés aux besoins scientifiques, et notamment de ceux qui ont pour objet de réaliser l'unification pratique de l'heure.

» 5. Les signaux horaires ordinaires seront uniformément produits conformément au schéma suivant :

Fig. 1.

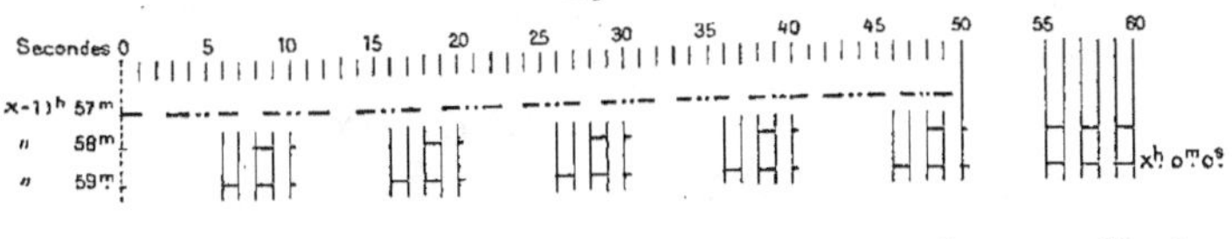

» 6. Les centres d'émissions horaires feront usage d'une longueur d'onde uniforme d'environ 2500m. Lorsqu'ils emploieront des émissions musicales, la tonalité de celles-ci devra être choisie de manière que la réception soit soustraite autant que possible aux perturbations de toute nature.

TROISIÈME COMMISSION.

» 1. En ce qui concerne l'exactitude désirable pour l'Astronomie et la Géodésie, les signaux radiotélégraphiques d'usage scientifique doivent atteindre le plus haut degré de précision possible.

» 2. On doit considérer les signaux horaires ordinaires actuels comme assez précis pour les besoins présents de la Navigation.

» 3. Pour la Météorologie, le Magnétisme terrestre et la Sismographie, l'approximation de la demi-seconde est actuellement suffisante. Si des modifications devaient, dans l'avenir, être apportées au régime actuel, il est désirable que l'approximation de la demi-seconde et même du quart de seconde soit assurée, et que le système des signaux horaires soit assez simple pour que ces signaux puissent être reçus par des observateurs même peu expérimentés.

» 4. Pour les besoins des chemins de fer et des services publics, les signaux horaires ordinaires actuels doivent être considérés comme assez précis.

» 5. Les Administrations télégraphiques devront s'efforcer de constituer des centres horaires où l'heure sera reçue et conservée par les moyens les plus précis.

» Les Administrations télégraphiques devront étudier et employer les moyens que la technique suggérera en vue de transmettre l'heure aux particuliers, soit par des signaux généraux à heure fixe, soit par des signaux particuliers envoyés à la demande des intéressés.

» En vue de favoriser le développement de ces procédés, les Administrations télégraphiques devront se communiquer les moyens employés par chacune d'elles.

QUATRIÈME COMMISSION.

A. — *Création d'une Commission internationale de l'Heure.*

» 1. Il est utile de chercher à réaliser l'unification de l'heure, par l'envoi de signaux radiotélégraphiques, qu'il s'agisse de signaux ordinaires ou de signaux scientifiques.

» 2. L'heure universelle sera celle de Greenwich.

» 3. Il sera utile de créer une *Commission internationale de l'Heure*, dans laquelle chacun des États adhérents sera représenté par des délégués.

» 4. Il sera utile de créer, sous l'autorité de la *Commission internationale de l'Heure*, un organe exécutif : *Bureau international de l'Heure*, dont le siège sera à Paris.

» 5. Pour les *signaux ordinaires*, les résultats des déterminations de l'heure seront transmis à ce *Bureau* par les centres nationaux, qui centraliseront eux-mêmes les déterminations faites par les observatoires de leurs pays et en déduiront l'heure la plus exacte.

» 6. Pour les *signaux scientifiques*, la mission du *Bureau* sera de centraliser les déterminations de l'heure faites dans les observatoires associés et d'en déduire l'heure la plus exacte.

» 7. Le *Bureau international de l'Heure* communiquera les résultats de comparaisons qui ne seraient pas promptement publiés, au *Bureau central de l'Association géodésique internationale*, à Potsdam, auquel ont demandera d'en entreprendre la discussion approfondie. Ces résultats seront également communiqués aux autres associations officielles internationales qui les demanderaient.

» 8. En attendant que les circonstances permettent la réalisation de ce programme, une Commission provisoire, nommée par la Conférence, pourrait organiser, à titre d'essai, la coopération dont il s'agit, et étudier les améliorations de toute nature à apporter à ce projet avant de le soumettre officiellement à l'approbation des gouvernements.

B. — *Communication à l'Association internationale des Académies.*

» La Conférence prie l'Académie des Sciences de Paris de bien vouloir soumettre à l'Association internationale des Académies, en l'appuyant, le projet de création d'une *Commission internationale de l'Heure*, conformément au vœu émis par cette Association internationale réunie à Londres en 1904.

C. — *Météorologie.*

» Les questions relatives aux rapports de la Météorologie avec la Radiotélégraphie sont de trois sortes :

» 1° Transmission par une ou plusieurs stations radiotélégraphiques de renseignements météorologiques destinés à des stations éloignées, sur terre ou sur mer ;

» 2° Réception par une ou plusieurs stations radiotélégraphiques et transmission aux services météorologiques centraux d'observations provenant de stations éloignées, sur terre ou sur mer;

» 3° Étude des phénomènes météorologiques qui peuvent influer sur les transmissions radiotélégraphiques.

» Ces questions sont trop complexes pour être discutées immédiatement. Il est donc désirable que l'étude en soit confiée d'abord à une Commission composée notamment de météorologistes et de directeurs de stations radiotélégraphiques. Cette Commission présenterait son rapport à la prochaine réunion du Comité météorologique international.

» En attendant, on recommande :

» 1° Que le nombre des stations météorologiques dont les observations sont données dans la dépêche de la tour Eiffel soit augmenté dans la mesure du possible;

» 2° Que le poste radiotélégraphique en construction à Bruxelles apporte une large collaboration à l'étude des perturbations radiotélégraphiques produites par les agents atmosphériques.

D. — *Navigation.*

» 1° Il est à désirer que tous les navires, à voiles et à vapeur, soient prochainement pourvus d'appareils pour la réception des signaux horaires radiotélégraphiques;

» 2° La Conférence prend acte des communications échangées entre les délégués des États-Unis d'Amérique et de la Grande-Bretagne au sujet des renseignements à transmettre par voie radiotélégraphique, sur les *icebergs* et autres *dangers de la navigation*. Elle apprécie hautement l'accord intervenu entre ces délégués à ce propos, dans l'intérêt de la navigation mondiale.

E. — *Étude scientifique des ondes hertziennes.*

» 1° La Conférence prend acte de la constitution d'un Comité provisoire ayant pour but l'organisation de l'étude scientifique des ondes hertziennes dans leurs rapports avec les milieux ambiants.

» Elle adresse des félicitations à M. Goldschmidt qui veut bien mettre sa station de télégraphie sans fil de grande puissance à Bruxelles, à la disposition de ce Comité en même temps qu'une somme de 25000^{fr} pour subvenir aux frais des premières études.

» La Conférence émet le vœu de voir les pouvoirs publics protéger ce genre de recherches, dont les résultats promettent d'être d'une importance capitale non seulement aux points de vue de la théorie pure et de la Météorologie, mais aussi à celui du développement de la T. S. F.

» Elle estime désirable que la station de T. S. F. de Bruxelles, bien que créée pour le service public, puisse néanmoins contribuer dans l'avenir à ces recherches scientifiques internationales.

» 2° Considérant la très grande importance scientifique et pratique de l'unification et « *standardisation* » des méthodes qui servent à mesurer les différentes grandeurs se rattachant à la technique de la Radiotélégraphie,

» Considérant que les spécifications des longueurs d'onde, des portées, des différents degrés d'amortissement, faites par la Conférence, n'auraient aucune valeur pratique sans la détermination et la coordination des méthodes de mesure qui en permettent le contrôle,

» La Conférence émet le vœu qu'il soit fait une entente internationale afin qu'on puisse procéder à une coordination des méthodes et des appareils de mesure des grandeurs qui se rapportent à la technique de la Radiotélégraphie. »

Le Président suspend la séance à 11^{h}8^{m} pour permettre aux délégués de se concerter sur la nomination de la Commission provisoire.

La séance est reprise à 11^{h}40^{m}.

M. Hough, au nom de la Délégation des États-Unis, demande que l'heure émise par Manille soit modifiée (*voir* plus haut p. 41).

Il est fait droit à cette demande, sous réserve qu'il n'en résultera pas de perturbations.

M. Vanni montre à ce sujet l'importance des conditions techniques des installations, ce qui appuie à nouveau le vœu adopté tout à l'heure.

La Conférence décide à l'unanimité que la Commission provisoire comportera un délégué par État.

Elle formera son bureau après sa constitution.

La Conférence adopte alors la liste suivante des délégués qui formeront la Commission provisoire :

	MM.
Allemagne	Kohlschütter.
Autriche	Descovich.
Belgique	Lecointe.
Brésil	Bhering.
Espagne	Mier.
États-Unis	Hough.
Grande-Bretagne	Dyson.
Grèce	Egenitis.
Italie	Righi.
Monaco	Berget.
Pays-Bas	Bakhuyzen.
Portugal	Pinto.
Russie	Baklund.
Suède	Charlier.
Suisse	Gautier.
France	Baillaud.

M. Lecointe demande que M. Lallemand, rapporteur du projet du Bureau des Longitudes, soit adjoint à la Commission avec voix consultative.

La proposition est adoptée à l'unanimité.

M. Lecointe insiste pour que la Commission provisoire se hâte d'établir un statut international que les délégués appuieront près de leurs Gouvernements.

Elle aura d'ailleurs à approuver le procès-verbal de la deuxième séance plénière.

M. Berget demande qu'elle se réunisse de suite. Il en est ainsi décidé.

Le Président de la Conférence prononce alors le discours ci-après :

« Messieurs,

» Vous venez de statuer définitivement sur les diverses questions portées au programme de la Conférence internationale de l'Heure; et comme vous avez pris vos décisions à l'unanimité, nos Gouvernements les adopteront sans doute et les feront passer dans la pratique. Cet espoir est d'autant plus fondé que plusieurs d'entre vous sont munis de pleins pouvoirs pour donner une approbation définitive.

» Avant de clore cette Conférence, permettez-moi de jeter rapidement les yeux sur les principaux résultats de vos délibérations.

» Pour la *détermination astronomique de l'heure*, vous avez fixé au centième de seconde la précision à viser : sans doute, cette approximation caractérisera les possibilités du commencement de ce vingtième siècle. Vous savez qu'Hipparque, en progrès considérable sur ses devanciers, n'atteignait pas la minute, que Tycho-Brahé arrivait à grand'peine à 5 ou 10 secondes et qu'on n'obtenait pas beaucoup mieux lorsque, le 21 juin 1667, furent jetés les fondements des murs qui nous abritent. Mais à la fin de la même année, on obtenait l'heure à moins de 1 seconde, grâce à l'application des lunettes aux quarts de cercle.

» Pour la *transmission radiotélégraphique de l'heure*, vous avez reconnu qu'elle peut se faire avec cette même précision du centième de seconde, et mieux encore au besoin.

» Vous proposez, pour cette transmission, des signaux conventionnels choisis de manière à satisfaire à toutes les exigences, jusqu'au centième de seconde, que poursuivent les astronomes et les géodésiens. Ce système de signaux, que tous voudront adopter, amènera de grandes simplifications; ainsi, par exemple, sur toutes les mers du globe les marins retrouveront des signaux horaires identiques.

» Jusqu'à une époque bien récente, chacun devait compter presque uniquement sur lui-même pour la détermination et la conservation de l'heure exacte. Dès maintenant, il n'en sera plus ainsi, puisque vous venez d'établir entre un grand nombre d'observatoires une collaboration qui permettra d'avoir facilement et à chaque instant, l'heure avec la plus haute précision.

» Pour cela, vous avez décidé la création d'un *Bureau international*, chargé de réunir, de coordonner les résultats, et vous avez placé son siège *à Paris*. C'est un honneur dont nous sentons tout le prix et dont nous vous remercions profondément. Sans doute, vous avez voulu reconnaître ainsi les efforts du Bureau des Longitudes pour étendre et perfectionner la méthode radiotélégraphique d'envoi de l'heure et de la détermination des longitudes : ce sera pour lui un puissant encouragement à persévérer dans la voie qu'il s'est tracée.

» Vous avez aussi invité les Gouvernements à donner plus d'extension aux *radiogrammes météorologiques*, si importants pour la Marine et l'Agriculture, l'Aérostation et l'Aviation ; — vous avez enfin recommandé l'étude scientifique des circonstances atmosphériques susceptibles d'influer sur la transmission des ondes hertziennes.

» Votre œuvre est donc complète, et l'avenir mettra en lumière son importance, que je crois considérable. Je vous souhaite à tous de la voir fructifier abondamment, et je déclare terminés les travaux de la première Conférence internationale de l'Heure. »

Au nom de tous les délégués, M. Föerster, président de la Délégation allemande, remercie en ces termes les institutions et personnalités françaises qui ont collaboré à l'œuvre aujourd'hui achevée :

« Messieurs,

» Autorisé par une communauté des Délégués et pénétré, comme nous le sommes tous, de l'importance fondamentale de cette Conférence, je me permets de prendre la parole pour exprimer, à la fin de nos délibérations, nos remercîments aux personnes et aux institutions françaises auxquelles nous devons ce nouvel acte d'organisation humaine, cet acte dont les effets scientifiques et sociaux rayonneront bientôt autour de la Terre entière.

» Nos remercîments s'adressent en premier lieu au Président de la République et au Gouvernement français. C'est une des plus nobles traditions de la France de marcher à la tête de l'exploration scientifique de la Terre.

» Elle a, dans cette voie, non seulement devancé toutes les autres nations, mais elle a aussi continué sans cesse cette noble initiative et collaboré toujours, de la manière la plus efficace et généreuse, à tous les grands travaux communs de l'humanité.

» Pensons à la grandiose époque où, il y a deux siècles et demi, les trois célèbres institutions scientifiques, l'Académie des Sciences, la *Connaissance des Temps* (aujourd'hui rédigée par le Bureau des Longitudes) et l'Observatoire de Paris, ont été créés, et vouons aujourd'hui notre chaleureuse gratitude à la haute intelligence et au zèle plein de générosité témoigné aussi dans l'organisation de cette Conférence par les représentants actuels de ces institutions, et notamment aussi par M. le Directeur de l'Observatoire, M. Baillaud, vénéré par nous tous.

» Ajoutons nos remercîments très sincères à M. le capitaine Perrier et à la communauté des astronomes de l'Observatoire de Paris, en même temps aussi au prince Roland Bonaparte et à la municipalité de Paris qui, par son invitation pour ce soir, a témoigné un intérêt si honorable pour la Conférence.

« Enfin, je crois que peu de mots, même des plus vifs, ne suffiront pas pour exprimer notre gratitude, si bien méritée, pour M. le Commandant Ferrié, en raison du développement scientifique des signaux horaires, et finalement, Messieurs, nous présentons l'expression de notre profonde gratitude à l'amabilité infatigable et à l'habileté éclairée et efficace avec laquelle M. Bigourdan a mené la haute direction de la Conférence.

» Espérons, Messieurs, que l'évolution du Service de l'heure, embrassant la Terre entière, contribuera à assurer la collaboration fraternelle du genre humain. »

Au moment de lever la séance, M. Righi communique le télégramme suivant de M. Marconi :

« Profondamente grato per gentile telegramma che mi è giunto di particolare conforto in quest'ora penosa prego lei illustre scienziato e delegati codesta Conferenza internazionale gradire i miei più sentiti e sinceri ringraziamenti.

» MARCONI. »

La séance est levée à $12^h 15^m$.

PROCÈS-VERBAUX DES COMMISSIONS.

PREMIÈRE COMMISSION.

SÉANCE DU 16 OCTOBRE 1912.

Président : M. FOERSTER.
Vice-Présidents : MM. CELORIA et BENNDORF.
Rapporteur : M. GAUTIER.

La séance est ouverte à $9^h 40^m$.

M. FOERSTER, président, prononce les paroles suivantes :

« En ouvrant la première séance de la première Commission, je me permets d'inaugurer la discussion sur les points I et II du programme qui font l'objet des délibérations de notre Commission, en soumettant à votre approbation ou à votre rectification l'impression qu'il ne s'agira pas pour notre Conférence de formuler des *résolutions* concernant les meilleures *observations* astronomiques de l'heure et les meilleurs appareils et méthodes pour la *conservation* de ces déterminations de l'heure, mais qu'il s'agira essentiellement d'un échange d'expériences et d'opinions sur l'état actuel, en vue d'améliorations possibles dans l'avenir.

» Quant à ces améliorations, je voudrais seulement remarquer que pour atteindre dans un avenir prochain, pour ainsi dire, le sommet de précision de la détermination de l'heure et de sa conservation pendant les intervalles considérables de temps entre les observations du ciel étoilé, il sera encore nécessaire de tenir compte des nouveaux résultats de mesures concernant les déformations de la Terre entière par l'attraction lunaire et solaire; car ces déformations ne peuvent pas seulement affecter les différences de longitudes, mais plus encore les lieux apparents des étoiles. Certainement ces dernières corrections sont à la limite de la précision atteinte jusqu'à présent dans les observations des étoiles, mais par l'organisation mondiale de ces observations sur la base des meilleures méthodes nouvelles, on pourra les constater et en tirer, dans un service organisé des longitudes terrestres, des résultats très importants pour les recherches géologiques et géodésiques et aussi pour la navigation et ses bases topographiques. »

Le Président ouvre la discussion sur le point 1 du programme :

I. *Détermination astronomique de l'heure ou de la correction d'un garde-temps.*

Méthode des passages. Méthode des hauteurs. Enregistrements divers.
Emploi de la méthode de « l'œil et de l'oreille ».
Causes d'erreurs dans les divers cas et moyens de les réduire.
Précision aujourd'hui atteinte. Précision à rechercher.

M. Wanach recommande, pour les déterminations de l'heure, la méthode employée par l'Institut géodésique de Potsdam : méthode de l'observation de passages d'étoiles à un instrument transportable muni d'un micromètre enregistreur et susceptible de retournement au milieu du passage aussi pour les étoiles horaires. Cet instrument est préférable aux cercles méridiens.

La haute précision de cette méthode s'est manifestée, en particulier, dans la détermination de la différence de longitude entre Potsdam et Greenwich. Elle repose surtout sur le fait qu'on n'a pas besoin d'enlever le niveau de sa position sur l'axe et qu'ainsi l'inclinaison se détermine avec beaucoup plus d'exactitude que quand on doit placer chaque fois le niveau sur l'axe.

M. Bigourdan demande que les déterminations des collimations par retournement sur un collimateur de hauteur variable puissent être assurées dans la direction même des étoiles observées.

M. Schorr rappelle que la lunette des nouveaux cercles méridiens construite par M. Repsold, celle de l'Observatoire de Bergedorf-Hambourg, par exemple, peut être retournée en 40 secondes. On peut, par conséquent, procéder au retournement pendant le passage d'une étoile zénithale. Il est vrai que ce n'est pas possible pendant le passage d'une étoile équatoriale.

M. Driencourt ne croit pas qu'on puisse parler de millièmes de seconde dans les déterminations du temps. Le centième de seconde est déjà très problématique et les millièmes ne peuvent être que le produit d'artifices de calcul.

Il propose que les observations de passages au méridien ne soient pas les seules admises pour la détermination de l'heure. Sans vouloir rééditer toutes les critiques qu'il a formulées à plusieurs reprises contre ces observations, il rappelle qu'elles supposent une stabilité des instruments pendant un temps plus ou moins long, stabilité qui ne peut pas exister, les observations sismologiques et de marées de l'écorce terrestre le prouvent suffisamment.

La méthode des hauteurs égales appliquée avec un instrument adéquat, tel que l'astrolabe à prisme, est à l'abri de ces critiques.

Les nombreuses déterminations de longitude qui ont été faites avec cet instrument montrent que la précision des déterminations de l'heure exécutées avec lui est voisine de la limite de $0^s,01$. Il peut donc être admis pour les déterminations d'heure au même titre que les instruments méridiens.

Il ne s'agit pas de supprimer ces derniers, mais simplement de contrôler leurs résultats par d'autres méthodes.

M. Bigourdan exprime le vœu que, conformément aux expériences déjà faites par le Bureau des Longitudes, on continue à employer les deux méthodes concurremment.

M. Lecointe, Directeur scientifique du Service astronomique de l'Observatoire royal de Belgique, présente quelques résultats d'observations faites par un même observateur, M. Moreau, concurremment avec le cercle méridien et l'astrolabe à prisme. Le cercle méridien est muni du micromètre enregistreur de Repsold; l'astrolabe à prisme est du type géodésique (modèle moyen). Les observations ont été enregistrées au chronographe imprimant de Gautier, tant pour le cercle méridien que pour l'astrolabe. Celles du cercle méridien ont toujours précédé les autres. Le chronographe est commandé par une pendule sidérale en synchronisation avec une fondamentale à température et à pression constantes (pendule n° 2 du plan général; voir *Description des installations du Service de l'heure*, par Philippot et Delporte). La pendule fondamentale a une marche qui peut être considérée comme négligeable pendant l'intervalle des observations d'une même nuit. Enfin, il est bon de noter que l'observateur, M. Moreau, ne se livre aux observations au cercle méridien et à l'astrolabe que depuis environ un an.

L'astrolabe était établi sur un pilier en pierre reposant sur un massif en béton, situé à une distance de 23^m du méridien de l'instrument de Repsold. Les résultats fournis par l'astrolabe ont été corrigés pour correspondre à l'emplacement du cercle méridien. L'ouverture de ce dernier est de 16^{cm} et sa longueur focale de $1^m,90$.

Quatre soirées d'observations, consacrées spécialement à la comparaison des deux instruments, ont donné les résultats suivants pour la correction du chronographe :

Astrolabe.	Cercle méridien.
s	s
+ 1,06	+ 1,10
0,88	0,87
1,01	0,90
0,98	0,83

Les observations au cercle méridien ont porté, à chaque séance, sur six étoiles dont une circompolaire.

M. Dyson est d'accord avec M. Wanach sur le fait qu'on peut obtenir une très grande précision en employant le micromètre enregistreur. Mais, en même temps, pour assurer la haute exactitude que M. Wanach a obtenue dans la détermination de la différence de longitude Potsdam-Greenwich, il était nécessaire de porter une grande attention à la lecture du niveau et à la détermination de l'azimut.

En ce qui concerne les résultats définitifs, ils sont plus précis que ceux qu'on peut obtenir par des déterminations de l'heure de jour en jour, à condition qu'on puisse faire la revision de la série entière des observations. Au reste, la question qui doit être prise en considération ici n'est pas celle de la plus haute précision que l'on pourrait obtenir, en perfectionnant au maximum les observations, mais plutôt de rechercher ce qui est praticable dans les déterminations de temps faites jour par jour.

M. Asaph Hall donne quelques détails sur le Service de l'heure au Naval Observatory, à Washington, au sujet de la distribution des signaux horaires que doivent fournir les observatoires nationaux.

Au Naval Observatory, on choisit pour cela quelques observations faites à l'un des deux cercles méridiens en service régulier; en général, au cercle méridien de 6 pouces, qui est pourvu d'un micromètre impersonnel et d'un prisme à réversion. L'autre cercle méridien, celui de 9 pouces, a un prisme à réversion, mais on y emploie le chronographe usuel à clé.

Pour la conservation du temps, trois pendules de Riefler sont installées dans une salle souterraine à double enveloppe murale. Le mur extérieur est chauffé par des appareils contrôlés par un thermostat. Il y a donc là un contrôle intérieur très délicat qui allume et éteint des lampes électriques.

Deux fois par semaine, l'officier chargé du service chronométrique réduit les observations de six étoiles horaires.

Pour les déterminations de longitudes, on emploie les résultats définitifs des réductions finales de toutes les étoiles horaires employées.

L'erreur moyenne d'un signal ordinaire de l'heure, donné par l'observatoire, est d'environ $\pm 0^s,10$ à $\pm 0^s,15$, que les observations aient été faites à l'un ou à l'autre des cercles méridiens.

Pour la détermination de l'heure plus précise, il conviendrait d'employer un instrument qui pourrait être retourné une ou plusieurs fois chaque nuit d'observation et qui serait muni d'un prisme à réversion et d'un micromètre impersonnel. Les corrections instrumentales devraient aussi être maintenues dans des limites étroites afin que les erreurs d'azimut et de collimation puissent être éliminées au cours des observations.

M. Wanach répond aux remarques de M. Dyson sur le fait que le travail de réduction exigé par la méthode préconisée à Potsdam serait trop long, et croit, au contraire, que ce travail est moindre que dans l'emploi d'un cercle méridien. En effet, il n'y a pas lieu de tenir compte des distances des fils, ni des erreurs des vis; il suffit de former la moyenne des temps de contact correspondants. C'est surtout quand on emploie un programme d'étoiles fixe que la réduction dure sensiblement moins de temps que le relevé des bandes des enregistreurs.

Si les cercles méridiens modernes conservent encore actuellement une supériorité pour la détermination des ascensions droites, il est certain, d'autre part, à son avis, que pour des déterminations *absolues* de l'heure l'instrument des passages est supérieur, à condition qu'il puisse être retourné pendant chaque passage d'étoile. On est ainsi assuré d'une façon supérieure contre les erreurs systématiques (inclinaison, collimation, etc.). Quant à savoir si l'astrolabe à prisme est de même valeur que l'instrument des passages, elle devra être vérifiée par des observations parallèles. Il semble à M. Wanach que le non-emploi du micromètre enregistreur paraît fâcheux à cause de la non-élimination de l'équation personnelle.

La discussion continue. Y prennent part : MM. Driencourt, A. Lallemand et Renan; le premier appuyant sur la valeur des déterminations à l'astrolabe; M. Lallemand rappelle les résultats concordants obtenus par le Service géographique de l'Armée française, en appliquant les deux catégories d'instruments à la détermination des différences de longitude.

M. Renan déclare qu'il se rallie de la manière la plus absolue à l'opinion émise par M. le professeur Wanach, dont la compétence est universellement reconnue pour tout ce qui se rattache aux déterminations de l'heure et de différence de longitude.

Il estime que, au point de vue de la précision, aucune méthode ne saurait être comparée à celle des passages au méridien, pourvu qu'on ait soin d'employer le micromètre impersonnel, de retourner la lunette entre les deux parties de l'observation de chaque étoile et d'effectuer un nivellement simple dans chaque position de l'instrument.

Les critiques faites à la méthode des passages, et tirées du manque de stabilité de l'appareil, ne semblent pas avoir une très grande importance : d'une part, les très grandes précautions prises à l'heure actuelle pour ces installations permettent d'assurer cette stabilité d'une manière très suffisante; en second lieu, les méthodes d'observation elles-mêmes donnent le moyen de mesurer les variations qui pourraient se produire et d'en tenir compte. Enfin, si les changements survenus pendant les opérations sont assez petits pour ne pouvoir être décelés par les instruments de mesure dont on dispose, l'on peut regarder les erreurs qui en découlent comme trop faibles pour influer sur les résultats, au moins dans les limites de la précision cherchée.

Les avantages précieux de la méthode ci-dessus indiquée ont été mis en évidence, à maintes reprises, en ces dernières années, et M. Renan rappelle la très remarquable détermination faite entre Potsdam et Greenwich en 1903.

Il expose que, dans le courant de l'année 1911, la mesure de la différence de longitude entre Paris et Bizerte, par la télégraphie sans fil, a été faite, sous sa direction, par les astronomes de l'Observatoire de Paris, et que les résultats obtenus dans les diverses soirées d'observation présentent entre eux une concordance qu'il semble difficile de dépasser. Il en a été de même, en 1912, pour la longitude de Paris-Uccle, qui vient d'être terminée; dans ce dernier travail, on a eu soin d'employer concurremment les signaux télégraphiques ordinaires et les signaux radiotélégraphiques, afin de comparer entre elles ces deux méthodes.

A cette occasion, M. Renan croit devoir faire remarquer que la méthode des hauteurs égales ne lui semble pas pouvoir être regardée comme conduisant à des résultats aussi précis : sans parler de l'exactitude de chaque observation isolée, la méthode des passages permet d'obtenir, pour une étoile observée, vingt déterminations de l'heure, indépendantes les unes des autres, tandis que, dans l'autre, l'heure déduite de l'observation d'une étoile résulte d'une seule détermination. Il résulte de là que vingt étoiles observées dans l'une des méthodes ne semblent guère pouvoir être comptées que pour deux étoiles observées dans l'autre. Il est aussi bien difficile de ne pas signaler la complication des calculs exigés par la méthode des hauteurs égales, si l'on ne veut pas se contenter d'un résultat obtenu par une méthode graphique.

En résumé, M. Renan estime que la seule méthode recommandable pour la détermination de l'heure dans les grands observatoires est celle des passages au méridien avec micromètre impersonnel, et il propose que le Congrès adopte cette solution.

M. le général Bassot ne croit pas que la séance d'aujourd'hui doive être consacrée à une discussion sur la meilleure méthode pour déterminer les différences de longitude. Son but doit être autre : étudier l'amélioration des déterminations de l'heure et de la marche des pendules en vue de l'envoi des signaux radiotélégraphiques. Les méthodes dont on vient de discuter les mérites sont toutes bonnes et ont fourni d'excellents résultats. Il est inutile de discuter leurs mérites; il faut continuer à appliquer ces méthodes afin de juger leurs résultats par comparaison.

M. le général Bassot fait la motion de rester dans le programme de la Commission. (*Adopté.*)

Personne ne demandant plus la parole, le Président met en discussion le point II du programme, qui revient à étudier les meilleures méthodes pour conserver l'heure par l'emploi des pendules ou des chronomètres.

Voici le texte du point II du programme :

II. *Conservation de l'heure.*

Modèles divers de pendules et de chronomètres.

Leur comparaison dans le même observatoire.

Détermination de la correction la plus probable de la pendule directrice.

M. Bigourdan soumet l'idée de contrôler les pendules des horloges ordinaires par des pendules libres placés dans le vide, et assez longs pour que leurs oscillations durent plusieurs jours. Au besoin, on ferait les tiges de ces pendules en matières peu sensibles aux variations de température, telles que l'invar ou le quartz fondu.

M. Bassot expose à ce propos les avantages que présente, comme garde-temps, le pendule de *quatre mètres* de longueur, installé à l'Observatoire de Nice, sur les indications du physicien Cornu.

Ce pendule, construit primitivement avec une tige en fer, possède actuellement et depuis deux ans une tige en invar. Les observations actuelles, inaugurées en février 1911, démontrent que pendant la période d'hiver, où les variations de température sont généralement faibles, l'état de ce garde-temps varie extrêmement peu, 1 à 2 secondes par mois environ. En été, sous l'influence de l'accroissement continu de la température, des variations, dont on n'est pas encore parvenu à affranchir l'appareil, produisent un retard dans la marche. Une fois la stabilité du pendule mieux réalisée, la marche s'améliorera encore. Mais, déjà maintenant, la continuité de la marche est telle qu'on peut interpoler avec une grande précision la correction de l'heure.

M. Claude, membre adjoint du Bureau des Longitudes, résume un Mémoire (pièces annexes) concernant la *conservation de l'heure.*

Difficultés concernant la conservation de l'heure. — Il serait possible de conserver l'heure à l'aide d'une seule pendule si toutes les circonstances qui influent sur sa marche étaient bien connues.

La température, la pression, le degré hygrométrique, la stabilité, l'amortissement des oscillations, le centrage des roues et des pignons et les frottements ont une influence très marquée sur cette marche.

Il est possible de représenter par une formule approchée, où toutes les causes de perturbation figurent, sous forme de coefficients indéterminés, l'état de cette pendule exprimé algébriquement. On peut, en effet, établir autant d'équations que le problème comporte d'inconnues, mais on s'aperçoit bien vite que le degré de précision que l'on pense avoir atteint, après avoir déterminé les coefficients de cette formule par expériences, se trouve en réalité fort au-dessous de l'approximation qu'on pouvait espérer pour la conservation de l'heure. J'en ai eu la preuve lorsque j'ai essayé de tenir compte de la température pour prédire l'état d'une pendule. A plusieurs reprises, j'ai voulu déterminer le coefficient de la température qui affectait la marche de cette pendule, le résultat a été négatif et pourtant, depuis plusieurs années, j'ai constaté, à l'entrée de l'hiver, un changement de marche dont le sens était toujours le même.

Au contraire, le coefficient dû à la pression se détermine avec une grande sûreté (1).

Il résulte donc, d'après mon expérience, qu'on ne peut tirer d'une seule pendule, l'état, avec toutes les garanties désirables. Il suffit pour s'en convaincre d'envisager le cas où les huiles se décomposent plus ou moins vite, ce qui a pour effet de détériorer les tourillons et les trous qui leur servent de logement; on constate alors que la marche de la pendule devient tout à fait irrégulière, et tôt ou tard elle s'arrêtera.

Une seule pendule ne suffit pas. — Il n'est donc pas admissible qu'on puisse se rapporter à une pendule seule, si parfaite qu'elle soit, et l'on se trouve obligé de contrôler sa marche, soit par des observations astronomiques, soit par des comparaisons.

Contrôle de la marche des pendules et chronomètres. — Le contrôle par les observations astronomiques est incontestablement le plus sûr,

(1) Lorsqu'on calcule, d'après le principe d'Archimède, l'influence de la pression sur la marche d'une pendule, on trouve, en négligeant l'effet de l'accroissement de l'amortissement, un coefficient notablement moindre que celui fourni par les observations. Ce coefficient est moitié moindre environ et ceci permet de juger des erreurs qu'on pourrait commettre si l'on se laissait guider par la théorie sans consulter l'expérience.

malheureusement l'état du ciel ne permet pas toujours de l'utiliser. Celui par comparaisons n'offre que des probabilités, mais jamais de certitude. Par exemple, si l'on ne possède que deux pendules, il est impossible de spécifier laquelle des deux a subi une perturbation de marche. Sur trois pendules, deux peuvent rester en accord; on aurait tort d'éliminer celle qui semble en désaccord, comme je l'ai constaté expérimentalement. La plus grande circonspection doit être gardée à cet égard.

En général n pendules ne peuvent donner par comparaisons que $(n-1)$ nombres, c'est-à-dire une équation de moins qu'il y a d'inconnues; seule une certaine expression d'état moyen, dont je reparlerai dans mon Mémoire, permettra, en s'appuyant sur l'hypothèse d'une continuité, de fournir l'équation qui manque. Mais on ne doit pas oublier qu'une hypothèse a été introduite.

M. E.-F. v. d. Sande Bakhuyzen donne quelques détails sur la pendule normale de l'Observatoire de Leiden. Il se permet d'en occuper l'assemblée pendant quelques instants, puisque la construction de cette pendule, son installation et la manière d'opérer diffèrent en quelques points de ce qu'on voit généralement aujourd'hui.

Les principales particularités découlent de ce qu'on a cru, à Leiden, qu'il faut faire les appareils aussi simples que possible, même lorsque cela amène un surcroît assez considérable de travaux de calculs. La pendule normale de Leiden a été construite, en 1860, par Hohwii, à Amsterdam. Elle a un échappement Graham et un pendule à cuvette de mercure. Elle se trouvait d'abord dans la salle méridienne, mais on l'a transférée depuis dans une niche taillée dans le pilier du grand réfracteur, là où passe le vestibule de l'Observatoire. Autour de la pendule proprement dite, on a construit une seconde enveloppe en bois et en verre et puis la niche est fermée par une porte en verre.

De la sorte, la pendule ne se trouve pas dans un milieu à température constante, mais les changements de température sont si lents que nous pouvons dire en toute confiance que l'amplitude de la période diurne dans la marche de la pendule ne peut être qu'insensible. Cela résulte de la lecture de deux thermomètres, l'un en haut, l'autre en bas de la pendule, qui est faite régulièrement cinq fois par jour, avec la précision de $\frac{1}{100}$ de degré centigrade.

La différence entre la température, à 4^h de l'après-midi et 8^h du matin, est généralement au-dessous de $0°,20$ et ne monte que très rarement au-dessus de $0°,30$. L'étude des différences entre la température en haut et en bas, a permis d'observer en particulier qu'entre 4^h et 8^h, la différence est presque toujours au-dessous de $0°,05$ et toujours au-dessous de $0°,10$. L'air dans la niche a la pression de l'air ambiant. Donc, il faut corriger la marche de notre pendule pour la hauteur du baromètre, comme il sera dit dans la suite.

Une autre particularité de notre pendule normale, c'est qu'elle n'est pas munie d'un interrupteur électrique. On peut bien dire que quelque parfait qu'on tâche de construire un tel interrupteur, la régularité de la marche de la pendule en est toujours plus ou moins atteinte. Nous employons une autre pendule à donner les signaux de seconde sur le chronographe et nous comparons notre pendule normale avec l'autre en donnant des signaux à la main qu'on fait coïncider avec les battements de Hohwii 17. Une comparaison consiste généralement en 24 signaux et nous avons trouvé pour l'erreur moyenne du milieu de ces 24 signaux $0^s,007$, y compris les erreurs quasi-systématiques de l'observateur.

La pendule Hohwii 17, quoique âgée déjà de plus de 50 ans, n'a été nettoyée que deux fois, la dernière fois en 1899, et la régularité de sa marche, loin de diminuer, a, au contraire, encore augmenté. Elle a augmenté d'une période à l'autre, les périodes étant formées par les nettoyages, et dans chaque période elle n'a atteint son maximum que plusieurs années après le nettoyage. On a toujours calculé l'influence du baromètre et de la température et depuis 1903 aussi celle de la différence de la température en haut et en bas, et pour juger de la régularité on emploie les marches réduites pour ces trois influences. Ainsi, on a déduit, des marches diurnes dans les trois années 1903-1906 la formule

$$\begin{aligned}\text{Marche diurne} = \text{const.} + 0^s,0153\,(b - 760)\\ - 0,0285\,(t - 10°) + 0^s,370\,\Delta t,\end{aligned}$$

où b = hauteur du baromètre, t = température, Δt = différence entre la température en haut et en bas, et cette formule convient encore parfaitement aujourd'hui, comme une recherche concernant les années 1909-1912 l'a montré. Jusqu'en 1909, la valeur de la constante a varié progressivement, quoique assez lentement, d'environ $-0^s,20$ jusqu'à $-0^s,37$, mais depuis 1909 sa valeur n'a presque plus changé. Elle était

Septembre 1909-Août 1910	$-0,369$
» 1910 » 1911	$-0,350$
» 1911 » 1912	$-0,384$
En moyenne	$-0,367$

Lorsqu'on compare les marches diurnes pour ces trois années, déduites d'états de la pendule, déterminées en moyenne avec des intervalles de 5 jours avec les valeurs suivant la formule ci-dessus, en employant comme valeur de la constante pour les trois années $-0^s,367$, on trouve comme valeur moyenne des différences $\pm 0^s,020$.

Pour déduire, de nos observations de passages, les ascensions droites, nous employons toujours la formule de marche. Nous déduisons la constante d'observations avec un intervalle de plusieurs jours et nous calculons rigoureusement l'influence de la température et du baromètre pour les heures d'observation dont il s'agit. Mais, d'abord, il nous faut réduire les temps de passage suivant le chronographe à la pendule normale et pour cela nous faisons des comparaisons des deux pendules, comme il est dit plus haut, avec des intervalles de 1 heure à 1 heure 30 minutes.

M. Blumbach donne un court résumé des résultats numériques obtenus de 1902 à 1912 dans le Service de l'heure exacte à la Chambre centrale des Poids et Mesures, à Saint-Pétersbourg. Par la loi russe, la Chambre centrale est chargée de conserver les étalons de toutes les mesures.

Comme étalons de l'heure (temps) servent quatre pendules de Riefler sous pression constante et à une température presque constante pendant une journée et pendant l'année de 2° à 3°.

Les pendules sont fixées à de puissantes maçonneries de quelques dizaines de mètres cubes. La différence constante de la température pour une différence de hauteur de 1^m est $\pm 0°,1$.

Les observations astronomiques sont faites au méridien avec un instrument de passages de Bamberg de 9^{cm} d'ouverture, muni d'un micromètre impersonnel donnant les signaux sur un chronographe Hipp (1 seconde = 35^{mm}).

Les pendules sont comparées tous les jours à midi automatiquement sur un chronographe Hipp (1 seconde = 40^{mm}).

Les pendules de Riefler sont munies de roues de contacts à 59 dents (1^s-59^s). Dans les comparaisons des pendules, on emploie toujours les signaux d'une minute entière pour éliminer les erreurs des différentes dents de la roue d'échappement.

L'erreur maximum d'un contact est $\pm 0^s,02$. L'erreur moyenne d'une comparaison complète est $\pm 0^s,005$.

Les changements accidentels de la marche d'une pendule sont de l'ordre de $\pm 0^s,01$ par jour. Par combinaison des quatre pendules, on peut extrapoler la correction en avance pour 5 à 7 jours avec une erreur de $0^s,03$ à $0^s,05$.

Pendant une année, on a trouvé dans la marche des pendules des changements périodiques qu'on ne peut pas expliquer par les petits changements de température.

Dans le cas d'un arrêt total, les pendules montrent un changement dans la marche diurne de l'ordre de $0^s,3$; mais si les oscillations des pendules sont encore dans les limites d'amplitude de $\pm 35'$ à $40'$, les changements de la marche sont presque insensibles.

Les expériences faites avec les chronomètres munis de contacts électriques montrent que l'erreur maximum d'un seul signal est de $\pm 0^s,003$.

En même temps, on a fait à Saint-Pétersbourg des expériences avec les pendules libres de $0^s,5$ oscillant dans le vide et dans une atmosphère sous une pression de 1000^{mm} de mercure, et aussi avec les pendules à fil d'une longueur de 21^m et 38^m oscillant dans l'air, placés à l'intérieur d'un tube double en fer ayant un diamètre de 1^m. Après agitation de l'eau qui remplit l'intervalle des deux tuyaux en fer, on obtient une constance de la température à différentes hauteurs, entre 0^m et 21^m, de l'ordre de $0°,1$.

Les expériences avec les pendules de 21^m seront répétées dans le vide.

M. Favé fait la communication suivante sur les pendules du Service hydrographique de la Marine française :

Le Service hydrographique compte au nombre de ses attributions l'achat et l'entretien des chronomètres nécessaires aux besoins de la Marine. Les achats sont effectués à la suite de concours entre les instruments présentés par divers horlogers. Le classement de ces instruments, ainsi que le contrôle de ceux qui ont subi des réparations nécessite la connaissance de l'heure aussi précise que possible. Un certain nombre de pendules sont affectées à la conservation de l'heure; leurs états sont déterminés par des observations astronomiques.

La situation de l'établissement au centre de Paris est défavorable à la précision des observations ainsi qu'au fonctionnement des pendules qui ne sont pas jusqu'ici mises à l'abri des effets ni des changements de température, ni de ceux de la pression barométrique. Par suite, on se trouve dans des conditions inférieures à celles des observatoires actuellement les mieux outillés et les mieux placés; l'étude suivie d'instruments, tous de modèle assez anciens, mais dus à des artistes renommés, n'est pas néanmoins sans intérêt.

Une note détaillée sera présentée dès que l'impression en sera achevée. L'auteur se bornera à citer quelques-uns des faits résultant de cette étude.

1° La compensation, obtenue par des moyens variés, est modifiée par les nettoyages et les changements d'huile des pendules, même lorsque, bien entendu, ils n'intéressent en rien le mécanisme de la compensation. L'effet de la température change souvent de valeur et même de sens à la suite de ces opérations.

Cet effet, presque immédiat sur certaines pendules, subit un retard très marqué pour d'autres, il peut atteindre 4 à 5 jours. Il n'est pas régulier et semble fonction de la rapidité des variations de température. On peut appliquer aux états des corrections qui les améliorent incontestablement lorsqu'on envisage de longues périodes. Pour des périodes courtes, c'est-à-dire d'un petit nombre de jours, aucune formule n'a paru susceptible d'apporter d'amélioration.

2° L'action des variations de pression est très nette, paraît instantanée et l'on en tient compte dans la détermination des marches.

Les diverses pendules sont comparées journellement par la méthode des coïncidences qui permet de déterminer avec une grande précision les marches relatives.

La marche la plus probable de la pendule étalon est établie, d'après ces marches relatives, par un procédé de discussion graphique dont on trouvera le détail dans la note en cours d'impression (pièces annexes).

Le Président estime que le programme établi avant la Conférence projetait, dans les points I et II, de donner l'occasion à différents hommes de science, de présenter des communications sur les expériences faites en divers pays sur les questions relatives à la détermination astronomique de l'heure et aux résultats obtenus, ainsi qu'à la conservation de l'heure au moyen d'appareils de précision. Il croit que cette intention du programme a été réalisée au moins d'une façon approchée. Il faut seulement encore réunir ces intéressantes communications faites en différentes langues, et il propose que le rapporteur en établisse un compte rendu résumé en français qui sera lu dans une prochaine séance qui aurait lieu vendredi 18 courant à $9^h 30^m$.

Cette proposition est adoptée et la séance levée à $11^h 45^m$.

Le rapporteur : Raoul Gautier.

SÉANCE DU 18 OCTOBRE A 10^h.

Président : M. Foerster.

Le Rapporteur donne lecture du compte rendu de la séance du 16 octobre qui est adopté.

Le Président présente à la Commission le texte de proposition suivante qui serait transmis à la Conférence :

« La première Commission propose de transmettre au « centre » à créer pour la discussion astronomique et géodésique des signaux, les résultats fournis par les différentes méthodes et les divers instruments en usage pour la détermination et la conservation de l'heure. »

Ce texte est adopté comme vœu à transmettre à la Conférence.

La séance est levée à $10^h 30^m$.

Le rapporteur : Raoul Gautier.

DEUXIÈME COMMISSION.

Président : M. Righi.
Vice-Présidents : MM. Behring et Lippmann.
Rapporteur : M. Corteil.

PROGRAMME.

A. — *Transmission radiotélégraphique de l'heure.*

Méthodes à employer suivant le degré de précision désiré :

Envoi direct de l'heure d'un garde-temps.

Envoi indirect de l'heure par l'intermédiaire de signaux rythmés permettant d'appliquer la méthode des coïncidences.

B. — *Appareils radiotélégraphiques à employer pour l'émission et la réception des signaux horaires.*

Modèles divers. Leur mise en œuvre. Portées.

PREMIÈRE SÉANCE (17 OCTOBRE 1912).

Président : M. Righi.

La séance s'ouvre à $9^h 45^m$.

M. le Président remercie l'Assemblée de la confiance qu'elle lui a témoignée en l'appelant à la présidence. Il attire l'attention des délégués sur les nombreuses questions importantes figurant au programme et déclare ouverte la discussion relative au premier point de celui-ci.

M. Driencourt présente un Mémoire (pièces annexes) traitant du degré de précision désirable pour les divers services utilisant les signaux horaires et des méthodes à employer pour réaliser ces différents degrés de précision.

Il passe en revue les dispositifs mis en œuvre à Paris et à Norddeich.

L'orateur examine ensuite la composition et la nature des signaux préliminaires et horaires en usage dans les stations émettrices de Paris, Norddeich, Washington et Halifax, compare les avantages et les inconvénients de chaque système et expose le projet d'un nouveau signal mixte.

La discussion s'ouvre au sujet de la forme à donner aux signaux.

M. Schorr fait remarquer la grande facilité avec laquelle il reçoit toujours les signaux de Norddeich émis avec étincelles musicales, tandis que ceux de la tour Eiffel sont assez souvent noyés dans des décharges atmosphériques ou des interférences; Norddeich a le grand avantage de donner un nombre relativement grand de signaux, tandis que Paris ne donne, en 5 minutes, que trois points isolés.

A son avis, il faudrait combiner les traits et les points, mais il serait extrêmement utile que toutes les stations fissent usage du même signal.

M. le général Bassot propose, afin de gagner du temps, de réunir une sous-commission composée de quelques délégués particulièrement compétents qui proposerait des résolutions que la Conférence pourrait soumettre sous forme de vœux aux différents pays.

Il ajoute qu'on pourrait obtenir plus de précision si l'on pouvait suspendre absolument toute communication pendant les heures d'envoi des signaux horaires.

M. Bigourdan croit qu'il serait bon d'augmenter le nombre de signaux préparatoires rythmés proposé par M. Driencourt; pour l'enregistrement, 5 signaux sont suffisants.

M. Baillaud insiste sur la proposition de M. le général Bassot de nommer une Sous-Commission et propose qu'elle soit composée de MM. Ferrié, Schorr et du Directeur de l'Observatoire de Paris. Ces personnalités seraient à même d'établir un système de signaux répondant à tous les besoins.

Il déclare que l'Observatoire de Paris est tout disposé à changer le système actuel afin de le perfectionner.

M. Kohlschütter fait connaître les vues de la marine allemande, qui portent sur les points suivants :

1. Extension des signaux horaires sur tous les océans, multiplication du nombre de stations émettrices;

2. Uniformité des signaux émis;

3. Répartition uniforme des signaux dans le temps (toutes les 6 heures par exemple);

4. Adoption d'une longueur d'onde uniforme pour les signaux horaires.

Il appuie en outre la proposition de M. le général Bassot en faisant remarquer qu'il serait désirable que cette Sous-Commission fût composée d'un délégué par pays représenté.

M. Boutquin attire l'attention de la Conférence sur le fait que les résolutions qu'elle prendra ne pourront constituer que des vœux qui, pour avoir chance d'être adoptés par les différents pays, devront nécessairement tenir compte des décisions prises par la Conférence de plénipotentiaires de Londres.

Cette Conférence a décidé que seules devraient en principe faire silence pendant les transmissions des postes envoyant des signaux horaires, celles des autres stations qui émettraient avec la même longueur d'onde que les premiers, ou avec une longueur d'onde approchante. Il ne peut être question d'imposer le silence aux postes des services publics travaillant avec des ondes de 300^{m} et 600^{m}.

M. Frouin, qui représentait à la Conférence radiotélégraphique de Londres le Ministère des Postes et Télégraphes français et y présidait la Commission du Règlement, estime qu'il importe que les services publics ne soient pas soumis à des entraves et qu'un inconvénient de l'espèce pourrait naître de la trop grande multiplication de postes émetteurs de signaux horaires.

M. le général Bassot, tout en reconnaissant les nécessités des services publics, croit que l'Assemblée serait d'accord pour préconiser la création d'une station émettrice unique transmettant l'heure *fondamentale* et pour demander qu'on entoure cette émission de toutes les garanties pour assurer la réception des signaux.

Comme conclusions à ces discussions, MM. Baillaud, le général Bassot et Kohlschütter présentent l'ordre du jour suivant :

A. La deuxième Commission décide la formation d'une Sous-Commission, composée d'un délégué par pays représenté, qui aura pour mission d'examiner les points suivants et de présenter des résolutions à une séance ultérieure de la deuxième Commission.

B. *Programme :*

1. Extension à tous les océans des zones de réception des signaux horaires;
2. Uniformité des signaux émis par les diverses stations;
3. Répartition des signaux horaires à intervalles égaux dans la journée de 24 heures;
4. Emploi d'une longueur d'onde uniforme.

Cet ordre du jour est adopté à l'unanimité; la Sous-Commission sera composée des délégués suivants :

	MM.
Allemagne	Kohlschütter.
Autriche	Benndorff.
Belgique	Lecointe.
Brésil	Behring.
Espagne	Mier.
États-Unis	Hough.
France	Ferrié.
Grande-Bretagne	Silverstop.
Grèce	Egenitis.
Monaco	Berget.
Italie	Battelli.
Pays-Bas	Van Everdingen.
Portugal	Pinto.
Russie	Boukhteiff.
Suède	Charlier.
Suisse	Gautier.

La séance est levée à 11^h40^m.

Le Rapporteur,
R. CORTEIL.

Le Président,
A. RIGHI.

DEUXIÈME SÉANCE (SAMEDI 19 OCTOBRE 1912).

La séance est ouverte à 10h sous la présidence de M. le Président Righi.

Le Rapporteur donne lecture du procès-verbal de la première séance, qui est adopté.

M. le Président donne quelques détails au sujet de la marche des travaux de la Sous-Commission, lesquels seront vraisemblablement terminés lundi matin.

Il annonce qu'on va distribuer aux membres le Mémoire imprimé, présenté par M. Driencourt à la première séance.

M. Driencourt tient à exposer à l'Assemblée quelques détails relatifs à la deuxième Partie de son travail (pièces annexes).

Il rappelle les premières expériences d'utilisation de la T. S. F. à la détermination des différences de longitudes, montre les difficultés qu'il a fallu vaincre pour obtenir des émissions bien rythmées de signaux très brefs convenant à l'emploi de la méthode des coïncidences.

M. Abraham dépose le vœu suivant :

« La Conférence internationale de l'Heure, sur le rapport de la deuxième Commission, émet le vœu que les observatoires et les administrations intéressées mettent à l'étude l'organisation de l'enregistrement automatique des signaux horaires. »

A l'appui de son vœu, M. Abraham rappelle que l'enregistrement des signaux, soit à la plume, soit par des procédés photographiques, est devenu possible et a été réalisé par plusieurs physiciens (pièces annexes). Il fait passer sous les yeux des membres des planches du plus haut intérêt montrant des enregistrements superbes des signaux de la tour Eiffel et de Norddeich, obtenus avec la petite antenne de l'Observatoire de Paris, à l'aide d'un galvanomètre spécial de son invention.

M. le général Bassot, par motion d'ordre, annonce que M. Egenitis, représentant de la Grèce, a dû quitter Paris et ne pourra donc participer aux votes. Il a, par écrit, désigné un autre membre de l'Assemblée auquel il a délégué ses pouvoirs. M. le général Bassot propose d'admettre ces votes par délégation, ainsi que cela s'est pratiqué à la Conférence géodésique internationale.

Une discussion s'engage à ce sujet entre divers délégués; on décide finalement de proposer à la séance plénière d'adopter ce mode de votation, le représentant de la Grèce n'ayant pas de pleins pouvoirs de son Gouvernement.

Le R. P. Lucas expose les résultats d'expériences d'enregistrement de signaux radiotélégraphiques et les méthodes photographiques de comparaison précise d'horloges astronomiques et de chronomètres, méthodes dues en principe au Père Wulf (pièces annexes). Certaines planches d'enregistrement sont visibles à l'Exposition de l'Observatoire; quoique obtenues avec des appareils plutôt rudimentaires, elles montrent tout l'avenir qu'on peut attendre de ces méthodes.

Les Communications scientifiques si intéressantes de M. Abraham et du Père Lucas ont été accueillies par les applaudissements chaleureux de l'Assemblée.

M. Perot insiste sur l'adoption du vœu présenté par M. Abraham.

Il donne quelques détails sur des essais d'enregistrement *électrochimique* des signaux effectués à l'Observatoire de Meudon. Cette méthode en est encore tout à fait à ses débuts, les premiers essais ne datant que de 15 jours, mais M. Perot croit qu'elle permettra l'enregistrement à des distances très grandes, l'énergie nécessaire à l'action électrochimique étant empruntée non à l'antenne, mais à la pile d'un détecteur électrolytique (pièces annexes).

Le vœu présenté par M. Abraham est mis aux voix et adopté à l'unanimité.

M. le général Bassot et M. Schorr demandent que les vœux des Commissions et Sous-Commissions soient imprimés, de façon que les délégués se trouvent, lors de la séance plénière, en présence de textes clairs et définitifs qui leur soient remis à temps pour être examinés.

L'Assemblée s'est montrée unanime sur ce point.

La séance est levée à 11^h25^m.

Le Rapporteur,
R. Corteil.

Le Président,
A. Righi.

TROISIÈME SÉANCE (LUNDI 21 OCTOBRE 1912).

La séance est ouverte à $10^h 20^m$ sous la présidence de M. le Président Righi.

Avant de continuer les travaux, M. le Président donne lecture de la Note suivante :

« Messieurs,

» Avant d'aborder l'ordre du jour, j'ai une proposition à vous faire, qui devrait, à la rigueur, être présentée non pas en séance de commission, mais en séance générale ; toutefois, les circonstances ne permettent pas de délai et, d'autre part, sa valeur morale n'en sera pas diminuée, vu que tous les membres de la Conférence sont censés être, et peut-être sont présents ici.

» On a malheureusement l'avis officiel que Marconi vient de subir une opération, qui l'a privé d'un de ses yeux. Vous savez mieux que moi que sans son hardie initiative on continuerait certainement à produire ou à étudier des ondes hertziennes, soit de quelques millimètres de longueur, soit avec des longueurs d'onde de centaines ou de milliers de mètres de longueur, comme celles que, sans s'en douter, on produisait depuis longtemps lorsqu'on déchargeait des condensateurs. Mais sans Marconi probablement nous ne serions pas réunis ici.

» Je propose donc que la Conférence internationale de l'Heure, au moyen d'une dépêche télégraphique que je rédigerais séance tenante, et qui pourrait être transmise en même temps avec et sans fil, exprime ses regrets pour le malheur qui est arrivé au génial inventeur, auquel seront principalement dus en dernière analyse les nouveaux bienfaits sociaux, que nous nous proposons de tirer de la radiotélégraphie. »

Texte proposé pour le télégramme :

« Marconi — Hôpital militaire, Spezia,

» A l'unanimité, la Conférence internationale de l'Heure exprime au commandeur Marconi et à sa famille la profonde émotion qu'elle a ressentie à la nouvelle du malheur qui les frappe et leur transmet l'expression de sa vive sympathie.

» Righi, *président.* »

Les applaudissements de l'auditoire montrent que l'envoi de ce télégramme de sympathie émue répond bien aux sentiments unanimes de l'Assemblée.

Après lecture et adoption du procès-verbal de la deuxième séance, la parole est donnée à M. Lecointe en qualité de Président de la Sous-Commission, qui vient de terminer ses travaux.

Il expose les résolutions présentées par cette Sous-Commission comme suite au programme qui avait été fixé lors de la première séance de la deuxième Commission.

En ce qui concerne les premier et troisième points de ce programme, il est proposé de confier l'étude de la question de l'envoi des signaux horaires de très haute précision à la Commission internationale de l'Heure.

Quant aux signaux ordinaires relatifs aux besoins de la navigation, de la géodésie, des administrations, etc., ils seraient émis par un certain nombre de stations, de façon qu'en tout point du globle on arrive à percevoir de deux à quatre signaux horaires, dont au moins un de jour et un de nuit. Ce desideratum n'est pas atteint actuellement, mais il est à espérer qu'il pourra l'être sous peu.

Un certain nombre de stations seront vraisemblablement en état d'émettre des signaux horaires à la date du 1er juillet 1913.

La liste ci-après indique ces stations ainsi que les heures, en temps de Greenwich, auxquelles devraient se faire les transmissions pour répartir celles-ci aussi uniformément que possible dans les 24 heures de la journée :

Heures.	
0	Paris.
2	Brésil.
3	États-Unis d'Amérique.
4	Somaliland (Mogadiscio).
10	Paris.
12	Norddeich.
16	Brésil.
17	États-Unis.
18	Massaouah.
22	Norddeich.

A la demande de M. Brenot, le poste de Tombouctou est ajouté à la liste ci-dessus : il est appelé à desservir très utilement le centre africain (heure 6).

M. Celoria déclare, au nom de la Délégation italienne tout entière, que l'Italie, afin d'éviter les perturbations des services publics qui pourraient résulter de la coexistence dans une même zone, de plusieurs centres d'émissions peu distants, a renoncé à faire intervenir Rome pour l'envoi des signaux horaires; mais il demande à ce qu'il soit éventuellement tenu compte de l'existence de ce poste au cas où des changements interviendraient en ce qui concerne la liste des centres d'émissions.

Sur une question de M. Schrader, M. Lecointe précise les intentions de la Sous-Commission.

La liste arrêtée n'est pas exclusive, mais la Conférence exprimerait le vœu que si d'autres centres d'émissions horaires venaient à être créés dans l'un ou l'autre pays, on choisisse pour l'envoi des signaux des heures rondes intermédiaires.

La Commission internationale de l'Heure s'occuperait de la répartition définitive des centres horaires.

En ce qui concerne le deuxième point du programme, la Sous-Commission a été unanime à préconiser une nouvelle combinaison de signaux capable de satisfaire aux nécessités de tous les services.

Ces signaux sont indiqués au tableau noir (p. 33).

L'Assemblée adopte ces propositions.

La discussion s'engage au sujet du quatrième point : longueur d'onde uniforme.

La Sous-Commission est d'accord sur le principe, mais fait remarquer que la Conférence radiotélégraphique de Londres n'a pas voulu fixer de chiffre à ce sujet.

M. Corteil rappelle que si la Conférence de Londres n'a pas spécifié de longueur d'onde déterminée, c'est parce qu'elle a craint, en raison de l'absence de représentants des observatoires et des stations émettrices, de fixer un chiffre qui soit cause de grandes difficultés de réalisation; il a été dit à Londres que cette question serait examinée à Paris.

M. Frouin confirme ces renseignements; il ajoute qu'il a été question, au cours des débats de Londres, de la longueur de 2500^{m}.

M. Kohlschütter préférerait 2000^{m}, afin de ne pas réduire la portée de Norddeich.

Une discussion s'engage à ce sujet.

M. Frouin insiste pour l'adoption des 2500m, afin d'avoir une onde bien nettement différente de celle de 1800m réservée aux usages commerciaux.

MM. Vanni et Kohlschütter proposent de prendre une moyenne de 2250m environ.

M. Corteil insiste également pour que le chiffre de 2500m, soit mis aux voix. Il fait remarquer qu'eu égard aux approximations avec lesquelles les longueurs d'onde sont déterminées dans la pratique, les ondes de 1800m et de 2250m seraient trop voisines et que la question du secret des correspondances devrait, dans ce cas, amener inévitablement toutes les administrations à s'opposer formellement à toute installation de réception, notamment chez les horlogers.

M. Brenot appuie la proposition relative à l'onde de 2500m.

Le chiffre de 2500m est mis aux voix et adopté sans opposition.

M. Lecointe, abordant le dernier point du programme de la Sous-Commission, émet le vœu que si des stations horaires utilisent un son musical, celui-ci soit suffisamment élevé pour éviter les troubles atmosphériques.

On préconise donc en général l'émission musicale, mais on ne l'impose pas aux centres horaires.

Tous ces vœux ayant été approuvés, il est décidé qu'ils seront imprimés et distribués en vue de la séance plénière.

Le Président prononce donc la clôture des travaux de la deuxième Commission.

D'accord avec l'Assemblée, il a été décidé que la formalité d'approbation de ce procès-verbal serait réservée au Bureau de la Commission.

Le procès-verbal a été approuvé le 22 octobre.

Le Rapporteur,

R. Corteil.

TROISIÈME COMMISSION.

Président : M. Dyson.
Vice-Présidents : MM. Charlier et Hall.

SÉANCE DU 18 OCTOBRE 1912.

La troisième Commission, chargée d'étudier le degré de précision que doivent atteindre les signaux horaires pour les diverses applications, s'est réunie le 18 octobre, à $2^h 30^m$.

M. le Président propose à la Commission de discuter tout d'abord l'exactitude qu'il est désirable d'obtenir pour les besoins des chemins de fer.

M. Bigourdan fait connaître que, d'après les renseignements qu'il a recueillis auprès des intéressés, une approximation de 20 secondes est suffisante.

M. Lecointe estime qu'on pourrait ici se contenter d'une exactitude de 30 secondes, qui est jugée suffisante en Belgique.

M. Frouin donne lecture du Mémoire qu'il a rédigé au sujet de la transmission de l'heure aux administrations publiques (pièces annexes).

M. Hall fait connaître qu'aux États-Unis on estime suffisante une exactitude de 5 secondes.

On distribue une Note de M. Cosserat, des Chemins de fer de l'Est, sur la même question (pièces annexes).

La Commission conclut en conséquence que les signaux radiotélégraphiques horaires (ordinaires) qui sont actuellement transmis permettent de satisfaire largement aux besoins des chemins de fer.

La discussion est ensuite ouverte sur l'exactitude nécessaire pour la navigation.

M. Schorr est d'avis que la demi-seconde ou à la rigueur le quart de seconde suffit parfaitement.

M. Hall appuie cette manière de voir.

La Commission, consultée, appuie cette opinion et conclut que les signaux radiotélégraphiques actuels sont suffisants pour les besoins de la navigation.

Le Président demande ensuite à la Commission d'examiner les besoins de la Météorologie et de l'étude du Magnétisme terrestre.

M. Angot considère que l'approximation de la demi-seconde est actuellement suffisante pour les besoins de la Météorologie et du Magnétisme terrestre. Il développe ensuite les considérations figurant à son Mémoire annexé aux procès-verbaux (pièces annexes).

La Commission, consultée, émet en conséquence l'avis que les signaux radiotélégraphiques actuels suffisent aux besoins de la Météorologie, de la Sismographie et du Magnétisme terrestre.

Enfin, en ce qui concerne l'exactitude que doivent avoir les signaux radiotélégraphiques horaires pour la Géodésie et pour l'Astronomie, la Commission estime, à l'unanimité, que la précision à atteindre doit être poussée jusqu'aux limites du possible.

La séance est levée à $3^h 15^m$.

QUATRIÈME COMMISSION.

Président : M. Backlund.
Vice-Présidents : MM. Lecointe et Mier.
Rapporteur : M. Maury.

SÉANCE DU JEUDI 17 OCTOBRE 1912 (après-midi).

La séance s'ouvre à 15^h.

M. Backlund. — Il y a des raisons importantes pour que nous commencions par l'examen des questions relatives à la Météorologie.

M. Goldschmidt annonce la création à Bruxelles (Laeken) d'un poste radiotélégraphique très puissant, destiné à relier la Belgique au Congo. Ce poste commencera à fonctionner au début de 1913. En attendant que la Belgique reprenne ce poste, qui est actuellement une propriété privée, il pourra servir à toutes les expériences scientifiques qu'on voudra bien lui confier.

Cette Communication est faite avec l'autorisation du Ministre des Chemins de fer de Belgique. (*Applaudissements.*)

M. Backlund remercie M. Goldschmidt et le Ministre des Chemins de fer de Belgique.

M. Angot. — Les météorologistes présents à la Conférence se sont entendus pour prendre la résolution ci-après :

Les questions relatives aux rapports de la Météorologie avec la Radiotélégraphie sont de trois sortes :

1° Transmission par une ou plusieurs stations radiotélégraphiques de renseignements météorologiques destinés à des stations éloignées, sur terre ou sur mer;

2° Réception par une ou plusieurs stations radiotélégraphiques et transmission aux services météorologiques centraux d'observations provenant de stations éloignées, sur terre ou sur mer;

3° Étude des phénomènes météorologiques qui peuvent influer sur les transmissions radiotélégraphiques.

Ces questions sont trop complexes pour être discutées immédiatement. Il est donc désirable que l'étude en soit confiée d'abord à une Commission composée notamment de météorologistes et de directeurs de stations radiotélégraphiques. Cette Commission présenterait son rapport à la prochaine réunion du Comité météorologique international.

En attendant, on recommande :

1° Que le nombre des stations météorologiques, dont les observations sont données dans la dépêche de la tour Eiffel, soit augmenté dans la mesure du possible;

2° Que le poste radiotélégraphique en construction à Laeken apporte une large collaboration à l'étude des perturbations radiotélégraphiques produites par les agents atmosphériques.

M. le général Bassot propose de passer au vote de la proposition de M. Angot.

M. Frouin demande quelques précisions sur l'augmentation proposée des télégrammes météorologiques.

M. Angot. — Il faudra, à ce sujet, s'entendre avec les stations radiotélégraphiques pour leur demander ce qu'elles pourraient faire, sans se gêner. Il faut évidemment tenir compte des nécessités du service. Il est cependant désirable que les télégrammes météorologiques de la Tour Eiffel soient étendus autant que faire se peut.

M. Asaph Hall demande qu'avant de passer au vote sur les propositions de M. Angot, celles-ci soient imprimées et distribuées.

M. le général Bassot fait observer qu'on se trouve en Commission et non en séance plénière.

M. Frouin exprime l'avis qu'il est désirable, cependant, de ne pas avoir à recommencer en séance plénière les discussions des séances de Commissions.

M. Foerster. — Pour le vote en séance plénière, les propositions auraient été imprimées.

M. Kohlschütter demande que les discussions ne recommencent pas en séance plénière.

M. Shaw. — Même demande.

M. Backlund. — Le vote sur les propositions de M. Angot sera donc reporté après l'impression de ces propositions.

M. Lecointe remplace M. Backlund à la présidence.

M. Lecointe signale que le propriétaire de la station radiotélégraphique de Bruxelles est M. Goldschmidt lui-même et que les vœux formés par anticipation par les membres de la Conférence, à propos de la station de Laeken, sont d'avance accordés. (*Applaudissements.*)

M. Lecointe signale le Mémoire de M. Ch. Lallemand, distribué aux membres de la Conférence et demande à M. Lallemand de bien vouloir en exposer le contenu à l'Assemblée.

M. Ch. Lallemand rappelle l'étroite connexion qui existe entre le problème de l'heure et celui de la détermination des longitudes.

L'unification de l'heure est désirée depuis longtemps. De grands pas ont été faits dans cette voie par l'adoption du système des fuseaux horaires et de l'heure de Greenwich. Il y a lieu actuellement de définir le mieux possible ce qu'est l'heure de Greenwich.

Aux moyens anciens de transmission de l'heure (occultations, télégraphie avec fil, etc.) est venu s'ajouter la transmission par télégraphie sans fil dont les avantages ont amené à croire que le moment est venu d'une coopération internationale.

M. Lallemand donne lecture de son rapport présenté par le Bureau des Longitudes (pièces annexes).

Le Bureau des Longitudes propose l'organisation d'une Commission internationale, chargée d'étudier à fond le projet exposé dans la Note, de de manière à pouvoir soumettre aux différents gouvernements un projet bien établi.

M. Lecointe remercie M. Lallemand, et le Bureau des Longitudes de ce projet grandiose qui entrevoit très loin dans l'avenir et il signale la clarté et la précision du rapport de M. Lallemand qu'il félicite au nom de l'Assemblée.

M. Foerster remercie également M. Lallemand.

Il croit que les résolutions concernant ce projet d'ensemble ne peuvent pas être prises en réunion plénière; il pense également que ces propositions peuvent être simplifiées en les séparant en deux parties.

Il y a nécessité d'avoir un centre de l'heure ayant des collaborateurs dans les différentes parties des océans et des terres. Ce centre, tout le monde sera d'accord pour le confier à la tour Eiffel, qui rappelle un peu la tour signalée par la Bible. Celle-ci dit aussi que l'humanité ne cessera jamais de vouloir réaliser ce qu'elle veut. La tour Eiffel aura, pour atteindre le but proposé, une grande utilité, et elle devra y concourir avec l'aide d'un Bureau international.

Il pense qu'il n'y a pas lieu de combiner, avec le centre des signaux horaires, un centre de discussion des grands problèmes scientifiques qui se rapportent au problème de l'heure. Il existe déjà un organisme qui s'occupe des problèmes relatifs aux déformations de la Terre, c'est l'Institut géodésique international de Potsdam sous la direction du général Bassot. On pourrait donc confier à la tour Eiffel le rôle de centre des signaux et à l'Institut géodésique international de Potsdam, la discussion des résultats.

M. Lecointe remercie. Il fait remarquer qu'il y aurait lieu de se mettre d'accord sur l'emplacement du Bureau central et des centres secondaires, et que la proposition de M. Lallemand à ce sujet devrait être examinée.

M. le général Bassot. — La question posée actuellement est la question fondamentale de cette Conférence. Elle est à moitié résolue déjà par la proposition de M. Foerster, de choisir la tour Eiffel comme station centrale. La question de savoir s'il y aura une Commission spéciale permanente pour la discussion des résultats, ou si celle-ci sera confiée à l'Association géodésique ou à l'Association des observatoires, mérite un examen approfondi.

Pourra-t-on prendre dans cette réunion des conclusions à ce sujet?

Il faudrait nommer une Commission comprenant un membre par État pour discuter les propositions Lallemand et choisir dans cette Commission un rapporteur chargé de résumer les décisions.

M. Kohlschütter signale la distinction faite lors d'une séance antérieure par M. Driencourt entre les signaux horaires de grande exactitude et les signaux ordinaires. La Commission Lallemand s'occupera-t-elle de ces deux espèces de signaux?

M. Lallemand répond que la tour Eiffel, centre horaire, émettrait les deux espèces de signaux. Les stations secondaires pourraient également les émettre suivant les besoins auxquels elles auront à satisfaire. Les deux sortes de signaux devront cependant être nettement séparés.

M. Kohlschütter. — Les signaux « ordinaires » seront donc compris dans l'organisation générale projetée?

M. Lallemand. — Oui.

M. Kohlschütter propose une séparation bien nette : les signaux précis seraient internationaux, les signaux ordinaires nationaux.

M. Lallemand. — A faire émettre par la tour Eiffel les signaux

« ordinaires » avec une précision de $0^s,1$ à $0^s,2$, il y aurait un grand avan tage, pour les marins surtout : on éviterait qu'en s'accumulant les erreu ne dépassent, au total, une fraction de seconde. L'avantage ainsi acqu s'obtiendrait sans frais supplémentaires, car il n'entraînerait qu'un insign fiant supplément de travail.

M. Asaph Hall demande que les propositions Lallemand soient mise sous forme interrogative.

L'importance de ces propositions demande une discussion très longue car les Gouvernements ne peuvent s'engager.

M. Hough présente les remarques suivantes :

« Monsieur le Président,

» Je vous ai demandé la parole pour indiquer à la Conférence interna tionale de l'Heure ce que nous avons fait de notre côté de l'Atlantique, c que nous pensons faire, et dire quelques mots à propos de la collaboratio que les États-Unis sont prêts à apporter aux sujets discutés à cette Confé rence.

» En janvier 1905, le Navy Department, à Washington, a commenc l'envoi des signaux horaires par la télégraphie sans fil, envoyant ces signau à midi (5^h temps moyen de Greenwich). Vous trouverez les renseignement à propos de l'organisation de ce service dans un article paru dans la *Revu générale des Sciences* du 30 juillet 1911, p. 562, signé par MM. Claude Ferrié, Driencourt, un astronome et deux officiers français. Messieurs, c service n'a jamais cessé de fonctionner.

» On se propose de continuer ce service, en employant le nouveau poste d'Arlington, qui sera terminé dans peu de temps, avec l'idée de faire parveni ces signaux aux navires à la plus grande distance possible du poste. Nou comptons envoyer ces signaux de manière qu'ils n'apportent pas la moindre gêne à la réception des signaux émanant de la tour Eiffel. Au contraire nous désirons, de notre côté, apporter aux travaux du poste de la tour Eiffel une collaboration autant qu'elle serait mutuellement avantageuse aux deux pays.

» Il serait peut-être nécessaire ou désirable d'envoyer un signal de nuit, analogue à celui envoyé maintenant à midi (5^h temps moyen de Greenwich) pour atteindre la distance maximum. Nous pensons que ce signal doit être envoyé aussitôt que possible, après la tombée de la nuit, sur l'océan Atlantique, le golfe du Mexique et la mer des Carraïbes, sans déranger, si possible, le fonctionnement des postes commerciaux. L'instant à choisir pour l'envoi de ce signal pourrait être discuté par la Conférence. Un programme des signaux horaires, pour les postes collaborant entre eux, devrait être établi de manière à empêcher toute gêne mutuelle.

» Nous avons parlé, dans les séances de la Conférence, de l'Europe et de l'océan Atlantique. Messieurs, jetez un coup d'œil sur la Carte du monde que vous voyez là-bas. C'est à nous de pousser un peu plus loin ces signaux horaires, c'est à nous de traverser le continent d'Amérique et même l'océan Pacifique. C'est pour cela que nous allons construire et employer des postes de premier ordre à Colon, à San Francisco, à Honolulu, à Guam, à Samoa et à Manille. Messieurs, ces questions que nous discutons ont une portée beaucoup plus grande que celle de la traversée de l'Atlantique. C'est le tour du monde que nous devons considérer, et je viens de vous indiquer ce que les États-Unis pensent faire, avec la collaboration mutuellement avantageuse des nations ici représentées.

» Le Navy Department est aussi disposé à considérer, d'une manière favorable, la transmission réciproque des signaux concernant les découvertes astronomiques importantes, les nouveaux astéroïdes, les avis hydrographiques, etc.

» Concernant la question de la détermination de longitude, je vous soumets la lettre suivante :

DEPARTMENT OF THE NAVY BUREAU OF NAVIGATION.

N° 11578. U.S. NAVAL OBSERVATORY.

Washington, D. C. Sept. 25, 1912.

From : Superintendent, Directeur de l'Observatoire.

To : Navy Department (via Bureau of Navigation), Département de la Marine.

SUJET : Détermination directe de la différence de longitude entre l'Observatoire naval des États-Unis, Washington, D. C., et l'Observatoire de Paris, par le moyen de la télégraphie sans fil.

1° Antérieurement à l'année 1866, l'importante question de la différence de longitude entre les stations françaises et américaines dépendait des observations des culminations de la Lune, des occultations et des missions chronométriques. Après la pose du câble télégraphique dans l'océan Atlantique, les déterminations de longitudes ont été faites par ce dernier moyen. On a fait ces déterminations quatre fois : trois par le *U. S. Coast and Geodetic Survey*, en 1866, 1870 et 1872, entre Cambridge, Mass et Greenwich (Angleterre), et une fois par la coopération d'astronomes canadiens et anglais, entre Montréal (Canada) et Greenwich (Angleterre). Dans chaque cas, il y eut plusieurs stations intermédiaires;

2° La longitude de l'Observatoire naval des États-Unis, rapportée à celle de Greenwich ou de Paris, n'a jamais été déterminée directement et n'est connue que par ses connexions avec les déterminations des longitudes transatlantiques mentionnées ci-dessus;

3° En vue du fait que le poste de T. S. F. à Arlington sera bientôt en opération et permettra probablement de communiquer directement avec le poste de la tour Eiffel, je considère comme une question importante d'utiliser, le plus tôt possible, l'occasion d'obtenir la détermination directe des différences de longitude entre les observatoires nationaux de Washington et de Paris. Ce sera la première fois qu'une telle détermination directe, sans stations intermédiaires, sera possible, et ceci sera, scientifiquement, l'un des usages les plus importants auxquels les signaux radiotélégraphiques peuvent être appliqués;

4° Il est recommandé que le représentant du Navy Department, à la Conférence sur les signaux horaires radiotélégraphiques, qui doit avoir lieu à Paris le 15 octobre 1912, soit chargé de conférer avec les autorités de l'Observatoire de Paris en vue d'étudier les dispositions à prendre pour la détermination de la différence de longitude entre les Observatoires de Paris et de Washington, à la date la plus rapprochée possible.

J.-L. Jayne.

» Me référant au dernier paragraphe de cette lettre, je me suis déjà adressé à M. le Président du Bureau des Longitudes qui m'a fait connaître le grand intérêt qu'il attachait à cette question.

» A propos du Service météorologique, j'aurai l'honneur de vous demander la parole au moment le plus convenable pour vous faire une autre communication. »

M. Lecointe remercie les délégués des États-Unis.

Le point soulevé par M. Hall est commun à tous les délégués qui ne sont pas des plénipotentiaires comme à la Conférence radiotélégraphique de Londres.

Le vote émis par eux actuellement n'engage en rien leurs Gouvernements.

M. Lallemand partage l'opinion du Président.

M. Foerster. — Les divergences de vues entre MM. Kohlschütter et Lallemand doivent être examinées par la Commission. Il doit naturellement y avoir une certaine latitude au point de vue purement national pour ce qui concerne les signaux *ordinaires*.

M. Kohlschütter se rallie à cette façon de voir.

M. le général Bassot demande que M. Lallemand soit adjoint, avec voix consultative, à la Commission qu'il a proposée.

On passe au vote sur la proposition du général Bassot.

Acceptée à l'unanimité.

M. le général Bassot demande une suspension de séance pour la désignation des délégués à la Commission chargée d'examiner les propositions Lallemand.

Ces délégués désignés sont :

	MM.
Allemagne	Foerster.
Autriche	Benndorf.
Belgique	Lecointe.
Brésil	Duarte.
Espagne	Mier.
États-Unis	Hall.
France	Baillaud.
Grande-Bretagne	Dyson.
Grèce	Egenitis.
Monaco	Berget.
Italie	Celoria.
Pays-Bas	Backhuyzen.
Portugal	Pinto.
Russie	Backlund.
Suède	Charlier.
Suisse	Gautier.
Voix consultative	M. Ch. Lallemand.

Ces délégués se réuniront le vendredi 18 à $15^h 30^m$.

La séance est levée à 17^h.

SÉANCE DU 18 OCTOBRE 1912.

Président : M. Backlund.
Vice-Présidents : MM. Lecointe et Mier.

La séance est ouverte à 15^h.

La séance débute par la lecture du procès-verbal de la réunion précédente qui est adopté sans observation.

M. Backlund met aux voix les propositions de M. Angot, faites dans la réunion précédente, et qui ont été imprimées et distribuées.

Les propositions sont adoptées.

M. Steels. — Comme suite à ce qu'a dit, dans la dernière séance de cette Commission, M. Goldschmidt, le professeur Schmidt et moi avons pensé qu'il fallait examiner certaines questions d'un peu plus près; nous avons donc rédigé une Note dont je vais vous donner lecture :

« Comme suite à la Communication qui nous a été faite par M. Goldschmidt de permettre l'exécution d'essais scientifiques à la nouvelle station de Laeken, je crois, d'accord avec M. le professeur Schmidt, de Halle, qu'il est intéressant de souligner cette question d'essais d'ordre théorique, puisque nous sommes constitués en Congrès scientifique.

» Il peut donc être utile d'appeler un moment l'attention des membres de la quatrième Commission sur ce genre de transmission ayant des rapports au moins indirects avec la Météorologie : c'est celle d'une station scientifique autorisée émettant des ondes en vue de l'étude de leurs propriétés qui sont certainement fonction des caractères des milieux ambiants, soit entre autres l'atmosphère et la Terre.

» De multiples problèmes très ardus, d'une importance scientifique capitale, se posent, dès lors, au sujet desquels les données quantitatives sont rares en ce moment.

» Je citerai : 1° la portée de jour et de nuit pour une même puissance émise, en fonction de la hauteur d'une antenne donnée, de la longueur d'onde, de l'état actinométrique de l'atmosphère, etc. ; 2° de l'influence de prises de terre faites à des profondeurs plus ou moins grandes; 3° l'influence de l'état électrique de l'atmosphère.

» Si beaucoup d'expériences, relatives aux ondes hertziennes, peuvent s'exécuter dans l'enceinte d'un laboratoire à l'aide d'artifices (tels que l'emploi de circuits en local), il faut reconnaître que les problèmes rappelés ci-dessus ne peuvent pas être abordés par cette voie.

» Ils sont d'ailleurs tellement complexes, leur étude touche à tant de domaines qu'il ne sera pas de trop de toutes les bonnes volontés pour les mener à bonne fin. Certes, les Compagnies exploitant la T. S. F. ont tout intérêt de s'occuper de recherches dans le domaine indiqué, mais il n'en est pas moins vrai que le monde scientifique ne peut pas s'en désintéresser en raison de la répercussion que les résultats à établir peuvent exercer sur la théorie.

» Dès lors, se pose la question épineuse du fonctionnement de ces postes d'essais sous l'égide d'une autorisation d'ordre administratif, question sur laquelle la quatrième Commission pourrait appeler l'attention du Congrès en exprimant le vœu que les intérêts supérieurs de la Science ne soient pas méconnus en raison de l'application trop absolue des règles préconisées par la Conférence de Londres, qui était avant tout une réunion d'exploitants.

» Il est d'ailleurs superflu de rappeler combien la télégraphie sans fil commerciale est redevable aux recherches désintéressées des savants de laboratoire, et nous pouvons demander qu'on ne porte pas trop d'entraves dans l'éclosion de recherches désintéressées. »

M. Frouin. — La Note qui vient d'être lue fait allusion aux Compagnies. Les Gouvernements peuvent également s'intéresser à ces questions. Si les membres de la Conférence pouvaient établir un programme des constatations à faire, dire aux stations de T. S. F. ce qu'il est intéressant d'observer, les administrations agiraient en conséquence.

On pourrait alors grouper les constatations faites dans les postes radiotélégraphiques actuellement en exploitation, du moment que ces constatations ne sont pas d'un ordre par trop délicat et n'exigent pas de la part des opérateurs des connaissances trop spéciales.

Il faut également, dans cet ordre d'idées, tenir compte des besoins des administrations publiques.

M. Steels est très heureux d'entendre tracer cette voie par M. Frouin. Dans l'exposé qu'il a fait, il a spécialement ménagé le point de vue administratif.

M. Boutquin confirme ce qu'a dit M. Frouin au point de vue des constatations à faire dans les postes de T. S. F. Il faudra naturellement que les renseignements qu'on leur demandera ne soient pas d'un ordre trop spécial. Les agents des postes de T. S. F. acquièrent par la pratique une faculté d'observer remarquable.

A titre privé et faisant abstraction de sa qualité de délégué officiel, il signale un travail qu'il a publié dans la Revue *Ciel et Terre* (août, septembre et octobre 1911) concernant les applications de la T. S. F. à l'étude de la Météorologie, de la prévision du temps, de la Physique, de l'atmosphère, etc., travail basé sur les renseignements de MM. Shaw, Angot, de la Compagnie Marconi, de la Compagnie Telefunken, etc.

Cette étude prouve que les résultats obtenus à l'heure actuelle ne sont pas satisfaisants.

M. Boutquin lit un extrait de son travail relatif au rôle de la T. S. F. dans l'étude de la Physique du globe.

Le but de cette lecture, dit-il, est de montrer que le personnel des stations de T. S. F. ne manque pas d'éléments pour jouer un rôle actif et apporter sa pierre à l'édifice à construire.

M. Hellmann constate qu'il serait, en effet, très intéressant de rassembler les constatations faites dans les postes de T. S. F. d'après un programme bien établi, mais on ne pourrait pas en tirer de conclusions.

Il faut faire des mesures, des expériences quantitatives. Nous devons donc beaucoup à M. Goldschmidt pour la mise à notre disposition, dans ce but, du poste de Laeken, qui pourra compléter par ses mesures celles qui sont actuellement en cours dans une série de postes bien montés, tels que celui du professeur Schon, dans le sud de l'Écosse, ceux de Potsdam et de Budapest, etc.

M. Steels. — On pourrait tirer, de cette discussion, la conclusion suivante : qu'il serait opportun de désigner quelques membres de la Conférence pour tracer un programme suivant la voie indiquée.

M. Backlund remercie et signale la Note de M. Hough distribuée aux membres de la Conférence.

M. Hough lit la Note qu'il a fait distribuer :

« Le *United States Navy Department* désire particulièrement que tous les renseignements relatifs aux icebergs et autres dangers pour la navigation puissent être transmis et reçus radiotélégraphiquement par l'Office hydrographique des États-Unis, et, en conséquence, il m'a chargé de conférer spécialement avec la Délégation représentant l'Amirauté britannique, en vue d'attirer conjointement l'attention sur ce sujet.

» Au cas où il ne serait pas possible d'arriver à une entente pour l'échange de ces informations avec la tour Eiffel, ou en cas d'impossibilité momentanée de communiquer avec cette station, il serait désirable que cette information soit transmise par câble. »

M. Backlund remercie.

M. Shaw, parlant au sujet de la proposition de M. Hough, signale que le Gouvernement anglais fera de son mieux pour trier et coordonner les renseignements météorologiques nécessaires aux marins. Ce résultat est cependant très difficile à obtenir. Il y a lieu, en effet, d'envisager si les renseignements demandés sont obligatoires ou bien s'ils doivent être payés. La Conférence radiotélégraphique de Londres n'a rien décidé à ce sujet. Au nom de la Délégation britannique, M. Shaw déclare qu'il semble très avantageux d'avoir une station par l'intermédiaire de laquelle on pourrait répartir les renseignements météorologiques dans tout le monde. Une entente internationale est nécessaire pour cela.

M. Shaw ajoute : *Nous ferons de notre mieux pour aider à l'organisation d'un tel service et pour la transmission des renseignements que nous recevrons.*

M. Backlund remercie.

La séance est levée à $15^h 45^m$.

SÉANCE DU 22 OCTOBRE 1912.

Président : M. Lecointe.
Vice-Président : M. Mier.

La séance est ouverte à 10h.

M. Lecointe excuse M. Backlund, que l'état de sa santé a forcé à quitter les travaux de la Conférence, et exprime tous les regrets de l'Assemblée de ne pas voir l'honorable Président occuper son fauteuil.

On passe ensuite à la lecture du procès-verbal de la séance précédente, qui est approuvé.

M. Hough fait connaître qu'il a rédigé, comme suite à la Communication qu'il a faite dans la séance précédente, une note dont il donne lecture à l'Assemblée :

« Suivant le désir exprimé par le Navy Department, à Washington, j'ai communiqué le contenu de sa lettre à la Délégation britannique et nous nous trouvons en plein accord.

» Nous demandons alors que la Conférence prenne acte des Communications des délégués des États-Unis et de la Grande-Bretagne et apprécie hautement les renseignements qu'ils préconisent dans l'intérêt de la navigation mondiale. »

M. Lecointe remercie et met aux voix la proposition de M. Hough qui fera l'objet d'un vœu à émettre par la quatrième Commission.

Il signale une Note remise à la Commission par M. Violle, et qui se rapporte à des phénomènes, à l'étude desquels les signaux horaires seront particulièrement utiles; ce sont : les phénomènes météorologiques et spécialement les orages.

Il propose d'annexer cette Note au procès-verbal et de la soumettre au Comité provisoire qui doit se former pour l'étude scientifique des ondes hertziennes dans leurs rapports avec les milieux ambiants (pièces annexes).

M. Boutquin demande quelques précisions sur la Note de M. Violle, en ce qui concerne l'application des moyens préconisés.

M. Lecointe estime qu'il n'y a pas lieu d'entrer ici dans les détails, le Comité dont il est question devant d'ailleurs rechercher les moyens administratifs.

M. Boutquin demande si les membres de la Conférence recevront communication des procès-verbaux *in extenso*.

M. Bigourdan. — Tout sera imprimé.

M. Lecointe donne communication d'un certain nombre de desiderata, exprimés par la Délégation italienne, qui seront joints au procès-verbal, savoir :

« 1° Établir le nombre et la position des stations qui doivent transmettre les signaux horaires aux navires en réduisant ce nombre au minimum possible en relation au service ordinaire public;

» 2° Établir, d'accord avec la Commission compétente, des conditions d'émission bien déterminées pour ce qui se rapporte aux heures d'émission, à la longueur d'onde employée, à la pureté et amortissement des ondes, etc., etc.;

» 3° Émettre le vœu que tous les navires à la voile et à la vapeur soient munis d'un appareil de réception apte à recevoir ces signaux horaires. »

Les paragraphes 1° et 2° ayant été discutés dans d'autres Commissions, le 3e seulement fera l'objet d'un vœu à soumettre à l'Assemblée plénière.

M. Steels annonce qu'à la suite de sa Communication de la séance précédente, un Comité provisoire s'est formé sous la présidence du professeur Schmidt pour l'étude scientifique des ondes hertziennes.

Il propose à l'Assemblée d'émettre le vœu suivant :

(*Voir* paragraphe E des vœux de la quatrième Commission.)

M. Lecointe met cette proposition aux voix.

Le vœu est adopté à l'unanimité.

Le point qui suit, à l'ordre du jour, est le rapport de la Sous-Commission d'organisation générale qui a terminé ses travaux (p. 111) et a exprimé le résultat des discussions sous la forme d'un certain nombre de vœux qui doivent être soumis à l'approbation de la quatrième Commission. La présidence de la Sous-Commission a été confiée à M. Baillaud, et M. R. Gautier a exercé les fonctions de rapporteur.

M. Lecointe donne la parole à M. Baillaud.

M. Baillaud expose qu'après plusieurs séances, la Sous-Commission d'organisation générale a formulé les propositions qui ont été imprimées et distribuées. La lecture de ces propositions rendra compte des idées qui ont réuni l'unanimité des membres de la Sous-Commission.

(*Voir* les propositions de la Sous-Commission, p. 117.)

M. Baillaud fait, au sujet des diverses propositions, les commentaires suivants :

« I. Le but de la Conférence est en effet de donner satisfaction aussi bien à ceux qui ont besoin de l'heure pour les nécessités de la vie courante qu'à ceux qui ont besoin des signaux les plus exacts.

» II. Le mot *sera* n'exclut pas le mot *est*.

» III. Cet organisme serait analogue à l'Association géodésique internationale. Le nombre des délégués reste indéterminé; il pourrait y en avoir un ou plusieurs par État.

» IV. D'après les propositions de M. Foerster.

» V. La délibération à ce sujet a été longue pour pouvoir arriver à préciser les mots. Il a paru désirable de spécifier que la transmission serait faite par nation afin qu'il puisse y avoir des centres horaires nationaux.

» Cette proposition n'oblige d'ailleurs pas chaque État à avoir un centre.

» VI. Cet article a pour but de bien préciser le domaine du Bureau exécutif, tandis que celui de la Commission internationale ne peut être limité.

» VII. On a voulu y indiquer, par cet article, que les résultats obtenus par le Bureau seraient utilisés aussitôt que possible pour les travaux scientifiques. Ce sera à la Commission internationale à en décider la publication. On a voulu rendre ainsi hommage à l'Association géodésique en lui confiant la discussion des résultats à tirer des observations centralisées.

» VIII. Il existe déjà des services de l'heure qui fonctionnent. Au lendemain de ces délibérations, des services nouveaux s'établiront. Il faut que certains membres de cette Assemblée demeurent pour organiser les innovations à introduire et prendre des résolutions jusqu'au moment où la Commission internationale de l'Heure sera définitivement constituée. »

M. Lecointe propose, si aucune objection n'est formulée, de voter sur l'ensemble des propositions de la Sous-Commission.

M. le général Bassot ayant fait une réserve concernant l'article 7, dont il considère le ton comme trop impératif, on passe au vote sur chaque article séparément.

Les articles 1, 2, 3, 4, 5 et 6 sont adoptés successivement, à l'unanimité.

M. le général Bassot. — L'article 7 dit que le Bureau *communiquera;* le tour de phrase doit être changé, l'Association géodésique internationale n'ayant pas été consultée à ce sujet.

M. Foerster. — M. le général Bassot a raison en disant qu'il faut avoir l'assentiment de l'Association géodésique internationale; cependant, il y a lieu de remarquer qu'en cette circonstance c'est un hommage qu'on rend à cette Association.

M. Lecointe interprète le texte dans le même sens que M. Foerster. Le Bureau international de l'Heure se crée en somme une obligation, il s'engage à communiquer les résultats qu'il concentre à l'Association de Potsdam en comptant sur sa compétence spéciale pour la discussion de ces résultats. Cette Communication est en somme une marque de haute estime pour l'Association et son Président. Celui-ci connaît actuellement les vœux de la Sous-Commission; s'il ne peut les remplir, il ne lui en sera fait aucun grief.

M. le général Bassot propose de changer le texte de l'article 7 et de mettre : *Il est désirable que*, etc.

M. V. de Z. Backhuyzen signale qu'il a proposé à la Sous-Commission que la demande à adresser au Bureau central de l'Association géodésique internationale ne portât que sur les questions relatives à la Géodésie. Cette proposition était faite d'accord avec plusieurs des membres de la Sous-Commission.

M. Lecointe. — La majorité de la Sous-Commission a pensé que c'était à l'Association géodésique internationale à être elle-même juge de ce qu'elle devait accepter.

M. Foerster prie M. le général Bassot, dans l'intérêt de tous, de laisser le texte intact. La modification demandée affaiblirait le sens de la pensée exprimée dans cet article.

M. le général Bassot déclare ne pas saisir la portée de cet affaiblissement. On ne doit rien imposer au Bureau de l'Association géodésique internationale.

M. Foerster trouve le texte adopté parfaitement adapté à la situation et demande son maintien intégral.

M. Deslandres. — On pourrait dire : le Bureau international de l'Heure communiquera *le plus tôt possible* le résultat, etc.

M. Bigourdan. — En présence des explications de M. Foerster, qui dépouillent le texte proposé de tout caractère impératif, du moins vis-à-vis du Bureau central de l'Association géodésique internationale, il me semble que nous pouvons adopter le texte de la Sous-Commission; et je propose de passer immédiatement au vote.

L'article 7 est accepté à l'unanimité.

M. Lecointe remercie M. le général Bassot pour le grand esprit de conciliation dont il a fait preuve.

L'article 8, mis aux voix, est adopté à l'unanimité.

M. Lecointe propose, afin de se mettre d'accord avec un vœu exprimé à l'Association internationale des Académies dans sa réunion de Londres, de soumettre à cette Association, par l'intermédiaire de l'Académie des Sciences de Paris, le projet d'organisation internationale élaboré par la présente Conférence.

Un vœu supplémentaire sera donc formulé dans ce sens par la quatrième Commission.

Le Président remercie ensuite le président de la Sous-Commission ainsi que les secrétaires et rapporteurs de la Sous-Commission et de la Commission.

M. Gautier, rapporteur de la Sous-Commission, remet au Bureau le compte rendu des séances de la Sous-Commission (*voir* p. 111).

La séance est levée à 11ʰ25ᵐ.

Les vœux et résolutions de la quatrième Commission sont alors rédigés comme il suit et remis au Secrétaire général pour être imprimés et distribués à la séance plénière du 23 octobre 1912 :

A. — *Création d'une Commission internationale de l'Heure.*

1. Il est utile de chercher à réaliser l'unification de l'heure, par l'envoi de signaux radiotélégraphiques, qu'il s'agisse de signaux ordinaires ou de signaux scientifiques.

2. L'heure universelle sera celle de Greenwich.

3. Il sera utile de créer une *Commission internationale de l'Heure* dans laquelle chacun des États adhérents sera représenté par des délégués.

4. Il sera utile de créer, sous l'autorité de la *Commission internationale de l'Heure*, un organe exécutif, *Bureau international de l'Heure*, dont le siège sera à Paris.

5. Pour les *signaux ordinaires*, les résultats des déterminations de l'heure seront transmis à ce *Bureau* par les centres nationaux qui centraliseront eux-mêmes les déterminations faites par les observatoires de leur pays.

6. Pour les *signaux scientifiques*, la mission du *Bureau* sera de centraliser les déterminations de l'heure faites dans les observatoires associés et d'en déduire l'heure la plus exacte.

7. Le *Bureau international de l'Heure* communiquera les résultats des comparaisons, qui ne seraient pas promptement publiés, au *Bureau central de l'Association géodésique internationale*, à Potsdam, auquel on demandera d'en entreprendre la discussion approfondie. Ces résultats seront également communiqués aux autres Associations officielles internationales qui les demanderaient.

8. En attendant que les circonstances permettent la réalisation de ce programme, une Commission, nommée par la Conférence, pourrait organiser, à titre d'essai, la coopération dont il s'agit, et étudier les améliora-

tions de toute nature à apporter à ce projet avant de le soumettre officiellement à l'approbation des Gouvernements.

B. — *Communication à l'Association internationale des Académies.*

La Conférence prie l'Académie des Sciences de Paris de bien vouloir soumettre à l'Association internationale des Académies, en l'appuyant, le projet de création d'une *Commission internationale de l'Heure*, conformément au vœu émis par cette Association internationale réunie à Londres en 1904.

C. — *Météorologie.*

Les questions relatives aux rapports de la Météorologie avec la Radiotélégraphie sont de trois sortes :

1° Transmission par une ou plusieurs stations radiotélégraphiques de renseignements météorologiques destinés à des stations éloignées, sur terre ou sur mer;

2° Réception par une ou plusieurs stations radiotélégraphiques et transmission aux services météorologiques centraux d'observations provenant de stations éloignées, sur terre ou sur mer;

3° Étude des phénomènes météorologiques qui peuvent influer sur les transmissions radiotélégraphiques.

Ces questions sont trop complexes pour être discutées immédiatement. Il est donc désirable que l'étude en soit confiée d'abord à une Commission composée notamment de météorologistes et de directeurs de stations radiotélégraphiques. Cette Commission présenterait son rapport à la prochaine réunion du Comité météorologique international.

En attendant, on recommande :

1° Que le nombre des stations météorologiques dont les observations sont données dans la dépêche de la tour Eiffel, soit augmenté dans la mesure du possible;

2° Que le poste radiotélégraphique en construction à Lacken apporte une large collaboration à l'étude des perturbations radiotélégraphiques produites par les agents atmosphériques.

D. — *Navigation.*

1° Il est à désirer que tous les navires, à voiles et à vapeur, soient prochainement pourvus d'appareils pour la réception des signaux horaires radiotélégraphiques;

2° La Conférence prend acte des communications échangées entre les délégués des États-Unis d'Amérique et de la Grande-Bretagne au sujet des renseignements à transmettre par voie radiotélégraphique sur les *icebergs* et autres *dangers de la navigation*. Elle apprécie hautement l'accord intervenu entre ces délégués, à ce propos, dans l'intérêt de la navigation mondiale.

E. — *Étude scientifique des ondes hertziennes.*

La Conférence prend acte de la constitution d'un Comité provisoire ayant pour but l'organisation de l'étude scientifique des ondes hertziennes dans leurs rapports avec les milieux ambiants.

Elle adresse des félicitations à M. Goldschmidt qui veut bien mettre sa station de télégraphie sans fil de grande puissance à Bruxelles, à la disposition de ce Comité en même temps qu'une somme de 25000fr pour subvenir aux frais des premières études.

La Conférence émet le vœu de voir les pouvoirs publics protéger ce genre de recherches dont les résultats promettent d'être d'une importance capitale, non seulement aux points de vue de la théorie pure et de la Météorologie, mais aussi à celui du développement de la T. S. F.

Elle estime désirable que la station de T. S. F. de Bruxelles, bien que créée pour le service public, puisse néanmoins contribuer dans l'avenir à ces recherches scientifiques internationales.

PROCÈS-VERBAUX DES SOUS-COMMISSIONS.

SOUS-COMMISSION DE LA DEUXIÈME COMMISSION.

SÉANCE DU VENDREDI 18 OCTOBRE 1912.

La séance est ouverte à 10^h30^m, sous la présidence de M. Lecointe.

Sont présents :

MM.
Gautier (Suisse).
Kohlschütter (Allemagne).
Battelli (Italie).
Ferrié (France).
Mier y Miura (Espagne).
Bhering (Brésil).
Van Everdingen (Pays-Bas).

MM.
Boukhteieff (Russie).
Berget (Monaco).
Egenitis (Grèce).
Silverstop (Grande-Bretagne).
Hough (États-Unis).
Descovich (Autriche).

Assistent également à la réunion : M. le directeur Schrader et M. le professeur Schorr.

M. Steels remplit les fonctions de secrétaire.

M. le Président fait connaître les questions à l'ordre du jour, d'après les propositions faites en Assemblée générale par MM. Baillaud, Bassot et Kohlschütter :

1° Extension des signaux horaires sur toute la surface de la Terre;

2° Uniformité des signaux horaires ordinaires émis par les diverses stations;

3° Choix des heures d'émission des signaux horaires ordinaires par les diverses stations;

4° Uniformité de la longueur d'onde employée.

M. le Président fait remarquer tout d'abord que la Commission ne peut émettre que des vœux, la plupart des délégués n'ayant pas les pouvoirs nécessaires pour engager leurs Gouvernements.

On aborde ensuite la question de la répartition des centres horaires sur la surface du globe.

M. le commandant Ferrié estime qu'il est difficile de définir dès maintenant les emplacements que devront avoir les stations émettrices horaires. Leur installation étant coûteuse, elles doivent pouvoir servir à d'autres usages. Des conditions d'ordres divers interviendront donc pour le choix des emplacements. Étant donnée l'ampleur des projets de réseaux radiotélégraphiques à établir par les diverses nations pour les usages commerciaux, on peut être certain qu'il n'y aura pas de difficultés à étendre peu à peu, au moyen de ces réseaux, le nombre des stations horaires, de manière que leurs signaux couvrent tout le globe.

M. Gautier constate qu'en effet divers pays travaillent déjà à la résolution du problème; un projet est établi pour le Pacifique par exemple. Il y aurait intérêt à ce que la Conférence fût mise au courant de toutes les études faites à ce sujet, de manière à pouvoir intervenir utilement, le cas échéant, dans le choix des emplacements.

M. Kohlschütter préférerait voir faire cette étude par une Commission spéciale qui indiquerait aux Gouvernements quels sont les endroits utiles à organiser pour le Service de l'Heure. On aurait ainsi une bonne organisation dès le début.

M. le Président estime qu'il serait inopportun d'intervenir d'une manière aussi complète pour les raisons indiquées par M. Ferrié. La voie qu'il préconise est celle de la persuasion.

M. Kohlschütter se rend à cette manière de voir.

M. Ferrié exprime l'avis que la Commission internationale, qui sera probablement créée à la suite de la Conférence de l'Heure, pourra s'occuper de l'étude complète de la question. En attendant, il estime que ce sera le rôle des représentants présents à la Conférence d'user de leur influence auprès de leurs Gouvernements respectifs pour faire aboutir les desiderata qui auront été exprimés.

M. Hough explique que les États-Unis étudient une organisation complète, qui a déjà reçu d'ailleurs un commencement d'exécution. Le poste de Washington (Arlington) fait régulièrement une émission à midi (heure locale).

M. Bhering expose que le Gouvernement brésilien s'occupe également de la question. Des postes fonctionneront à Olinda-Noronha, à Rio-Babylonia et à Manaos.

M. le Président dit que la Sous-Commission ne saurait pas faire œuvre utile en ce moment en ce qui regarde le premier point à l'ordre du jour, car elle ne possède pas tous les éléments de la question. C'est une mission à abandonner à la grande Commission internationale, qui sera plus en mesure d'être documentée. Le vœu pourrait être émis de voir les membres de la Conférence s'entremettre auprès de leurs Gouvernements pour insister sur l'importance de la réalisation, à bref délai, de quelques stations horaires, sauf à compléter ultérieurement le réseau en s'inspirant des études de la Commission internationale.

M. Gautier demande que la statistique des stations soit faite et tenue au jour.

M. Ferrié. — C'est là un des rôles du Bureau télégraphique international de Berne; la question a été résolue par la Conférence de Londres.

M. le Président rappelle que la délégation belge a fait imprimer et distribuer un extrait assez complet des délibérations de la Conférence de Londres. Il propose de passer à la discussion de la deuxième proposition, dont lecture est donnée.

M. Ferrié estime que l'uniformité en cette matière est très désirable, surtout pour le personnel des navires de commerce.

M. Gautier. — Si ce point était admis, les conséquences pourraient en être graves au point de vue des progrès de l'avenir.

M. Ferrié fait observer qu'il ne s'agit en ce moment que des signaux horaires ordinaires destinés à la grande masse des observations et non des signaux scientifiques. Il pense que sur ce terrain l'entente peut se faire rapidement entre spécialistes, en s'inspirant du travail de M. l'ingénieur en chef Driencourt. La Sous-Commission ne découvrira peut-être pas la meilleure solution, mais en trouvera certainement une bonne.

M. Kohlschütter marque son adhésion, étant entendu que ce serait la grande Commission internationale qui s'occuperait des signaux scientifiques.

La Sous-Commission est d'accord et décide de reprendre ultérieurement la question du choix des signaux uniformes.

On aborde ensuite la discussion générale du troisième point à l'ordre du jour.

M. le Président pense qu'il y a unanimité pour admettre que les signaux horaires ordinaires doivent être réduits au strict nécessaire, afin d'éviter l'opposition des services radiotélégraphiques commerciaux.

Il résulte d'un échange de vues entre les divers délégués qu'il n'y a, en ce moment, que le poste de la tour Eiffel, celui de Norddeich, et, pour l'Amérique, celui de Washington, qui peuvent coopérer scientifiquement au Service international de l'Heure.

Le Président estime qu'il ne faut se préoccuper, pour le moment, que des stations existantes.

Un échange de vues s'établit entre tous les membres au sujet de la fixation du nombre de signaux journaliers à émettre. Il est admis comme nécessaire qu'il soit possible de recevoir, en un point quelconque, au moins un signal de jour et au moins un signal de nuit, parce que l'expérience a montré que la portée des signaux est plus faible le jour que la nuit.

La Commission estime ensuite que le nombre de signaux pouvant être reçus en un point quelconque ne doit pas dépasser *quatre*.

Le Président met ensuite en discussion la fixation des heures les plus favorables pour l'émission de ces signaux, en considérant qu'en raison des décisions de la Conférence de Londres, les heures fixées doivent donner satisfaction aux services météorologiques. A ce sujet, il signale que l'heure la plus matinale que le service météorologique de Paris puisse admettre est 10^h.

M. Hough expose qu'actuellement Washington émet les signaux horaires à 12^h, temps local (17^h T. G.) et que son Gouvernement est d'accord pour prévoir une seconde émission. Il fera le nécessaire pour ce qui concerne le Pacifique.

Après discussion, à laquelle prennent part les divers membres présents, la Sous-Commission décide de se réunir samedi, à 15^h, à la tour Eiffel.

La séance est levée à $12^h 30^m$.

SÉANCE DU SAMEDI 19 OCTOBRE 1912.

Sont présents : MM. Lecointe, *Président;* Kohlschütter, Ferrié, Hough, Van Everdingen, Silverstop, membres, et Steels, *Secrétaire.* MM. Schorr, Schrader, Driencourt, Claude assistaient également à la séance.

Après examen approfondi de la question et échange de vues auxquels prennent part tous les délégués présents, on s'accorde pour fixer provisoirement les heures d'émission des stations existantes comme suit en temps de Greenwich.

	h	h
Eiffel	10	24
Norddeich	12	20
Washington	17	à déterminer

La Sous-Commission étudie ensuite le genre et la nature des signaux à transmettre. Voulant donner satisfaction à une première catégorie d'observateurs qui préfèrent recevoir par *tops*, à une seconde catégorie qui donne la préférence à la réception par fin de *traits* et, enfin, à une troisième désirant disposer en même temps de signaux rythmés, elle décide de donner la préférence à une combinaison de signaux, dans laquelle ces divers moyens d'observation sont appliqués. Elle recommande, d'autre part, l'émission des signaux par voie de contacts commandés automatiquement et non à la main.

Elle décide de faire usage d'un signal avertisseur, qui sera la lettre X (— · · —), ce signal étant peu employé en ce moment pour les abréviations du service radiotélégraphique courant. La durée de l'avertissement serait de 60 secondes et finirait à l'heure officielle moins 2 minutes.

La Sous-Commission décide de faire usage, pour les signaux horaires, de points dont la durée sera de $\frac{1}{4}$ de seconde environ et de traits d'une durée de 1^s environ. Elle croit ne pas devoir dépasser cette durée, d'abord pour éviter de surmener les installations dont la puissance est établie pour des émissions brèves, ensuite pour éviter l'inconvénient signalé par des observateurs que les traits trop longs perçus à grande distance perdent toute netteté à la fin de l'émission. S'inspirant des travaux et de l'expérience de MM. Driencourt et Schorr, ainsi que des décisions de la Conférence de

Londres, elle décide de faire la transmission horaire pendant 3 minutes consécutives en utilisant le mieux possible ce laps de temps.

Les signaux horaires comprendront le signal d'avertissement, formé par la lettre X (— ·· —) transmis pendant 60 secondes :

La deuxième minute sera caractérisée par le signal — · (*n*) le point tombant aux dizaines de seconde, ce qui donnera 5 *tops* avec suffisamment d'approximation pour les besoins courants.

Fig. 2.

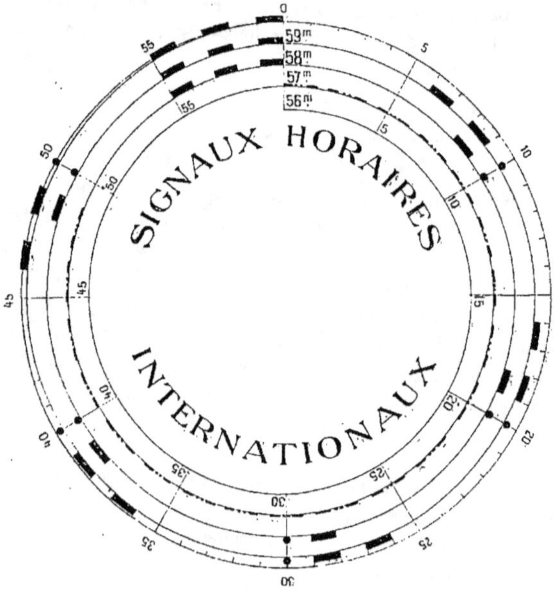

Diagramme indiquant le genre et la distribution des signaux horaires internationaux :

$57^m\ 0^s$ à $57^m\ 50^s$: signaux d'avertissement.

$57^m\ 55^s$ à $58^m\ 0^s$: signaux horaires.
$58^m\ 8^s$ à $59^m\ 0^s$ id.
$59^m\ 6^s$ à $60^m\ 0^s$ id.
} *Traits* de 1^s avec intervalles de 1^s. *Points* de $\frac{1}{4}$ de seconde.

La troisième minute sera caractérisée par la lettre — — · (*g*) le dernier point donnant comme ci-dessus les dizaines de seconde.

Le signal de précision correspondra aux finales des deux dernières minutes; il sera repéré par la fin d'un triple trait.

On examine ensuite la question de la longueur d'onde la plus favorable. Certains membres estiment que cette question est délicate, parce que la portée utile d'une station déterminée peut en dépendre.

M. Ferrié expose les vues de la Conférence de Londres et dit que celle-ci n'a pas fixé de chiffre, laissant ce soin à la Conférence de l'Heure.

Prenant en considération qu'il s'agit, en l'espèce, de stations puissantes, la Sous-Commission décide de recommander l'emploi d'une longueur d'onde très différente de celle adoptée pour les relations commerciales et fixe son choix sur une valeur voisine de 2500^{m}. Elle recommande également l'emploi d'étincelles musicales.

La séance est levée à 5^{h}30^{m}.

SÉANCE DU LUNDI 21 OCTOBRE 1912.

La séance s'ouvre à 9^{h}15^{m}, sous la présidence de M. Lecointe.

La délégation italienne déclare que la station de Rome n'interviendra pas dans l'envoi des signaux horaires, dans un but de simplification. Par contre, deux stations des colonies italiennes seront chargées d'un service horaire. Dès lors, la Sous-Commission, reprenant le tableau esquissé dans la séance précédente, décide de le présenter à l'Assemblée sous la forme indiquée plus loin.

Elle recommande l'emploi d'une émission musicale, la tonalité de celle-ci étant choisie de telle sorte que la réception soit, autant que possible, soustraite aux perturbations étrangères. Le prochain Congrès qui se réunira à Washington pourrait être chargé de résoudre la question complètement.

La Sous-Commission examine le schéma des émissions horaires admis dans la précédente séance. M. Steels propose d'y apporter quelques modifications afin de le rendre plus symétrique. Il demande de réduire la longueur du signal d'avertissement à 50 secondes, de manière à le terminer à la minute 50 secondes comme les signaux horaires proprement dits et d'utiliser le temps qui devient ainsi disponible pour envoyer les trois traits finaux de manière à donner déjà un premier signal de précision utilisable à la fin de la première minute, c'est-à-dire à l'heure moins 2 minutes.

Cette proposition est acceptée, et le dispositif proposé se trouve ainsi schématisé par la figure de la page 108.

M. Hough, tout en se déclarant personnellement d'accord, tient à déclarer qu'il éprouvera probablement quelques difficultés pour faire modifier le système qui est actuellement en service aux États-Unis, en raison des habitudes prises. Il dit qu'il fera le possible pour aboutir.

La séance est levée à 10^h15^m, après avoir décidé que les conclusions seraient exposées à la réunion plénière. M. le Secrétaire est chargé de s'entendre avec M. le Secrétaire général Ferrié et M. Corteil, secrétaire de la deuxième Commission, pour la rédaction définitive des vœux à soumettre à l'Assemblée générale.

Ces vœux ont été rédigés comme suit :

1° Les Observatoires et les Administrations intéressées mettront à l'étude l'organisation de l'enregistrement automatique des signaux horaires;

2° Il est à désirer qu'en chaque point du globe on puisse toujours recevoir un signal horaire de nuit et un signal horaire de jour, le nombre total des signaux perceptibles ne dépassant pas, en principe, 4 par 24 heures;

3° L'étude de la répartition définitive des centres d'émissions horaires sera confiée à la Commission internationale de l'Heure.

La liste ci-après indique les stations qui seront vraisemblablement en état, au 1er janvier 1913, de jouer le rôle de centre d'émissions horaires, ainsi que les heures auxquelles devront être faites ces émissions.

	Heures de Greenwich.
	h
Paris	0
Brésil (San Fernando)	2
États-Unis (Arlington)	3
Mogadiscio (Somali)	4
Tombouctou	6
Paris	10
Norddeich	12
Brésil (San Fernando)	16
États-Unis (Arlington)	17
Massaouah (Érythrée)	18
Norddeich	22

Toute station horaire, autre que les précédentes, qui sera créée, ne pourra en principe envoyer ses émissions qu'à des heures (de Greenwich) rondes, différentes des heures ci-dessus ;

4° La Commission internationale de l'Heure sera chargée de régler l'émission des signaux spéciaux destinés aux besoins scientifiques, et notamment de ceux qui ont pour objet de réaliser l'unification pratique de l'heure ;

5° Les signaux horaires seront uniformément produits conformément au schéma (page 108) ;

6° Les centres d'émissions horaires feront usage d'une longueur d'onde uniforme d'environ 2500^{m}. Lorsqu'ils emploieront des émissions musicales, la tonalité de celles-ci devra être choisie de manière que la réception soit soustraite autant que possible aux perturbations de toute nature.

SOUS-COMMISSION DE LA QUATRIÈME COMMISSION.

SÉANCE DU 18 OCTOBRE 1912.

Président : M. BAILLAUD.

La séance est ouverte à $3^{h}50^{m}$.

Tous les membres de la Sous-Commission sont présents, à l'exception du délégué du Portugal. Assistent, en outre, plusieurs délégués et M. CH. LALLEMAND, du Bureau des Longitudes.

M. CH. LALLEMAND rappelle tout d'abord que le rôle de la Sous-Commission est purement technique. Les délégués doivent y exprimer leurs idées, en tant que théoriciens ou praticiens, et non en tant que représentants de Gouvernements. Les propositions faites par la Sous-Commission seront soumises à l'Assemblée générale.

M. CH. LALLEMAND demande en outre que chaque délégué veuille bien présenter les observations qu'il jugera utiles, concernant le projet d'organisation présenté par le Bureau des Longitudes. La Sous-Commission pourrait ensuite, en toute connaissance de cause, discuter successivement les trois questions principales formulées par le Bureau des Longitudes et dont la première peut s'énoncer ainsi :

« 1° Est-il utile de chercher à réaliser l'unification universelle de l'heure par l'émission de signaux horaires et de signaux rythmés ? »

M. le Président estime que la réponse est évidente, les divers délégués s'étant réunis précisément pour atteindre ce but.

La Sous-Commission adopte la proposition à l'unanimité.

M. Ch. Lallemand formule la deuxième proposition :

« 2° L'unification de l'heure doit-elle résulter de la coopération des travaux d'un grand nombre d'observatoires ? »

La Sous-Commission vote *oui à l'unanimité*.

M. Ch. Lallemand donne lecture de la troisième proposition :

« 3° Faut-il confier à une seule nation, ou bien à une organisation internationale, le soin de réaliser l'unification de l'heure ? »

La majorité des membres estiment que l'œuvre ne peut être menée à bonne fin que par une organisation internationale.

M. Hall formule des réserves. Il craint que le fonctionnement de cette organisation internationale n'apporte des troubles dans l'organisation existante, ou en projet, aux États-Unis.

M. Ch. Lallemand rappelle à nouveau que les membres de la Sous-Commission doivent parler seulement comme techniciens et sous réserve des propositions différentes qu'ils pourraient être amenés à défendre en tant que délégués de leurs Gouvernements.

M. Foerster estime que la déclaration du délégué des États-Unis ne saurait empêcher la Commission de recommander expressément une organisation internationale du Service de l'heure.

M. Ch. Lallemand demande à la Sous-Commission si elle n'estime pas que l'organisation internationale en question devra comprendre notamment une Commission formée de délégués de tous les pays adhérents.

M. le Président fait remarquer que la complexité des questions nécessitera la nomination, par chaque État, de plusieurs délégués.

M. Ch. Lallemand demande si la Commission internationale en question ne devrait pas comporter un organe exécutif qui pourrait prendre, par exemple, le nom de *Bureau central de l'Heure*.

M. Bakhuyzen voudrait qu'avant de passer au vote, on définisse exactement le rôle du Bureau, et qu'on fixe ce qui sera de son ressort.

M. Ch. Lallemand fait remarquer que l'on peut, avant d'entrer dans l'étude de détail, reconnaître la nécessité d'un organe exécutif pour la Commission internationale.

Le Bureau central serait chargé de centraliser les comparaisons de toutes les pendules et d'en déduire l'heure de Greenwich la plus probable.

Pour remplir efficacement le rôle qui lui serait ainsi dévolu, il devrait disposer d'une station centrale, émettrice de signaux que recevraient les observatoires ou stations affiliés.

M. Foerster estime d'ailleurs que le Bureau central de l'Heure ne pourrait, à lui seul, suffire à cette mission. Il faut combiner l'action centrale avec celle d'autres stations auxiliaires.

Il présente, en conséquence, la proposition ci-après :

« 1° L'heure universelle sera celle de Greenwich;

» 2° Le *Centre de l'Heure* aura son siège à Paris. Il sera placé sous les auspices de la *Commission internationale de l'Heure*, qui en réglera la collaboration avec les centres nationaux de l'heure et avec les autres centres subsidiaires (ou auxiliaires) internationaux de l'heure. »

M. le Président fait observer que la proposition du délégué de l'Allemagne complète et éclaire celles du Bureau des Longitudes.

La Sous-Commission pourrait se prononcer sur une formule obtenue en ajoutant aux deux premières propositions du Bureau des Longitudes la proposition de l'Allemagne.

Le texte définitif serait alors le suivant :

« 1° Il sera créé une *Commission internationale de l'Heure* dans laquelle chacun des États adhérents sera représenté par des délégués;

» 2° Il sera créé un organe exécutif, dénommé *Bureau international de l'Heure*, dont la mission essentielle sera de centraliser toutes les déterminations de l'heure faites dans les observatoires associés, et d'en déduire l'heure la plus exacte;

» 3° L'heure universelle sera celle de Greenwich;

» 4° Le *Centre de l'Heure* sera placé à Paris, sous les auspices de la *Commission internationale de l'Heure*, qui en réglera la collaboration avec les centres nationaux de l'heure et avec les centres auxiliaires internationaux de l'heure. »

M. Backlund craint que le fonctionnement de la Commission ne soit entravé par suite du grand nombre de délégués qui devront en faire partie.

M. Foerster fait remarquer que beaucoup d'autres Commissions internationales analogues (l'Association géodésique, la Commission du mètre, etc.) fonctionnent parfaitement.

M. le Président met aux voix les propositions formulées plus haut.

Elles sont adoptées *à l'unanimité des voix*, sauf *une abstention.*

M. Bakhuyzen, qui s'est abstenu, déclare ne faire aucune opposition, mais il a préféré s'abstenir, ignorant encore le rôle et les attributions du Bureau.

M. le Président ouvre la discussion sur des propositions complémentaires présentées par le délégué de l'Allemagne.

M. Foerster rappelle le rôle du Bureau central de l'Association géodésique internationale, siégeant à Potsdam. Les mesures récentes ont fait reconnaître la nécessité de renouveler, en tenant compte de la rigidité de la Terre, un grand nombre de formules jusqu'ici employées pour les latitudes par exemple. On sera sans doute obligé aussi de compter sur cet élément pour les longitudes, déterminées avec des centres horaires répartis autour du globe.

Le Bureau de Potsdam sera tout à fait qualifié pour centraliser les calculs à faire d'après les renseignements recueillis par le Bureau central de l'Heure, et pour tirer de ces calculs les conclusions les plus précises.

M. Foerster présente en conséquence les propositions complémentaires suivantes :

« 3° La discussion astronomique et géodésique des résultats du Service international de l'Heure sera confiée au Bureau central de l'Association géodésique internationale à Potsdam;

» 4° L'application de la télégraphie sans fil à l'étude des phénomènes géophysiques sera confiée aux organisations déjà existantes pour ces genres de recherches, avec l'aide de la Commission internationale de l'Heure. »

M. Ch. Lallemand déclare se rallier à la proposition du délégué de l'Allemagne.

M. Charlier trouve que chaque observatoire serait mieux qualifié pour mener à bonne fin les calculs basés sur ses observations.

M. Bakhuyzen est du même avis. Seul, l'observateur qui fait les mesures et qui connaît les instruments ayant servi à ces mesures, peut vraiment utiliser pour les calculs les nombres obtenus. Il faudra peut-être attendre durant des années si l'on veut n'envoyer à Potsdam que des résultats très précis.

M. Foerster rappelle qu'il faut bien distinguer entre l'heure *pratique* qui doit être envoyée aux navigateurs, et l'heure *scientifique*, qui peut être déterminée plus tard et à loisir.

M. Ch. Lallemand rappelle que dans la pensée du Bureau des Longitudes, à côté du Bureau central de l'Heure, une organisation devrait être créée en vue des études et des calculs que le délégué de l'Allemagne veut confier au Bureau de Potsdam. Cette organisation aurait été coûteuse. Si le Bureau de Potsdam, si bien qualifié pour cela, consent à assurer cette lourde tâche, on doit lui en être reconnaissant car nul, mieux que lui, ne saurait la mener à bonne fin.

M. le Président fait observer qu'on ne sait pas officiellement si le Bureau de Potsdam consentira à prendre la responsabilité du nouveau service. Le Président de l'Association géodésique internationale a d'ailleurs fait des réserves à ce sujet.

Dans ces conditions, il propose un texte transactionnel, indiquant que les renseignements recueillis par le Bureau central de l'Heure seront communiqués aux Associations scientifiques qui en feront la demande, en ajoutant sur la proposition de M. Gautier : et notamment au Bureau de Potsdam.

M. Bendorf émet le vœu que le Bureau de Potsdam accepte le rôle qu'on désire lui confier.

Après discussion, la Sous-Commission adopte, *à l'unanimité*, le texte ci-après :

« Il est désirable que les résultats des comparaisons de l'heure reçues par le Bureau international permanent, qui ne seraient pas promptement publiés, soient communiqués aux Associations internationales officielles qui le demanderaient, et notamment au Bureau central de l'Association géodésique, à Potsdam, auquel on demande d'entreprendre la discussion approfondie de ces résultats.

» Elle décide, en outre, sur la proposition du délégué du Bureau des Longitudes, qu'en attendant la réalisation du programme adopté ci-dessus, une Commission, nommée par la Conférence, devra se réunir, aussitôt après la clôture de la Conférence, pour organiser, à titre d'essai, le Service international de l'Heure. (Texte légèrement amendé du rapport de M. Lallemand.) »

La séance est levée à $5^h 45^m$.

Résolutions proposées à la quatrième Commission par la sous-Commission d'organisition générale.

(Votées en séance du 18 octobre 1912).

1. Il est utile de chercher à réaliser l'unification de l'heure, qu'il s'agisse de signaux radiotélégraphiques ordinaires ou de signaux rythmés. (*Unanimité.*)

2. Il sera créé un organisme international. (*Unanimité.*)

3. Cet organisme sera une *Commission internationale de l'Heure*, dans laquelle chacun des États adhérents sera représenté par des délégués. (*Unanimité.*)

4. Il sera créé un organe exécutif, *Bureau international de l'Heure*, dont la mission essentielle sera de centraliser toutes les déterminations de l'heure faites dans les observatoires associés et d'en déduire l'heure la plus exacte. (*Unanimité.*)

5. L'heure universelle sera celle de Greenwich. (*Unanimité.*)

6. Le centre de l'heure sera à Paris, sous les auspices de la Commission internationale de l'Heure, qui réglera aussi la collaboration avec les centres nationaux de l'heure et avec les centres auxiliaires internationaux de l'heure. (*Unanimité*.)

7. Il est désirable que les résultats des comparaisons de l'heure, reçus par le Bureau international permanent, qui ne seraient pas promptement publiés, soient communiqués aux Associations internationales officielles qui le demanderaient, et notamment au Bureau central de l'Association géodésique internationale, à Potsdam, auquel on demande d'entreprendre la discussion approfondie de ces résultats. (*Unanimité, moins la voix de* M. Bakhuyzen.)

8. En attendant que les circonstances permettent la réalisation de ce programme, une Commission, nommée par la Conférence, pourrait organiser, à titre d'essai, la coopération dont il s'agit et étudier les améliorations de toute nature à apporter à ce projet avant de le soumettre officiellement à l'approbation des Gouvernements.

N. B. — L'*unanimité* ci-dessus visée ne comprend pas les États-Unis d'Amérique dont le délégué s'est constamment abstenu.

Propositions de résolutions présentées à la quatrième Commission par sa sous-commission.

(Propositions modifiées votées dans une 2e séance du 21 octobre 1912.)

1. Il est utile de chercher à réaliser l'unification de l'heure par l'envoi de signaux radiotélégraphiques, qu'il s'agisse de signaux ordinaires ou de signaux scientifiques.

2. L'heure universelle sera celle de Greenwich.

3. Il sera utile de créer une *Commission internationale de l'Heure*, dans laquelle chacun des États adhérents sera représenté par des délégués.

4. Il sera utile de créer, sous l'autorité de la *Commission internationale de l'Heure*, un organe exécutif, *Bureau international de l'Heure*, dont le siège sera à Paris.

5. Pour les *signaux ordinaires*, les résultats des déterminations de

l'heure seront transmis à ce *Bureau* par les centres nationaux qui centraliseront eux-mêmes les déterminations faites par les observatoires de leur pays.

6. Pour les *signaux scientifiques*, la mission du *Bureau* sera de centraliser les déterminations de l'heure faites dans les observatoires associés et d'en déduire l'heure la plus exacte.

7. Le *Bureau international de l'Heure* communiquera les résultats des comparaisons, qui ne seraient pas promptement publiés, au *Bureau central de l'Association géodésique internationale*, à Potsdam, auquel on demandera d'en entreprendre la discussion approfondie. Ces résultats seront également communiqués aux autres Associations officielles internationales qui les demanderaient.

8. En attendant que les circonstances permettent la réalisation de ce programme, une Commission, nommée par la Conférence, pourrait organiser, à titre d'essai, la coopération dont il s'agit, et étudier les améliorations de toute nature à apporter à ce projet avant de le soumettre officiellement à l'approbation des Gouvernements.

Ces propositions, imprimées après la séance, ont été ratifiées le 22 octobre (à $9^h 30^m$) en troisième séance de la Sous-Commission.

M. Bakhuyzen voudrait qu'il fût précisé que la demande à adresser au Bureau central de l'Association géodésique internationale ne portât que sur les questions touchant à la Géodésie. Cette opinion, partagée par quelques membres de la Sous-Commission, sera consignée au procès-verbal.

COMMISSION PROVISOIRE.

COMMISSION PROVISOIRE.

PRÉAMBULE.

Dans la séance plénière du 23 octobre 1912, la *Conférence internationale de l'heure* a adopté un projet décidant la constitution immédiate d'une Commission provisoire, composée d'un délégué par État représenté, et chargée d'étudier les moyens les meilleurs et les plus rapides de réaliser les desiderata de la Conférence.

Cette Commission, après entente entre les membres de chacune des délégations, a été ainsi composée :

Allemagne.

M. Ernst Kohlschütter, Professeur, Docteur ès sciences, Conseiller d'Amirauté et Astronome au *Reichs Marine Amt*, Wilhelms-Aue, 16, Berlin-Wilmersdorf.

Autriche.

M. Émile Descovich, Commissaire naval supérieur au Ministère du Commerce, Vienne.

Belgique.

M. Georges Lecointe, Directeur scientifique à l'Observatoire royal de Belgique, Membre correspondant de l'Académie royale des Sciences de Belgique, Observatoire royal, Uccle.

Brésil.

M. Francisco Bhering, Docteur ès sciences mathématiques, Ingénieur chef de service au Ministère des Travaux publics, Professeur à l'École Polytechnique, 111, rue Coude Iraja, Rio de Janeiro.

Espagne.

M. Edouardo Mier, Colonel du Génie, Inspecteur général des Ingénieurs géographes, Membre de l'Académie royale des Sciences exactes, physiques et naturelles de Madrid, 29, calle de Serrano, Madrid.

16

États-Unis.

M. H.-H. Hough, Capitaine de frégate, Attaché naval aux Ambassades des Etats-Unis à Paris et à Saint-Pétersbourg, 64, rue Spontini. (Tél. 689-58.)

France.

M. B. Baillaud, Membre de l'Institut et du Bureau des Longitudes, Directeur de l'Observatoire de Paris, à l'Observatoire, Paris.

Grande-Bretagne.

M. F.-W. Dyson, Astronome royal, Greenwich.

Grèce.

M. D. Eginitis, Directeur de l'Observatoire et Professeur à l'Université d'Athènes, 1, rue Anchesmos, Athènes.

Italie.

M. Auguste Righi, Professeur de Physique, Sénateur du Royaume, Université de Bologne.

Monaco.

M. Alphonse Berget, Docteur ès sciences, Professeur à l'Institut Océanographique, 16, rue de Vaugirard, Paris. (Tél. 816-07.)

Pays-Bas.

M. Van de Sande Bakhuyzen, E. F., Directeur de l'Observatoire de Leyde, à l'Observatoire, Leyde.

Portugal.

M. José Lambertini Pinto, Chargé d'affaires de la République portugaise à Paris, 33, rue de Lubeck.

Russie.

M. O. Backlund, Conseiller privé, Directeur de l'Observatoire de Poulkovo, Poulkovo (Gouvernement de Saint-Pétersbourg).

Suède.

M. C.-V.-L. Charlier, Professeur à l'Université, Directeur de l'Observatoire, Membre de l'Académie royale des Sciences, Lund (Suède).

Suisse.

M. Raoul Gautier, Professeur à l'Université, Directeur de l'Observatoire, Membre du Comité international des Poids et Mesures et de la Commission permanente de l'Association géodésique internationale, à l'Observatoire, Genève.

Sur la proposition de M. Lecointe, la Conférence a décidé d'adjoindre à cette Commission, à titre consultatif, M. Ch. LALLEMAND, membre de l'Académie des Sciences et du Bureau des Longitudes.

Les délégations de Grèce, de Portugal et de Suède ne comprenant chacune qu'un seul membre, et celui-ci étant absent, ces membres ont été inscrits d'office sur la liste précédente.

PROCÈS-VERBAL DE LA PREMIÈRE SÉANCE
(23 OCTOBRE 1912).

Cette Commission provisoire s'est réunie le 23 octobre 1912, à 11^h45^m, à l'Observatoire de Paris. Tous les membres étaient présents, à l'exception des représentants de la Grèce, de la Suède et du Portugal, empêchés. M. Blumbach représentait M. O. Backlund, absent.

La Commission internationale provisoire de l'heure a aussitôt procédé à la constitution de son Comité; celui-ci a été composé comme suit :

Président : M. O. BACKLUND, délégué de la Russie, conseiller privé, directeur de l'Observatoire de Poulkovo, à Poulkovo.

Directeur du Bureau international : M. B. BAILLAUD, délégué de la France, membre de l'Institut et du Bureau des Longitudes, directeur de l'Observatoire national, à Paris.

Vice-Président : M. G. LECOINTE, délégué de la Belgique, directeur scientifique à l'Observatoire royal de Belgique, membre correspondant de l'Académie royale des Sciences de Belgique, à Uccle.

Secrétaire général : M. Ernst KOHLSCHÜTTER, délégué de l'Allemagne, professeur, docteur ès Sciences, conseiller d'Amirauté et astronome au *Reichs Marine Amt*, à Berlin-Wilmersdorf.

Secrétaire : M. Alphonse BERGET, délégué de la Principauté de Monaco, docteur ès sciences, professeur à l'Institut océanographique, à Paris.

La Commission prie MM. Baillaud, Dyson, Lallemand et Lecointe de vouloir bien élaborer pour le lendemain 24 octobre un projet de statuts pour la Commission internationale de l'heure, projet destiné à être soumis à l'examen des divers Gouvernements, après discussion par la Commission provisoire.

PROCÈS-VERBAL DE LA DEUXIÈME SÉANCE
(24 OCTOBRE 1912).

La Commission provisoire a tenu sa deuxième séance le jeudi 24 octobre 1912, à l'Observatoire de Paris, sous la présidence de M. G. Lecointe, vice-président. Avaient pris place au Bureau : MM. Baillaud, directeur du Bureau international de l'heure, MM. Kohlschütter, secrétaire général, et Berget, secrétaire.

Tous les membres de la Commission provisoire étaient présents ou représentés, à l'exception des délégués de la Grande-Bretagne, de la Grèce, de la Suède et de la Suisse, empêchés.

M. Lecointe donne lecture du procès-verbal de la séance du 23 octobre : ce procès-verbal est adopté.

Sur la proposition de M. Righi, la Commission décide de s'adjoindre d'une façon permanente, et à titre consultatif, M. le commandant Ferrié, directeur de la station radiotélégraphique de la Tour Eiffel. Cette proposition est adoptée à l'unanimité; le commandant Ferrié est introduit et prend place parmi les membres.

La Commission provisoire prend ensuite connaissance du projet ci-inclus, préparé par MM. Baillaud, Dyson, Lallemand et Lecointe; après un échange d'observations sur quelques articles, ce projet est adopté à l'unanimité des membres présents ou représentés, sous certaines réserves faites par le délégué d'Allemagne au sujet des articles 8, 9 et 23.

M. Kohlschütter estime :

1° Que le montant des cotisations annuelles pourrait être réduit;

2° Que le montant de l'indemnité du secrétaire général devra être fixé au prorata des travaux dont il aura la charge;

3° Que la date du 1er janvier 1913 pour l'entrée éventuelle en vigueur de la Convention est trop rapprochée.

La Commission donne mandat à son Comité de remplir toutes les formalités nécessaires en vue de la constitution définitive de la Commission internationale de l'heure et du Bureau international de l'heure.

Le Comité priera le Ministère des Affaires étrangères de la République française, par l'intermédiaire de M. Baillaud, directeur du Bureau international de l'heure, de transmettre aux divers Gouvernements le projet de statuts ci-annexé, en leur demandant de faire connaître les observations auxquelles ce projet pourrait donner lieu de leur part. On annoncera en même temps à ces Gouvernements qu'une réunion des délégués des États sera convoquée à Paris, dans un délai de six mois environ, pour arrêter le texte définitif des statuts, en tenant compte des observations qui auront été éventuellement présentées, et qui, toutes, seront communiquées aux États, en même temps que la convocation à la réunion dont il vient d'être parlé.

On attirera l'attention des Gouvernements sur le fait que leurs colonies pourront être considérées comme des États autonomes et admises, par suite, à adhérer à la Commission internationale de l'heure, comme il est d'usage constant, en cette matière, pour d'autres Associations internationales à buts scientifiques.

Les principes qui ont servi de base, à ce propos, lors de la Conférence radiotélégraphique internationale de Londres, en juin 1912, serviront également à régler la participation de ces colonies à la Commission internationale de l'heure et à préciser leurs droits en matière de vote.

PROCÈS-VERBAL DE LA TROISIÈME SÉANCE
(25 OCTOBRE 1912).

La Commission s'est réunie à l'Observatoire, le vendredi 25 octobre, à 9^h30^m. Tous les membres de la Commission étaient présents, à l'exception des délégués de la Grande-Bretagne, de la Grèce, de la Suède et de la Suisse, empêchés.

Le commandant Ferrié, secrétaire de la Conférence internationale de l'heure, donne lecture du procès-verbal de la deuxième assemblée générale, tenue le 23 octobre à l'Observatoire. Ce procès-verbal est adopté.

Quelques observations sont échangées entre MM. Righi et Lecointe au sujet du silence à observer par les stations radiotélégraphiques au moment des émissions des signaux horaires : la question a, d'ailleurs, été tranchée en principe à la Conférence radiotélégraphique de Londres en juin 1912.

Après des observations de M. Baillaud, le commandant Ferrié propose que les *signaux horaires scientifiques*, actuellement faits à la Tour Eiffel pa l'émission de *battements rythmés* permettant la comparaison des pendul des divers observatoires avec celles du Bureau international de l'heure l'aide de la méthode des coïncidences, soient provisoirement continués il dépose, à cette occasion, une Note qui sera imprimée parmi le annexes des comptes rendus des travaux de la *Conférence international de l'heure*.

La Commission se range à l'avis du commandant Ferrié et estime qu l'envoi de ces *signaux horaires scientifiques* doit être poursuivi. Sur la pro position de M. Berget, et d'accord avec le commandant Ferrié, elle fixe *cinq minutes* (au lieu de trois) la durée totale des séries de battements. Leu émission sera faite 15 minutes avant celle des signaux horaires ordinaire de nuit.

Une Notice spéciale sera adressée à bref délai, sur ce sujet, à tous le intéressés, par le directeur du Bureau international.

M. Berget donne ensuite lecture du procès-verbal de la précédent séance (24 octobre) de la Commission provisoire.

Après échange de diverses observations entre MM. Ferrié, Kohlschütter, Lallemand, Righi, ce procès-verbal, tel qu'il est imprimé ci-dessus, est adopté et le vœu final, imprimé plus loin en lettres italiques à la suite du projet de statuts, est signé par les membres de la Commission.

Pour copie conforme :
LE COMITÉ PROVISOIRE.

Pour le Président absent :
Le Vice-Président,
Signé : G. LECOINTE.

Le Directeur du Bureau international de l'heure,
Signé : B. BAILLAUD.

Le Secrétaire général,
Signé : E. KOHLSCHÜTTER.

Le Secrétaire,
Signé : A. BERGET.

PROJET DE STATUTS

ÉLABORÉ, A PARIS, EN OCTOBRE 1912.

ARTICLE PREMIER. — Il est créé une *Commission internationale de l'heure* ayant pour objet l'unification de l'heure par l'envoi de signaux radiotélégraphiques ou autres, qu'il s'agisse de *signaux scientifiques de haute précision* ou de *signaux ordinaires*, répondant aux besoins de la navigation, de la météorologie, de la sismologie, des chemins de fer, postes et télégraphes, des administrations publiques, horlogers, particuliers, etc.

ART. 2. — Les organes de la Commission internationale de l'heure sont :

a. L'Assemblée générale des délégués;
b. Le Conseil permanent;
c. Le Comité;
d. Le Bureau international de l'heure.

ART. 3. — L'assemblée générale se compose des délégués des États qui adhèrent aux présents statuts et en donnent notification au Président, soit directement, soit par l'intermédiaire du Ministère des Affaires étrangères de la République Française, à Paris.

ART. 4. — Chaque État adhérent désigne lui-même celui de ses délégués qui jouit du droit de vote dans les cas prévus aux articles 13 à 16 inclus.

L'ensemble de ces délégués constitue le *Conseil permanent*.

ART. 5. — Le Bureau international de l'heure a pour objet :

1° Pour ce qui touche les *signaux ordinaires*, de centraliser les résultats des déterminations de l'heure universelle, exprimée en temps de Greenwich, qui lui seront transmis par les centres horaires nationaux, chargés eux-mêmes de calculer, de la manière la plus exacte, l'heure moyenne, déduite des déterminations faites par les observatoires de leur propre pays.

2° Pour ce qui regarde les *signaux scientifiques* de centraliser les déterminations de l'heure faites dans les observatoires associés et d'en déduire l'heure la plus exacte.

Le Bureau international de l'heure publie les résultats de ses comparaisons. Pour ceux de ces résultats qui ne seraient pas promptement imprimés, il les communique au Bureau central de l'*Association géodésique internationale*, à Potsdam, en vue des discussions approfondies que ce Bureau jugerait utile d'entreprendre.

Il les communique également aux autres associations officielles qui les demanderaient.

Le siège du Bureau international de l'heure est établi à Paris.

Art. 6. — Le Bureau international comprend, outre le Directeur :

1° Des *Collaborateurs scientifiques* nommés et révoqués par le Comité sur la proposition du Directeur du Bureau international; ils sont chargés, avec ou sans indemnités, d'études spéciales et déterminées. Leur mandat n'excède pas deux années : il peut être renouvelé;

2° Des *Assistants scientifiques et des Aides*, nommés et révoqués par le Directeur du Bureau international. Ils sont chargés des travaux figurant au programme arrêté par le Conseil permanent. Leur mandat n'excède pas quatre années et peut être renouvelé.

Le Budget détermine le montant des sommes allouées pour chacune des catégories de ce personnel.

Art. 7. — Les États adhérents s'engagent à faire verser au *Bureau international de l'heure* dont il est parlé ci-dessus, soit par leur gouvernement, soit par une de leurs corporations savantes, la cotisation annuelle fixée à l'article 8.

Art. 8. — Les cotisations annuelles sont établies au prorata du chiffre de la population des États, d'après le barème suivant :

a. L'État dont la population est inférieure à cinq millions d'habitants verse une cotisation annuelle de 400fr;

b. L'État dont la population est comprise entre cinq et dix millions d'habitants verse une cotisation annuelle de 800^{fr};

c. L'État dont la population est comprise entre dix et vingt millions d'habitants verse une cotisation annuelle de 1200^{fr};

d. L'État dont la population est supérieure à vingt millions d'habitants verse une cotisation annuelle de 2000^{fr}.

Art. 9. — Les sommes versées par les États, ainsi que les recettes d'autres provenances, sont employées :

a. A couvrir les frais d'administration et de publication;

b. A solder l'indemnité du Secrétaire général de la Commission et du Directeur du Bureau international de l'heure;

c. A payer des subventions ou rémunérations dues, soit pour des travaux de calculs et d'observations, soit pour des expériences ordonnées par la Commission;

d. A pourvoir aux dépenses nécessitées par l'achat et l'entretien du matériel du Bureau international de l'heure.

La répartition des crédits affectés à ces différents objets est réglée par le Conseil permanent.

L'emploi des sommes ainsi attribuées est fait sous la responsabilité du Directeur du Bureau international de l'heure et sous le contrôle du Conseil permanent.

Tous les paiements sont ordonnés par le Directeur du Bureau international de l'heure, sur mandat du Président.

La justification des dépenses et l'état des recettes sont publiés dans les procès-verbaux des séances de la Commission.

Les sommes non employées sont portées à l'actif du budget de l'année suivante et affectées aux dépenses de cette année.

Art. 10. — La Commission élit son Président, son Vice-Président, son Secrétaire général, son Secrétaire, ainsi que le Directeur du Bureau international. Le Président, le Vice-Président et les Secrétaires sont choisis parmi les membres du Conseil permanent. Les mandats de Président et de Vice-Président sont conférés pour la durée comprise entre deux Assemblées générales ordinaires. Le Président et le Vice-Président ne sont rééligible en la même qualité, qu'après un intervalle d'une année. Les fonctions c Président, de Vice-Président et de Secrétaires ne peuvent être cumulé avec celles de Directeur du Bureau international de l'heure.

Art. 11. — Le *Comité* se compose du Président, du Vice-Président, d Secrétaires et du Directeur du Bureau international.

Art. 12. — En cas de vacances parmi les membres du Comité, le rem placement provisoire est fait par le Conseil permanent, par voie de corres pondance ou, s'il le faut, en séance par ce Conseil convoqué à cette fin.

Art. 13. — L'Assemblée générale se réunit au moins tous les trois ans sur convocation de son Président. Cette convocation précède de trois moi au moins la réunion et porte l'ordre du jour de la session.

Pour les questions d'ordre scientifique, les décisions sont prises à l majorité des voix de tous les délégués; pour les questions d'ordre adminis tratif ou d'ordre mixte, le vote a lieu par État dès qu'un membre du Consei permanent en fait la demande.

Art. 14. — Un tiers des États a le droit de requérir du Président l convocation d'une assemblée générale extraordinaire, en indiquant l'ordr du jour à soumettre à l'assemblée.

Art. 15. — Pour qu'une décision soit valable, il faut que la moitié a moins des États adhérents aient pris part au vote.

Pour les questions non portées à l'ordre du jour de la convocation d Président, aucune décision ne peut être prise si elle n'est approuvée par u nombre d'États au moins égal à la moitié du nombre des pays adhérents.

Art. 16. — Les États adhérents qui n'ont pas envoyé de délégué à un assemblée peuvent conférer leur droit de vote à l'un des délégués présents sans toutefois qu'une même personne puisse disposer de plus de troix voix

Lorsque la cotisation annuelle entière est versée par une corporatio savante, c'est le délégué de celle-ci qui jouit du droit de vote comm représentant de l'État auquel appartient la corporation.

En cas de partage des voix, celle du Président est prépondérante.

Art. 17. — Pour l'examen de certaines questions, l'assemblée pourra constituer des commissions spéciales. Tous les délégués peuvent assister aux séances de ces commissions.

Le Président peut inviter à assister aux séances des personnes étrangères à la commission.

Art. 18. — Dans l'intervalle de deux assemblées générales, l'exécution des décisions et la gestion des affaires administratives sont confiées au Comité.

Pour les affaires administratives non prévues, le Comité prendra, par correspondance, l'avis du Conseil permanent.

Art. 19. — Le Conseil permanent établit lui-même son règlement d'ordre intérieur.

Art. 20. — La correspondance adressée par la Commission aux États adhérents est signée par le Président et le Secrétaire général.

Pour les questions d'ordre scientifique, le Directeur du Bureau international correspond directement avec les délégués des États, avec les Centres nationaux émettant des signaux horaires ou s'occupant des observations et des calculs relatifs à ces signaux, et avec les sociétés savantes ou les particuliers qui lui demanderaient des renseignements.

Art. 21. — Le Secrétaire général présente à chaque Assemblée générale un rapport sur la situation de la Commission ; il publie les procès-verbaux des séances, ainsi que les résultats de travaux exécutés conformément aux décisions de la Commission. Il est chargé de la correspondance et s'occupe, sous la direction du Président, des affaires courantes ne rentrant pas dans les attributions du Directeur du Bureau international.

Art. 22. — Le Directeur du Bureau international présente chaque année, au Président, un rapport embrassant tout le champ d'activité de ce Bureau. Il doit aussi lui soumettre le programme des travaux à exécuter l'année suivante. Ce rapport annuel, et le programme des travaux, sont imprimés et envoyés à tous les délégués des États adhérents.

Art. 23. — La présente convention est conclue pour une durée de huit ans, à partir du 1er janvier 1913. Après cette durée, elle resters obligatoire par périodes de quatre ans, sauf dénonciation faite au moin six mois à l'avance.

Art. 24. — Toute modification aux présents statuts devra être votée pa l'Assemblée générale dans les conditions prévues aux articles 13 à 16 inclus

---

Les Membres de la Commission provisoire nommés, à Paris, par l Conférence internationale de l'Heure, dans sa séance plénière d 23 octobre 1912, acceptant cette mission sous réserve de l'approbatio de leurs Gouvernements respectifs, sont unanimes à proposer que l projet de Statuts ci-dessus soit soumis à l'examen des divers États.

Ont signé :

MM. Ernst Kohlschütter (Allemagne).
Émile Descovich (Autriche).
Georges Lecointe (Belgique).
Francisco Bhering (Brésil).
Edouardo Mier (Espagne).
H.-H. Hough (États-Unis).
B. Baillaud (France).
F.-W. Dyson (Grande-Bretagne).
D. Éginitis (Grèce).
Augusto Righi (Italie).
Alphonse Berget (Monaco).
Van de Sande Bakhuyzen E. F. (Pays-Bas).
José-Lambertini Pinto (Portugal).
O. Backlund (Russie).
C.-V.-L. Charlier (Suède).
Raoul Gautier (Suisse).

ANNEXES.

CONSERVATION DE L'HEURE.

NOTE DE M. CLAUDE,
Membre adjoint du Bureau des Longitudes.

Difficultés que présente la conservation de l'heure. — Il serait possible de conserver l'heure à l'aide d'une seule pendule si toutes les circonstances qui influent sur sa marche étaient bien connues. La température, la pression, le degré hygrométrique, la stabilité, l'amortissement des oscillations, le centrage des roues et des pignons et les frottements ont une influence très marquée sur cette marche et, jusqu'à ce jour, on n'a pu encore établir une formule suffisamment approchée pour conserver l'heure au moyen d'une seule pendule, même pendant un temps relativement court.

Un autre moyen consiste à déterminer un certain nombre de coefficients, figurant sous forme indéterminée dans une formule destinée à conserver l'heure. On peut, en effet, établir autant d'équations que le problème comporte d'inconnues; mais on s'aperçoit bien vite que le degré de précision que l'on pense avoir atteint, après avoir déterminé les coefficients de cette formule par des expériences, se trouve en réalité fort au-dessous de l'approximation qu'on pouvait espérer pour la conservation de l'heure. J'en ai eu la preuve lorsque j'ai essayé de tenir compte de la température pour prédire l'état d'une pendule. A plusieurs reprises, j'ai voulu déterminer l'influence de la température sur la marche de cette pendule, le résultat a été négatif et pourtant, je constate depuis plusieurs années, à l'entrée de l'hiver, un changement de marche dont le sens est toujours le même.

Au contraire, l'influence de la pression sur la marche d'une pendule se détermine facilement (1).

(1) Lorsqu'on calcule, d'après le principe d'Archimède, l'influence de la pression sur la marche d'une pendule, on trouve, en négligeant l'effet de l'accroissement de l'amortissement, un coefficient notablement moindre que celui fourni par les observations.

Ainsi donc, d'après mon expérience, on ne peut, lorsqu'on n'a qu'une pendule, calculer son état avec toutes les garanties d'exactitude désirables. Il suffit pour s'en convaincre d'envisager le cas où les huiles se décomposent plus ou moins vite, ce qui a pour effet de détériorer les tourillons et les trous qui leur servent de logement; on constate alors que la marche de la pendule devient irrégulière et qu'enfin elle s'arrête.

Une seule pendule ne suffit pas. — Il n'est donc pas possible de conserver l'heure avec une seule pendule, si parfaite qu'elle soit, et l'on se trouve obligé de contrôler sa marche, soit par des observations astronomiques, soit par des comparaisons.

Contrôle de la marche des pendules et chronomètres. — Le contrôle par les observations astronomiques est incontestablement le plus sûr, malheureusement l'état du ciel ne permet pas toujours de l'utiliser. Celui par comparaisons n'offre que des probabilités, jamais de certitude. Par exemple, si l'on ne possède que deux pendules, lorsqu'elles sont en désaccord, il est impossible de savoir quelle est celle qui a subi une perturbation de marche. Sur trois pendules, deux peuvent rester en accord; on aurait tort pourtant d'éliminer celle qui est en désaccord, comme j'ai eu l'occasion de le constater. La plus grande circonspection doit donc être apportée dans l'élimination des résultats discordants.

D'une manière générale n pendules ne peuvent donner par comparaison que $(n-1)$ nombres, c'est-à-dire une équation de moins entre les états qu'il y a d'inconnues. Pour obtenir l'équation qui manque, *on admet la continuité* d'une certaine expression d'état moyen t_i, fonction du temps qui sera donnée plus loin. Mais on ne doit pas oublier que, pour achever de déterminer le problème, on a introduit une hypothèse.

EXPOSÉ D'UNE MÉTHODE POUR CONSERVER L'HEURE.

Pour exposer aussi clairement que possible la méthode que j'emploie pour conserver l'heure, je traiterai le cas le plus simple, celui où l'on a n pendules également bonnes.

Appelons $h_1, h_2 \ldots h_n$ les indications de ces pendules à un instant donné; la moyenne

$$h_i = \frac{1}{n}(h_1 + h_2 + \ldots + h_n) \qquad (1)$$

peut être considérée comme l'heure marquée par une pendule fictive dont la marche est, en général, plus régulière que celle de chacune des n pendules réelles.

Désignons par

t, l'heure du méridien pris pour origine;
t_1, l'état de la pendule 1;
t_2, l'état de la pendule 2;
t_n, l'état de la pendule n;
t_i, l'état de la pendule fictive.

Posons

$$(2) \qquad t = h_1 + t_1 = h_2 + t_2 = \ldots = h_n + t_n = h_i + t_i$$

et substituons les diverses valeurs $h_1, h_2, \ldots, h_n$ dans l'expression (1), il vient, toutes réductions faites, l'équation,

$$(3) \qquad n t_i = t_1 + t_2 + \ldots + t_n$$

qui montre que l'état de la pendule fictive est la moyenne des états des pendules réelles.

Cette pendule fictive ne peut évidemment être employée comme étalon, sauf pour les cas qui n'intéressent pas la lecture de l'heure; mais nous pouvons rapporter son état à celui d'une pendule réelle quelconque, voire même à une pendule qui ne figure pas dans le groupe de pendules qui concourent à la conservation de l'heure.

Pour simplifier, je rapporterai l'état t_i de la pendule fictive à l'état t_1 de la pendule 1. Pour cela, retranchons des deux membres de l'équation (3) une quantité nt_1; nous obtiendrons

$$(4) \qquad n(t_i - t_1) = (t_1 - t_1) + (t_2 - t_1) + \ldots + (t_n - t_1),$$

puis, en ayant égard aux expressions (2), il viendra

$$(5) \qquad n(t_i - t_1) = (h_1 - h_1) + (h_1 - h_2) + \ldots + (h_1 - h_n).$$

Le deuxième membre de cette dernière expression est connu; en effet, $h_1 - h_1 = 0$, les autres termes $(h_1 - h_2)$, $\ldots$, $(h_1 - h_n)$ sont fournis par les comparaisons des pendules, rapportées à un instant donné.

Posons

$$(6) \qquad \varepsilon = t_i - t_1,$$

nous obtiendrons

$$(7)\qquad n\varepsilon = (t_1 - t_1) + (t_2 - t_1) + \ldots + (t_n - t_1).$$

$$(8)\qquad n\varepsilon = (h_1 - h_1) + (h_1 - h_2) + \ldots + (h_1 - h_n).$$

Les états qui figurent dans ces expressions varient avec le temps et toutes les causes que j'ai énumérées (pression, température, etc.). En les accentuant, nous obtiendrons pour une autre époque

$$(9)\qquad n\varepsilon' = (t'_1 - t'_1) + (t'_2 - t'_1) + \ldots + (t'_n - t'_1).$$

$$(10)\qquad n\varepsilon' = (h'_1 - h'_1) + (h'_1 - h'_2) + \ldots + (h'_1 - h'_n).$$

Retranchons (7) de (9), il viendra l'équation

$$(11)\qquad n(\varepsilon' - \varepsilon) + n(t'_1 - t_1) = (t'_1 - t_1) + (t'_2 - t_2) + \ldots + (t'_n - t_n)$$

que je rappellerai lorsque j'aurai remplacé les différences d'états, qui figurent dans le second membre, par d'autres expressions.

Les formules (8) et (10) permettent de calculer ε et ε'.

Formules donnant pour chaque pendule l'accroissement de l'état correspondant au temps écoulé. — Parmi les causes qui font varier les états, je ne tiendrai compte que de la pression et de la température considérées comme fonctions du temps.

Pour les diverses pendules nous aurons

$$(12)\qquad \begin{cases} t'_1 - t_1 = m_1(x - x_0) + \mu_1(\mathrm{P} - \mathrm{P}_0)_1 + \nu_1(\mathrm{Q} - \mathrm{Q}_0)_1, \\ t'_2 - t_2 = m_2(x - x_0) + \mu_2(\mathrm{P} - \mathrm{P}_0)_2 + \nu_2(\mathrm{Q} - \mathrm{Q}_0)_2, \\ \ldots\ldots\ldots\ldots\ldots\ldots\ldots\ldots\ldots\ldots\ldots\ldots, \\ t'_n - t_n = m_n(x - x_0) + \mu_n(\mathrm{P} - \mathrm{P}_0)_n + \nu_n(\mathrm{Q} - \mathrm{Q}_0)_n, \end{cases}$$

dans lesquelles $t'_k - t_k$ désigne l'accroissement de l'état de la pendule.

m_k, la marche diurne;

x, le nombre de jours et fraction de jour auquel correspond l'état t'_k;

x_0, le nombre de jours et fraction de jour auquel correspond l'état t_k;

μ_k, le coefficient dû à la pression;

ν_k, le coefficient dû à la température;

$$\mathrm{P} - \mathrm{P}_0 = \int_{x_0}^{x} p\,dx;$$

$$\mathrm{Q} - \mathrm{Q}_0 = \int_{x_0}^{x} q\,dx.$$

Les courbes fournies par les baromètre et thermomètre enregistreurs peuvent servir à déterminer les deux dernières expressions où p et q sont des fonctions du temps x.

On peut donc appliquer la règle de Simpson pour obtenir les surfaces exprimées par ces intégrales.

Un moyen plus rapide consiste à déterminer l'ordonnée unique du baromètre enregisteur, par exemple, qui donnerait une surface égale à celle comprise entre la courbe tracée par l'enregistreur et l'axe des abscisses entre x_0 et x. On comparera ensuite cette surface à celle qui résulte d'un accroissement de pression de 1^{cm} durant un jour; le rapport de ces surfaces multiplié par μ (où $\mu = 0^s,15$), donnera le retard qui résulte des variations de pression.

On opérera de même avec les courbes fournies par les enregistreurs thermométriques pour obtenir l'avance ou le retard qui résulte des variations de température.

Équations finales. — En substituant dans le deuxième membre de l'expression (11) les accroissements d'états donnés par les expressions (12), on obtiendra

$$(13)\quad \begin{aligned} t'_1 - t_1 = &-(\varepsilon' - \varepsilon) + \frac{1}{n}(m_1 + m_2 + \ldots + m_n)(x - x_0) \\ &+ \frac{1}{n}[\mu_1(P - P_0)_1 + \mu_2(P - P_0)_2 + \ldots + \mu_n(P - P_0)_n] \\ &+ \frac{1}{n}[\nu_1(Q - Q_0)_1 + \nu_2(Q - Q_0)_2 + \ldots + \nu_n(Q - Q_0)_n] \end{aligned}$$

ou bien sous une forme symbolique

$$(14)\quad t'_1 - t_1 = (x - x_0)\frac{\Sigma m}{n} + \frac{\Sigma\mu(P - P_0)}{n} + \frac{\Sigma\nu(Q - Q_0)}{n} - (\varepsilon' - \varepsilon).$$

Les équations (8) et (10) donneront ε et ε'.

Posons pour les termes connus

$$(15)\quad R' - R = \frac{\Sigma\mu(P - P_0)}{n} + \frac{\Sigma\nu(Q - Q_0)}{n},$$

il viendra

$$(16)\qquad t'_1 - t_1 = (x - x_0)\frac{\Sigma m}{n} + (R' - R) - (\varepsilon' - \varepsilon)$$

$$(8)\qquad \varepsilon = \frac{1}{n}[(h_1 - h_1) + (h_1 - h_2) + \ldots + (h_1 + h_n)].$$

$$(10)\qquad \varepsilon' = \frac{1}{n}[(h'_1 - h'_1) + (h'_1 - h'_2) + \ldots + (h'_1 - h'_n)].$$

$$(2)\qquad t = h'_1 + t'_1.$$

Rappelons encore

$$(6)\qquad \varepsilon = t_i - t_1.$$

Pour appliquer ces dernières formules (2, 6, 8, 10, 15 et 16), j'établirai un Tableau pour les époques auxquelles se rapportent :

1° Les états t_1 obtenus par des observations astronomiques;

2° Les différences rapportées au même instant des indications des pendules;

3° Les valeurs numériques de R;

4° Les valeurs numériques de ε.

Avant de construire ce Tableau, il est nécessaire d'avoir la Feuille des comparaisons.

Comparaisons de pendules et de chronomètres. — Comme il n'est pas possible de lire simultanément les indications de toutes les pendules, j'effectuerai la comparaison de chacune d'elles avec un chronomètre, par exemple, par la méthode des coïncidences. Ainsi, si les pendules sont réglées sur le temps moyen, je me servirai d'un chronomètre réglé sur le temps sidéral pour effectuer les comparaisons. Les nombres obtenus pour ces comparaisons seront inscrits au crayon sur la Feuille des comparaisons, ceux à l'encre donnent à un même instant, les indications des pendules, exprimés en chiffres gras.

FEUILLE DES COMPARAISONS.

1911.	J = 2419000.	PENDULE 1. $h_1 = t - t_1$.	2. $h_2 = t - t_2$.	3. $h_3 = t - t_3$.	4. $h_4 = t - t_4$.	CHRON. 7. $H_7 = T - T_7$.	PEND. 1. $H_1 = T - T_1$.
		h m s	m s	m s	m s	m s	m s
Nov. 7	+ 348,383	9.11. 6				15.48	14.53,43
7	348,428	10.16.36	15.59,00	15.52,10	16.20,47	21.29	20.34,19
				16.30		22. 7	
			19. 0			24.30,5	
					22.16	27.25,5	
7	348,953	22.51.44	51. 6,50	50.58,13	51.27,77	58.42	57.46,24
				51.46		59.30	
			54. 8			1.44	
					59.12	6.27,5	
8					51.50	3. 4	
	349,954	22.54. 4	53.25,62	53.14,45	53.46,68	5. 1	4. 3,17
			54. 8			5.43,5	
				56. 0		7.47	
9	350,964	23. 8.20	7.40,77	7.26,77	8. 1,51	23.18	22.18,08
			9.18			24.55,5	
				12. 8		28, 0	
					14.10	29.27,5	
10					8.28	27.24,5	
	351,884	21.12.26	11.46,03	11.29,36	12. 6,40	31. 3,5	30. 1,59
				13.40		33.14,5	
			15. 0			34.18	
12	353,433	10.22.50				47.37,5	46.32,00
12	353,501	12. 1.38	0.56,53	0.35,57	1.16,54	26.42	25.36,23
				4. 4		30.11	
			7.14			33. 0,5	
					13.40	39. 7,5	
12	353,956	22.55.42	55. 0,11	54.37,94	55.20,02	22.34,5	21.27,67
			55.40			23.14,5	
				57.18		25.15	
					7.38	34.54,5	
13	354,952	22.50.34	49.51,20	49.26,27	50.10,75	21.25	20.15,38
			51. 4			22.38	
				51. 0		22.59	
					57.46	29. 1,5	

ÉTABLISSEMENT DE LA FEUILLE DES COMPARAISONS.

La première colonne donne l'année et la date des comparaisons.

La deuxième colonne donne les jours et fraction de jour de la période julienne.

h_1 désigne l'indication de la pendule 1;
h_2 désigne l'indication de la pendule 2.

Les lettres petites se rapportent à des pendules ou à des chronomètres réglés sur le temps moyen.

Les lettres majuscules se rapportent à des pendules ou à des chronomètres réglés sur le temps sidéral.

Le méridien pris pour origine est celui de Greenwich.

Posons

$$(17) \qquad K = \frac{366,2422}{365,2422}.$$

Nous savons que $t = h_1 + t_1$ [équations (2)].

Posons identiquement (2 *bis*) $T = H_1 + T_1$ où T désigne le temps sidéral de Greenwich correspondant à t et T_1 l'état en temps sidéral.

Entre t et T on a la relation

$$(18) \qquad T - T_0 = Kt,$$

où T_0 désigne le temps sidéral à midi moyen de Greenwich.

En substituant à T et à t les expressions ci-dessus, on obtiendra

$$(19) \qquad (H_1 + T_1) - T_0 = K(h_1 + t_1).$$

Posons encore

$$(20) \qquad T_1 = Kt_1,$$

il viendra

$$H_1 - T_0 = Kh_1.$$

C'est à l'aide de cette dernière expression que j'ai transformé h_1 en H_1.

Exemple. — Le 7 novembre 1911, on trouve dans la *Connaissance des Temps*, page 15, le nombre 2419348 pour le jour de la période julienne. En transformant $10^h 16^m 36^s$ + (17^s qui est l'état approché), en fraction de jour, on trouve $0^j,428$. Le résultat sera donc 2419348,428.

Pour déterminer H_1 nous avons, le 7 novembre 1911, d'après la *Connaissance des Temps* :

Temps sidéral à midi moyen de Paris............	15. 2.15,36
Constante pour obtenir le temps sidéral à midi moyen de Grennwich........................	1,536
T_0 = Temps sidéral à midi moyen de Greenwich...	15. 2.16,896
h_1..	10.16.36,000
$(K-1)h_1$ (Table VI de la *Connaissance des Temps*).	1.41,292
$H_1 = Kh_1 + T_0$................	1.20.34,19

C'est à dessein que j'ai omis d'inscrire l'heure sur la Feuille des comparaisons; la chose étant superflue.

Réduction des comparaisons à un seul et même instant. — Il me reste à montrer comment on détermine les indications des pendules 2, 3 et 4 à l'instant où la pendule 1 marquait $10^h16^m36^s$. A cet instant le chronomètre 7, réglé sur le temps sidéral, marquait 21^m29^s. Ces indications contemporaines constituent la première comparaison.

La deuxième comparaison a été effectuée lorsque la pendule 3 marquait 16^m30^s; l'heure que marquait au même instant le chronomètre 7 était 22^m7^s.

Il s'agit de déterminer avec ces données, l'indication de la pendule 3, lorsque la pendule 1 marquait $10^h16^m36^s$.

Entre l'instant où la première comparaison a été effectuée et celui de la deuxième comparaison, il s'est écoulé, d'après le chronomètre 7, $22^m7^s - 21^m29^s = 0^m38^s$ de temps sidéral. En le transformant en temps moyen, à l'aide de la Table V de la *Connaissance des Temps*, on obtient $0^m37^s,90$.

Par conséquent, en diminuant de $37^s,90$ l'indication de la pendule 3, au moment de la deuxième comparaison, on obtiendra le nombre qu'aurait indiqué cette pendule, au moment de la première comparaison, c'est-à-dire

$$16^m30^s - 0^m37^s,90 = 15^m52^s,10.$$

On opérera de même à l'égard des comparaisons des pendules restantes 2 et 4, avec le chronomètre 7.

Enfin on aura ainsi, inscrites sur une seule et même ligne, les indications simultanées des pendules et chronomètres (¹). Ces indications serviront à l'établissement d'un Tableau donnant sous une forme très condensée *tous les nombres qui sont nécessaires* au calcul des états en général.

ÉTABLISSEMENT DU TABLEAU DONNANT LES ÉTATS, DIFFÉRENCES D'ÉTATS, VALEURS DE $\mu(P-P_0)$, DE $\nu(Q-Q_0)$ ET DE ε.

Les première et deuxième colonnes sont extraites de la Feuille des comparaisons, et la signification des nombres qui y sont contenus a déjà été donnée.

Le premier nombre de la troisième colonne qui exprime $h_1 - h_2$ est tiré des indications simultanées qui figurent sur la Feuille des comparaisons, c'est-à-dire

$$h_1 - h_2 = 10^h 16^m 36^s - 10^h 15^m 59^s,00 = 0^m 37^s,00.$$

De même on obtient pour les colonnes suivantes

$$h_1 - h_3 = 10^h 16^m 36^s \quad - 10^h 15^m 52^s,10 = \quad 0^m 43^s,90,$$
$$h_1 - h_4 = 10^h 16^m 36^s \quad - 10^h 16^m 20^s,47 = \quad 0^m 15^s,53,$$
$$H_1 - H_7 = \quad 20^m 34^s,19 - \quad 21^m 29^s \quad = - 0^m 54^s,81.$$

La colonne des t_1 contient les états observés de la pendule 1. Ainsi $t_1 = 0^m 17^s,32$ désigne l'état de la pendule 1 qui a été déterminé à l'époque $J = 2\,419\,348,428$ par des observations à l'astrolabe à prisme; celle des $\mu(P-P_0)$ donne les valeurs successives du retard dû à l'influence de la pression; celle des $\nu(Q-Q_0)$ devrait renfermer les valeurs successives de la correction due à la variation de température, mais elle est vide parce que, jusqu'à ce jour, je n'ai pu encore déterminer les coefficients ν dépendant de la température.

Une colonne R que l'on pourrait ajouter donnerait la somme

$$\mu(P-P_0) + \nu(Q-Q_0).$$

Actuellement la valeur de R se réduit à $\mu(P-P_0)$.

Dans l'en-tête de la colonne suivante figurent, au-dessous de ε, les nombres 1, 2, 3, 4 qui signifient que, pour établir les valeurs de ε, je me suis servi des pendules 1, 2, 3, 4.

(¹) Pour plus de simplicité, j'ai négligé la marche des instruments qui nécessitent, lorsque les comparaisons sont séparées par un intervalle de temps un peu long, de petites corrections à appliquer aux résultats ainsi calculés.

ÉTATS, DIFFÉRENCES D'ÉTATS, VALEURS DE $\mu(P - P_0)$, DE $\nu(Q - Q_0)$ ET DE ε.

1911.	J =2419000j.	$h_1 - h_2$ / $t_2 - t_1$	$h_1 - h_3$ / $t_3 - t_1$	$h_1 - h_4$ / $t_4 - t_1$	$H_1 - H_7$ / $T_7 - T_1$	t_1.	$\mu(P-P_0)$.	$\nu(Q-Q_0)$.	ε 1,2,3,4.
Nov. 7	+348j,383				−0m.54s,57		+0s,02		
	428	0m.37s,00	0m.43s,90	0m.15s,53	−0.54,81	0m.17s,32	0,02		0m.24s,11
	953	0.37,50	0.45,87	0.16,23	−0.55,76		0,05		24,90
8	349,954	0.38,38	0.49,55	0.17,32	−0.57,83		+0,01		26,31
9	350,964	0.39,23	0.53.23	0.18,49	−0.59,92		−0,05		27,74
10	351,884	0.39,97	0.56,64	0.19,60	−1. 1,91		−0,05		29,05
12	353,433				−1. 5,50		−0,12		
	501	0.41,47	1. 2,43	0.21,46	−1. 5,77	0.19,20	−0,13		31,34
	956	0.41,89	1. 4,06	0.21,98	−1. 6,83		−0,14		31,98
13	354,952	0.42,80	1. 7,74	0.23,25	−1. 9,62		+0,03		33,45
14	355,955	0.43,65	1.11,41	0.24,52	−1.12,43		0,17		34,90
15	356,956	0.44,44	1.15,07	0.25,68	−1.15,04		0,17		36,30
16	357,983	0.45,46	1.18,66	0.26,85	−1.17,49		+0,11		37,74
17	358,952	0.46,52	1.22,22	0.28,01	−1.19.36		−0,11		39,19
18	359,958	0.47,63	1.25,89	0.29,13	−1.21,47		−0,47		40,66
20	361,010	0.48,61	1.29,75	0.30,38	−1.24,00		−0,72		42,18
21	362,001	0.49,54	1.33,35	0.31,55	−1.26,63		−0,85		43,61
	957	0.50,44	1.36,82	0.32,73	−1.29,02		−1,03		45,00
23	364,284	0.51,60	1 41,43	0.34,08	−1.32,60		−1,27		46,78
24	365,954	0.53,22	1.47,41	0.36,31	−1.37,04		−1,42		49,24
26	367,953	0.55,22	1.54,71	0.38,82	−1.43,19		−1,47		52,19
28	369,990	0 57,29	2. 1,88	0.41,32	−1.50,36		−1,31		55,12
30	371,154	0.58,67	2. 5,94	0.42,80	−1.54,35		−1,10		56,85
	944	0.59,64	2. 8,76	0.43,82	−1.56,95		−0,97		58,06
Déc. 1	372,991	1. 0,82	2.12,46	0.45,09	−2. 0,36		−0,85		59,59
4	375,371	1. 3,31	2.21,25	0.48,19	−2. 7,27		−0,69		1. 3,19
	419				−2. 7,57	0.26,90	−0,68		1. 3,26(1)
	956	1. 3,90	2.23,39	0.48,99	−2. 8,97		−0,68		1. 4,07
5	376,954	1. 5,03	2.27,16	0.50,34	−2.11,51		−0,66		1. 5,63

(1) Déterminé par interpolation.

Cas où il est nécessaire d'éliminer une pendule. — La dernière colonne intitulée aussi ε est destinée à être substituée à la précédente dans le cas où il arriverait un accident à l'une des pendules. Si, par exemple, il devenait nécessaire d'éliminer la pendule 3, cette dernière colonne porterait en tête $\left\{\begin{matrix}\varepsilon \\ 1,\ 2,\ 4\end{matrix}\right\}$.

Cas où il est nécessaire d'éliminer la pendule étalon. — L'arrêt de la pendule 1 prise ici pour étalon, ou tout autre accident qui rendrait sa marche par trop irrégulière, nécessiterait un remaniement de ce Tableau.

Dans ce cas, on rapportera, par exemple, à la pendule 2, les autres pendules. Des nombres $(h_1 - h_2)$, $(h_1 - h_3)$ et $(h_1 - h_4)$ de l'ancien Tableau on tirera, par soustraction, les nouveaux nombres $(h_2 - h_3)$ et $(h_2 - h_4)$ ainsi que l'état t_2 que l'on insérera dans le nouveau Tableau. On peut même conserver h_1 ; on changera $(h_1 - h_2)$ de signe, ce qui donnera $(h_2 - h_1)$ puis on affectera un poids à h_1.

Comme exemple, soient

$$h_1 - h_2 = \quad 0^{m}\,37^{s},00,$$
$$h_1 - h_3 = \quad 0^{m}\,43^{s},90,$$
$$h_1 - h_4 = \quad 0^{m}\,15^{s},53,$$

nous en tirons

$$h_2 - h_1 = -\,0^{m}\,37^{s},00,$$
$$h_2 - h_3 = +\,0^{m}\;\;6^{s},90,$$
$$h_2 - h_4 = -\,0^{m}\,21,47.$$

On a aussi

$$t_2 - t_1 = 0^{m}\,37^{s},00,$$

et

$$t_1 = 0^{m}\,17^{s},32,$$

on en tire

$$t_2 = 0^{m}\,54^{s},32;$$

nous savons que

$$K\,(t_2 - t_1) = T_2 - T_1 = \quad 0^{m}\,37^{s},10,$$

et puisque

$$T_7 - T_1 = -\,0^{m}\,54^{s},81,$$

on obtiendra

$$T_7 - T_2 = H_2 - H_7 = -\,1^{m}\,31^{s},91.$$

Ces opérations montrent que l'on peut se dispenser de calculer H_2. La Feuille des comparaisons elle-même n'a plus besoin d'être consultée.

Le chronomètre 7, qui est réglé sur le temps sidéral, aurait aussi pu être utilisé pour conserver l'heure; mais comme il est souvent porté à la main, soit pour des comparaisons, soit pour des observations, sa marche par trop irrégulière aurait nécessité de lui attribuer un poids.

D'autre part, si j'avais exposé cette méthode de conserver l'heure dans toute sa généralité, c'est-à-dire en attribuant des poids à toutes les pendules et à ce chronomètre, je risquais de compliquer les calculs et le Tableau outre mesure. J'ai donc préféré, comme je l'ai dit au début, traiter le cas où les pendules sont également bonnes. Plus loin je donne les formules qui permettent d'attribuer des poids aux pendules et aux chronomètres destinés à conserver l'heure.

Pour le moment, je me contente de faire remarquer que $\frac{H_1 - H_7}{K}$ est égal à $(h_1 - h_7)$, et que sous cette dernière forme, cette quantité pourrait concourir, tout comme les autres expressions $(h_1 - h_2)$, $(h_1 - h_3)$, $(h_1 - h_4)$, à établir ε conclu de l'emploi des pendules 1, 2, 3, 4 et du chronomètre 7.

Calcul de ε. — Le calcul de l'expression

$$\varepsilon = \frac{1}{n}[(h_1 - h_1) + (h_1 - h_2) + \ldots + (h_1 - h_n)], \tag{8}$$

où n désigne le nombre de pendules, s'effectue très facilement. Il suffit, en effet, de substituer dans cette expression les nombres inscrits dans les diverses colonnes du dernier Tableau et qui sont situés sur la même ligne.

Par exemple, on a, le 7 novembre 1911, qui correspond à l'époque julienne 2419348,428

$$\begin{aligned} n\varepsilon &= (h_1 - h_1) + (h_1 - h_2) + (h_1 - h_3) + (h_1 - h_4) \\ &= 0^{\text{m}}0^{\text{s}},00 + 0^{\text{m}}37^{\text{s}},00 + 0^{\text{m}}43^{\text{s}},90 + 0^{\text{m}}15^{\text{s}},53 = 1^{\text{m}}36^{\text{s}},43. \end{aligned}$$

Comme $n = 4$, on obtiendra

$$\varepsilon = 0^{\text{m}}24^{\text{s}},11.$$

Calcul de l'état t'_1. — L'expression

$$t'_1 - t_1 = (x - x_0)\frac{\Sigma m}{n} + (R' - R) - (\varepsilon' - \varepsilon) \tag{10}$$

permet de calculer, suivant la méthode que je propose, l'état de la pendule étalon 1.

Calcul de $\frac{\Sigma m}{n}$. — Tout d'abord, il est nécessaire de déterminer numériquement

$$\frac{\Sigma m}{n} = \frac{(t'_1 - t_1) - (R' - R) + (\varepsilon' - \varepsilon)}{x - x_0}.$$

Comptons x en jours de la période julienne, diminués de 2 419 000 jours.

Le Tableau des états, différences d'états, valeurs de R et de ε en fonction des époques de la période julienne, nous donne

$$x_0 = 348^j,428 \qquad t_1 = 0^m\,17^s,32 \qquad R = 0^s,02 \qquad \varepsilon = 0^m\,24^s,11$$
$$x = 353,501 \qquad t'_1 = 0^m\,19,20 \qquad R' = -0,13 \qquad \varepsilon' = 0^m\,31,34$$

d'où

$$x - x_0 = 5,073 \qquad t'_1 - t_1 = 1,88 \qquad R' - R = -0,15 \qquad \varepsilon' - \varepsilon = 7,23$$

on en tire

$$\frac{\Sigma m}{n} = \frac{1^s,88 + 0^s,15 + 7^s,23}{5,073} = \frac{9^s,26}{5,073} = 1^s,825$$

Ainsi nous obtiendrons, en considérant t'_1, R', ε' et x comme coordonnées courantes,

$$t'_1 - t_1 = (x - x_0)\,1,825 + (R' - R) - (\varepsilon' - \varepsilon),$$

ou bien

$$t'_1 - 17^s,32 = (x - 348,428)\,1,825 + (R' - 0^s,02) - (\varepsilon' - 24^s,11)$$

qui, réduite, donnera

$$t'_1 = (x - 348,428)\,[0,2613] + R' - \varepsilon' + 41^s,41 \quad (^1).$$

Cette expression permettra donc, en donnant des valeurs à x, comprises entre 348,428 et 353,501, d'obtenir les *états interpolés* de la pendule 1 à laquelle j'ai rapporté toutes les autres indications des pendules.

Si maintenant nous donnons des valeurs à x plus grandes que 353,501, nous obtiendrons les *états extrapolés* de cette pendule, les quantités R' et ε' étant établies au fur et à mesure que le temps s'écoule jusqu'à l'époque considérée x.

Ce dernier cas correspond à la *prédiction de l'état de la pendule étalon* 1.

(1) Le nombre [0,2613] désigne le logarithme du facteur 1,825.

Exemple d'une prédiction d'état. — Calculons, par exemple, l'état de la pendule étalon 1, au 4 décembre 1911, à l'instant où $x = 375,419$.

Nous avons établi ci-dessus

$$t'_1 = (x - 348,428)[0,2613] + R' - \varepsilon' + 41^s,41.$$

On trouve sur le Tableau des états, différences d'états, etc. :

Pour

$$x = 375,419, \quad R' = -0^s,68, \quad \varepsilon' = 1^m 3^s,26,$$

en substituant, on obtient

$$\begin{aligned} t'_1 &= (375,419 - 348,428)[0,2613] - 0^s,68 - 1^m 3^s,26 + 41^s,41 \\ &= 49^s,26 - 0^s,68 - 1^m 3^s,26 = 41^s,41 \\ &= 26^s,73. \end{aligned}$$

Des observations faites à l'astrolabe à prisme ce même jour, ont donné le nombre inscrit sur le même Tableau (colonne des t_1) et qui est

$$26^s,90.$$

L'état extrapolé ne diffère donc que de $0^s,17$ de l'état observé au bout de 22 jours.

Il convient de noter en outre que pour déterminer la marche $\frac{\Sigma m}{n}$, je me suis servi de deux états qui ont été observés à 5 jours d'intervalle seulement.

Le Tableau des états, différences d'états, etc., permet en outre de déterminer rapidement les états des autres instruments. En effet, on trouve dans les diverses colonnes les différences d'états $(t_2 - t_1)$, $(t_3 - t_1)$, $(t_4 - t_1)$; il suffira d'ajouter t_1 à ces différences pour obtenir t_2, t_3, t_4. Pour déterminer T_7 nous nous servirons de l'équation (20) $T_1 = K t_1$ en ajoutant cette valeur à $(T_7 - T_1)$ on obtiendra l'état T_7 (en temps sidéral) du chronomètre 7.

Formules pour déterminer l'état de la pendule étalon, en tenant compte des poids affectés aux pendules et chronomètres destinés à conserver l'heure. — Appelons t_1 l'état de la pendule 1 prise pour étalon et soient $h_1, h_2, \ldots, h_n, h_i$ les indications contemporaines des diverses pendules et chronomètres 1, 2, ..., n, la dernière i représentant une pendule fictive.

Désignons par $s_1, s_2, \ldots, s_n$ les poids attribués à ces instruments numérotés suivant ces indices; par $\mu_1, \mu_2, \ldots, \mu_n$ leurs facteurs barométriques, par $\nu_1, \nu_2, \ldots, \nu_n$ leurs facteurs thermométriques; par $t_1, t_2, \ldots, t_n, t_i$ leurs états et par t l'heure du méridien pris pour origine.

Posons

$$h_i = \frac{s_1 h_1 + s_2 h_2 + \ldots + s_n h_n}{s_1 + s_2 + \ldots + s_n}.$$

On sait que

$$(21) \qquad t = h_1 + t_1 = h_2 + t_2 = \ldots = h_n + t_n = h_i + t_i.$$

En éliminant les indications des instruments, on obtient

$$(22) \qquad t - t_i = \frac{s_1(t - t_1) + s_2(t - t_2) + \ldots + s_n(t - t_n)}{s_1 + s_2 + \ldots + s_n}$$

d'où

$$(23) \qquad t_i = \frac{s_1 t_1 + s_2 t_2 + \ldots + s_n t_n}{s_1 + s_2 + \ldots + s_n}$$

ou bien

$$(24) \qquad (s_1 + s_2 + \ldots + s_n)\, t_i = s_1 t_1 + s_2 t_2 + \ldots + s_n t_n,$$

retranchons des deux membres $(s_1 + s_2 + \ldots + s_n) t_1$, nous obtiendrons

$$(25) \qquad (s_1 + s_2 + \ldots + s_n)(t_i - t_1) = s_1(t_1 - t_1) + s_2(t_2 - t_1) + \ldots + s_n(t_2 - t_1) \quad (^1)$$

et substituons à $(t_1 - t_1), (t_2 - t_1), \ldots, (t_n - t_1)$ les valeurs égales $(h_1 - h_1)$, $(h_1 - h_2), \ldots, (h_1 - h_n)$ d'après les équations (21); il viendra

$$(26) \qquad (s_1 + s_2 + \ldots + s_n)(t_i - t_1) = s_1(h_1 - h_1) + s_2(h_1 - h_2) + \ldots + s_n(h_1 - h_n).$$

Posons

$$(27) \qquad t_i - t_1 = \varepsilon.$$

En substituant, nous obtiendrons

$$(28) \qquad (s_1 + s_2 + \ldots + s_n)\varepsilon = s_1(h_1 - h_1) + s_2(h_1 - h_2) + \ldots + s_n(h_1 - h_n)$$

ou bien en nous servant des expressions (21)

$$(29) \qquad (s_1 + s_2 + \ldots + s_n)\varepsilon = s_1(t_1 - t_1) + s_2(t_2 - t_1) + \ldots + s_n(t_n - t_1).$$

Pour une époque postérieure, nous aurons dans le cas où les poids affectés

(1) Si, au lieu de rapporter à la pendule 1 l'état t_i de la pendule fictive i, nous voulions le rapporter à un autre instrument, pendule ou chronomètre numéroté ω, nous aurions

$$(s_1 + s_2 + \ldots + s_\omega + \ldots + s_n)(t_i - t_\omega)$$
$$= s_1(t_1 - t_\omega) + s_2(t_2 - t_\omega) + \ldots + s_\omega(t_\omega - t_\omega) + \ldots + s_n(t_n - t_\omega).$$

aux divers instruments seront restés les mêmes :

(28 *bis*) $(s_1+s_2+\ldots+s_n)\varepsilon' = s_1(h'_1-h'_1)+s_2(h'_1-h'_2)+\ldots+s_n(h'_1-h'_n).$

(29 *bis*) $(s_1+s_2+\ldots+s_n)\varepsilon' = s_1(t'_1-t'_1)+s_2(t'_2-t'_1)+\ldots+s_n(t'_n-t'_1).$

En soustrayant (29) de (29 *bis*), il viendra

$$(s_1+s_2+\ldots+s_n)(\varepsilon'-\varepsilon) = s_1(t'_1-t_1)+s_2(t'_2-t_2)+\ldots$$
$$+s_n(t'_n-t_n)-(s_1+s_2+\ldots+s_n)(t'_1-t_1)$$

ou bien

$$(30)\qquad (s_1+s_2+\ldots+s_n)[(\varepsilon'-\varepsilon)+(t'_1-t_1)]$$
$$= s_1(t'_1-t_1)+s_2(t'_2-t_2)+\ldots+s_n(t'_n-t_n).$$

Adoptons comme formule approchée de l'accroissement d'état $(t'_\omega - t_\omega)$ correspondant à l'accroissement de jours et fraction de jour $(x-x_0)$ une expression de la forme

$$t'_\omega - t_\omega = (x-x_0)\,m_\omega + (\mathrm{P}-\mathrm{P}_0)_\omega\mu_\omega + (\mathrm{Q}-\mathrm{Q}_0)_\omega\nu_\omega,$$

où $(\mathrm{P}-\mathrm{P}_0)_\omega$ et $(\mathrm{Q}-\mathrm{Q}_0)_\omega$ désignent les deux intégrales dont j'ai déjà parlé; nous aurons pour les divers instruments :

$$(31)\qquad \begin{cases} t'_1-t_1 = (x-x_0)m_1+\mu_1(\mathrm{P}-\mathrm{P}_0)_1+\nu_1(\mathrm{Q}-\mathrm{Q}_0)_1,\\ t'_2-t_2 = (x-x_0)m_2+\mu_2(\mathrm{P}-\mathrm{P}_0)_2+\nu_2(\mathrm{Q}-\mathrm{Q}_0)_2,\\ \ldots\ldots\ldots\ldots\ldots\ldots\ldots\ldots\ldots\ldots,\\ t'_n-t_n = (x-x_0)m_n+\mu_n(\mathrm{P}-\mathrm{P}_0)_n+\nu_n(\mathrm{Q}-\mathrm{Q}_0)_n. \end{cases}$$

Substituons enfin ces dernières expressions dans l'équation (30), nous obtiendrons :

$$(32)\qquad (s_1+s_2+\ldots+s_n)[(\varepsilon'-\varepsilon)+(t'_1-t_1)]$$
$$= (x-x_0)(s_1m_1+s_2m_2+\ldots+s_nm_n)$$
$$+[s_1\mu_1(\mathrm{P}-\mathrm{P}_0)_1+s_2\mu_2(\mathrm{P}-\mathrm{P}_0)_2+\ldots+s_n\mu_n(\mathrm{P}-\mathrm{P}_0)_n]$$
$$+[s_1\nu_1(\mathrm{Q}-\mathrm{Q}_0)_1+s_2\nu_2(\mathrm{Q}-\mathrm{Q}_0)_2+\ldots+s_n\nu_n(\mathrm{Q}-\mathrm{Q}_0)_n]$$

ou bien sous forme symbolique

(32 *bis*) $[(\varepsilon'-\varepsilon)+(t'_1-t_1)]\Sigma s = (x-x_0)\Sigma ms+\Sigma\mu s(\mathrm{P}-\mathrm{P}_0)+\Sigma\nu s(\mathrm{Q}-\mathrm{Q}_0).$

De cette dernière, nous tirerons

$$(33)\qquad t'_1-t_1 = (x-x_0)\frac{\Sigma ms}{\Sigma s}+\frac{\Sigma\mu s(\mathrm{P}-\mathrm{P}_0)}{\Sigma s}+\frac{\Sigma\nu s(\mathrm{Q}-\mathrm{Q}_0)}{\Sigma s}-(\varepsilon'-\varepsilon).$$

Les équations (28) et (28 *bis*), mises sous la même forme, donneront

(34) $$\varepsilon\,\Sigma s = s_1(h_1 - h_1) + s_2(h_1 - h_2) + \ldots + s_n(h_1 - h_n).$$

(35) $$\varepsilon'\Sigma s = s_1(h'_1 - h'_1) + s_2(h'_1 - h'_2) + \ldots + s_n(h'_1 - h'_n).$$

Enfin, on aura

(36) $$t = h'_1 + t'_1.$$

Ces quatre dernières équations résolvent la question. Pour mémoire, ajoutons l'équation (27)

$$t_l - t_1 = \varepsilon.$$

CONSERVATION DE L'HEURE PAR UNE MÉTHODE GRAPHIQUE.

Un graphique peut être substitué aux formules que j'ai établies.

Portons en ordonnées les quantités $(h_1 - h_1)$, $(h_1 - h_2)$, $(h_1 - h_3)$ et $(h_1 - h_4)$.

Les ordonnées de la pendule étalon 1 sont nulles; l'axe des x lui-même représentera donc les valeurs $(h_1 - h_1)$.

Celles de la pendule 2 seront représentées par la courbe II, etc.

Il suffira donc, d'après la formule que j'ai établie,

$$\varepsilon = \frac{1}{n}[(h_1 - h_1) + (h_1 - h_2) + \ldots + (h_1 - h_n)] \qquad \text{où} \quad n = 4$$

de porter sur le graphique les trois ordonnées $(h_1 - h_2)$, $(h_1 - h_3)$, $(h_1 - h_4)$ et de diviser leur somme par 4 pour obtenir par points la courbe des ε.

Supposons d'abord, pour simplifier la construction, que le terme $(R' - R)$ soit nul ([1]); nous pourrons représenter immédiatement par une droite l'état t'_1 dont les ordonnées s'appuieraient sur la courbe des ε et aboutiraient à cette droite.

C'est ce qu'exprime l'équation

$$t'_1 - t_1 = (x - x_0)\frac{\Sigma m}{n} - (\varepsilon' - \varepsilon).$$

Par exemple, pour $x = x_0$, nous savons que $\varepsilon' = \varepsilon$, l'expression ci-dessus nous donnera $t'_1 = t_1$.

([1]) Ce qui aurait lieu si les pendules étaient soustraites à l'influence de la température et de la pression.

Portons donc en x_0, c'est-à-dire sur l'axe des y, une longueur t_1 avec son signe et à partir de la courbe des ε. Nous obtiendrons ainsi un point de la droite.

Un deuxième point de cette droite nous sera donné lorsque nous aurons une valeur t'_1 qui correspond à une abscisse x.

C'est ce que j'ai représenté sur la figure sous la dénomination *Droite cherchée* (1).

Nous pouvons à présent déterminer, pour toute époque donnée, l'état de

Fig. 3.

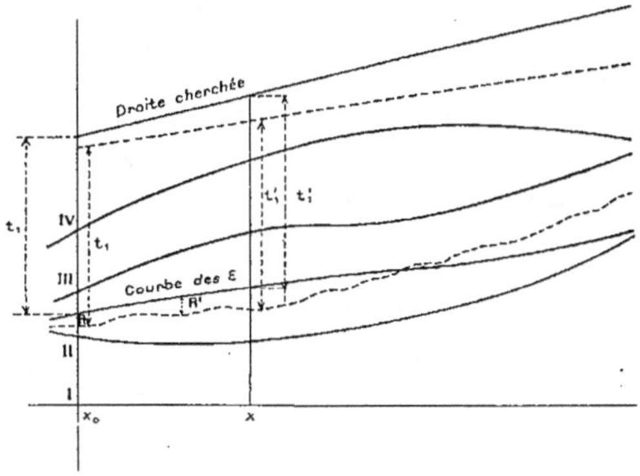

la pendule étalon 1. Il suffit, en effet, de mesurer sur le graphique la partie de l'ordonnée comprise entre la courbe des ε et la droite que nous venons de tracer.

Lorsque cette époque est comprise entre celles où les états ont été déterminés, on obtiendra un *état interpolé*.

Lorsque cette époque sera postérieure à celle du dernier état établi par des observations, on obtiendra un *état extrapolé*. Ce dernier cas correspond à la prédiction de l'heure.

Cas où l'on affecte des poids aux diverses pendules. — Soient s_1, s_2,

(1) Les états t_1 et t'_1 ont été déterminés, comme on sait, par des observations astronomiques aux époques x_0 et x.

s_3, s_4 les poids que l'on a attribués aux diverses pendules 1, 2, 3, 4, on obtiendra

$$\varepsilon = \frac{1}{s_1 + s_2 + s_3 + s_4}[s_1(h_1 - h_1) + s_2(h_1 - h_2) + s_3(h_1 - h_3) + s_4(h_1 - h_4)].$$

Pour tenir compte de la pression et de la température, nous porterons à partir de la courbe des ε, les valeurs R qui sont inscrites sur le Tableau des états, différences d'états, etc.

Joignons les points ainsi obtenus par une courbe en pointillé et portons enfin en x_0, à partir de cette courbe, une longueur t_1 avec son signe.

Nous obtiendrons ainsi un point de la nouvelle droite.

Un deuxième point de cette droite nous sera donné lorsque nous aurons une valeur t'_1 qui correspond à une abscisse x.

C'est ce que j'ai représenté sur la figure 3 par une droite pointillée.

Comme précédemment, pour toute époque donnée, on obtiendra l'état de la pendule étalon 1 en mesurant, sur le graphique, la partie de l'ordonnée comprise entre la courbe et la droite pointillées.

Cas où l'on affecte des poids aux diverses pendules. — Aux termes

$$\frac{\mu_1(P - P_0)_1 + \mu_2(P - P_0)_2 + \mu_3(P - P_0)_3 + \mu_4(P - P_0)_4}{4} + \frac{\nu_1(Q - Q_0)_1 + \nu_2(Q - Q_0)_2 + \nu_3(Q - Q_0)_3 + \nu_4(Q - Q_0)_4}{4}$$

on substituera les expressions

$$\frac{\mu_1 s_1(P - P_0)_1 + \mu_2 s_2(P - P_0)_2 + \mu_3 s_3(P - P_0)_3 + \mu_4 s_4(P - P_0)_4}{s_1 + s_2 + s_3 + s_4} + \frac{\nu_1 s_1(Q - Q_0)_1 + \nu_2 s_2(Q - Q_0)_2 + \nu_3 s_3(Q + Q_0)_3 + \nu_4 s_4(Q - Q_0)_4}{s_1 + s_2 + s_3 + s_4},$$

où s_1, s_2, s_3, s_4 désignent les poids que l'on a attribués aux diverses pendules 1, 2, 3, 4.

Remarquons que si ces pendules sont soumises à la même pression, on pourra écrire

$$\frac{\mu_1 s_1 + \mu_2 s_2 + \mu_3 s_3 + \mu_4 s_4}{s_1 + s_2 + s_3 + s_4}(P - P_0) + \frac{\nu_1 s_1(Q - Q_0)_1 + \nu_2 s_2(Q - Q_0)_2 + \nu_3 s_3(Q - Q_0)_3 + \nu_4 s_4(Q - Q_0)_4}{s_1 + s_2 + s_3 + s_4}.$$

Au lieu de calculer les ordonnées ε à l'aide de la formule ci-dessus, on peut mesurer sur le graphique de petits segments d'ordonnées qui permettront de représenter cette courbe et de la rapporter à n'importe quel axe.

Pour le montrer, joignons (*fig.* 4) par des droites les points a_2 et b_2, a_3 et b_3, a_4 et b_4, puis enfin a_ε et b_ε.

Fig. 4.

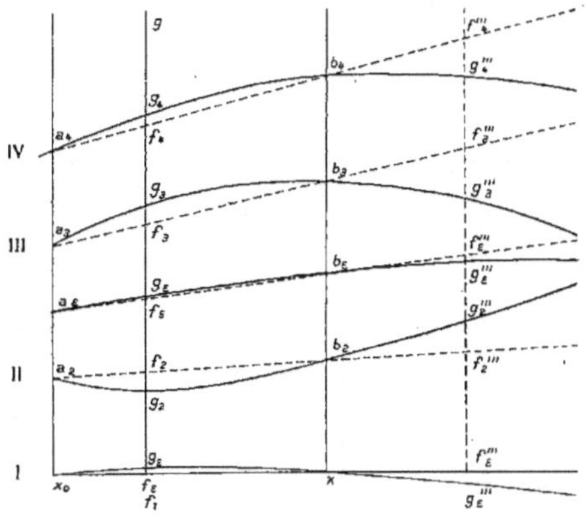

Traçons une ordonnée quelconque $f_1 g$. Désignons par Δ_2, Δ_3, Δ_4 et Δ_ε les segments d'ordonnées $f_2 g_2$, $f_3 g_3$, $f_4 g_4$, $f_\varepsilon g_\varepsilon$ et comptons les positifs dans le sens $f_1 g$.

D'après ce que j'ai déjà expliqué pour la construction de la courbe ε, on peut écrire

$$\Delta_\varepsilon = \frac{\Delta_2 + \Delta_3 + \Delta_4}{4} = f_\varepsilon g_\varepsilon,$$

où, d'après la figure et suivant la convention établie, Δ_2 est négatif.

Portons en ordonnées à partir de l'axe des x, les diverses valeurs que nous obtiendrons pour d'autres segments correspondant à diverses abscisses, nous obtiendrons une courbe ε qui aura les mêmes propriétés que celle de la figure 3.

APPLICATION.

La construction du graphique, que j'ai annexé à ce travail à titre d'exemple, ne diffère que par des détails de ce que je viens d'exposer.

Ce graphique m'a permis d'interpoler l'état de la pendule étalon 1 du 7 au 13 novembre et d'extrapoler l'état à partir de cette dernière date

Fig. 5.

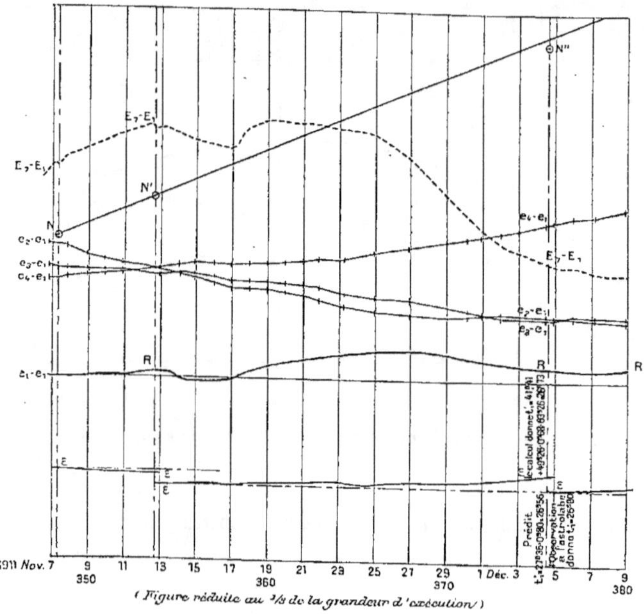

(*Figure réduite au 2/3 de la grandeur d'exécution*)

jusqu'au 5 décembre où j'ai obtenu avec l'astrolabe à prisme un nouvel état que j'ai comparé à celui que j'ai tiré de ma construction graphique.

Dans cette construction :

1° Les courbes ε sont rapportées à des axes parallèles à celui des x;

2° La courbe R qui dépend des variations de pression, à l'exclusion des variations de température que je n'ai encore pu représenter, se trouve rapportée à l'axe des x;

3° En adoptant une longueur de $0^m,01$ pour représenter une seconde en ordonnée, le point N se trouve déterminé en portant sur l'ordonnée qui correspond à l'abscisse 348,428 (ou novembre 7,428) à partir de la courbe R une longueur 7,32 qui est l'état de la pendule étalon 1 à 10 secondes près ($t_1 = 17^s,32$);

4° Le point N′ se trouve déterminé en portant sur l'ordonnée qui correspond à l'abscisse 353,501 (ou novembre 12,501) à partir de la courbe R, une longueur 9,20 qui est l'état de cette même pendule à 10 secondes près ($t'_1 = 19^s,20$).

Deux cas sont à considérer :

1° Pour obtenir l'état interpolé de la pendule étalon 1 pour une époque comprise entre 348,428 et 353,501, on tracera une droite passant par les points d'intersection de la courbe des ε avec les ordonnées qui correspondent aux abscisses 348,428 et 353,501. Le segment d'ordonnée compris entre cette droite et la courbe ε qui correspond à l'époque pour laquelle on veut déterminer l'état exact, retranché du segment d'ordonnée compris entre la courbe R et la droite NN′ donnera l'état cherché.

2° Pour obtenir l'état de la pendule étalon à une époque postérieure à 353,501, on mesurera le segment d'ordonnée compris entre la courbe R et la droite NN′ prolongée. On en retranchera le deuxième segment d'ordonnée (qui correspond à l'époque pour laquelle on désire prédire l'état) compris entre un axe particulier (construit par des traits séparés par des points) et la courbe ε. Ce dernier axe a même origine que la courbe ε et cette origine correspond dans le cas présent à l'abscisse 353,501.

Exemple. — On demande pour l'époque 375,419 (ou décembre 4,419) l'état de la pendule étalon 1 :

La mesure du segment d'ordonnée compris entre la courbe R et la droite NN′ prolongée donne + 17,36, en ajoutant la constante 10^s que j'avais négligée pour construire la droite NN′, nous obtenons + 27,36.

La mesure du segment compris entre l'axe particulier et la courbe ε donne + 0,80.

En retranchant ce dernier segment d'ordonnée du précédent, on obtient pour l'état cherché

$$27^s,36 - 0^s,80 = 26^s,56.$$

Par le calcul, j'avais obtenu $26^s,73$; l'accord est satisfaisant puisque la droite NN' a été prolongée un peu loin des points N et N' qui ont servi à sa construction.

Lorsqu'on aura obtenu un nouvel état t''_1, on s'en servira pour déterminer un nouveau point N'' qui permettra de tracer une nouvelle droite N'N''. La courbe nouvelle ε aura son origine au même point que l'intersection de la dernière ordonnée avec l'axe particulier choisi.

Comme on le voit, cette construction sera identique à celle que j'ai déjà décrite. Elle permet donc d'obtenir soit l'état interpolé pour une époque comprise entre 348,428 et 375,419, soit l'état extrapolé pour une époque postérieure à 375,419.

Comme dernier exemple : Des observations à l'astrolabe à prisme ont donné à l'époque 375,419 (ou décembre 4,419) $t''_1 = 26^s,90$.

En retranchant 10^s, il restera $16^s,90$, c'est-à-dire $16^{cm},90$ pour le segment d'ordonnée qui déterminera le point N'' rapporté à la courbe R.

La droite N'N'' prolongée permettra de prédire l'état.

Pour simplifier, j'ai admis que les *marches* des pendules et chronomètres employés étaient assez faibles et n'empêchaient pas de représenter sur le graphique les ordonnées $(h_1 - h_2)$, $(h_1 - h_3)$, $(h_1 - h_4)$ à des constantes près.

Ce cas est rare, en particulier pour les chronomètres dont la marche atteint, lorsque les huiles sont anciennes, une avance journalière de 6 secondes; au bout de 30 jours par exemple la longueur de l'ordonnée atteindrait 180^{cm} en représentant la seconde par une longueur de 1^{cm}.

Pour éviter cet inconvénient, on peut ajouter ou retrancher aux quantités $(h_1 - h_2)$, $(h_1 - h_3)$, etc., des nombres proportionnels au temps écoulé depuis une certaine époque, prise pour origine.

Il serait facile de démontrer qu'il est permis d'opérer ainsi; je me contenterai de faire remarquer que les *différences des indications des pendules* $(h_1 - h_2)$ par exemple, subsistent, quoique l'on ait retranché ou ajouté des quantités proportionnelles au temps.

Ceci nécessite la formation d'un nouveau Tableau où les quantités $(e_2 - e_1)$, $(e_3 - e_1)$, etc., seront substituées respectivement à celles $(h_1 - h_2)$, $(h_1 - h_3)$, etc. A une constante près ($\pm 10^s$), on retrouve sur le graphique les ordonnées $(e_2 - e_1)$, $(e_3 - e_1)$, etc.

ÉTABLISSEMENT DU TABLEAU DESTINÉ A LA CONSTRUCTION DE LA COURBE ε.

Les colonnes 1, 2, 3, 4 et 7 sont extraites du Tableau des états, différences d'états, etc., dont j'ai déjà indiqué l'établissement.

La colonne 1 *bis* donne les nombres de la colonne 1 diminués de 330 jours.

La colonne 2 *bis* porte en tête le facteur $-1^s,1$; les produits des nombres de la colonne 1 *bis* par ce facteur donnent les nombres de la colonne 2 *bis*. C'est-à-dire $18,428(-1^s,1) = -20^s,27$ (¹).

La colonne 3 *bis* porte en tête le facteur $-3^s,7$, on obtiendra donc $18,428(-3^s,7) = -68^s,18 = -1^m8^s,18$.

On calculera de même les nombres contenus dans les colonnes 4 *bis*, 5 *bis* et 7 *bis*.

La somme des nombres situés sur une même ligne des colonnes 2 et 2 *bis* sera inscrite sur cette même ligne dans la colonne 2 *ter*; ce nombre sera $37^s,00 - 20^s,27 = 16^s,73$.

La somme des nombres situés sur une même ligne des colonnes 3 et 3 *bis* sera inscrite sur cette même ligne dans la colonne 3 *ter*.

On établira pareillement les nombres contenus dans les colonnes 4 *ter* et 7 *ter*.

Enfin, on pourra porter en ordonnées les valeurs $(e_2 - e_1)$, $(e_3 - e_1)$, etc., correspondant aux abscisses de la colonne 1 ou 1 *ter*, on joindra ces points par des droites, l'ensemble de ces droites prendra l'aspect d'une courbe qui permettra :

(¹) Ce facteur est approximativement égal à la marche relative $m_1 - m_n$; on l'obtient par l'expression approchée $m_1 - m_n = \frac{(h_1 - h_n) - (h'_1 - h'_n)}{x - x_0}$, par exemple pour le facteur de la colonne 3 *bis* on obtient :

$$m_1 - m_3 = \frac{(h_1 - h_3) - (h'_1 - h'_3)}{x - x_0} = \frac{43^s,90 - 56^s,64}{351,884 - 348,428} = \frac{-12,74}{3,456} = -3^s,7.$$

Établissement du Tableau destiné a la construction des courbes des états rapportés a celui de la pendule étalon 1.

Tableau à annexer au graphique.

1011.	J − 2419000.	h_1-h_2 / t_2-t_1	h_1-h_3 / t_3-t_1	h_1-h_4 / t_4-t_1			H_1-H_2 / T_2-T_1	J − 330 = 2419000.	$-1^s,1$.	$-3^s,7$	$-\nu_{s1}$			$+2^s,5$.	J = 2419000.	e_2-e_1.	e_3-e_1.	e_4-e_1.			E_1-E_2.
	1.	2.	3.	4.	5.	6.	7.	1 bis.	2 bis.	3 bis.	[illegible]	4 bis.	6 bis.	7 bis.	1 ter.	2 ter.	3 ter.	4 ter.	5 ter.	6 ter.	7 ter.
Nov. 7	+348,383						−0.54,57	+18,383						45,96	+348,383						− 8,61
7	348,428	0.37,00	0.43,90	0.15,53			54,81	18,428	−20,27	−1. 8,16	−20,27			46,07	348,428	16,73	−24,28	− 4,74			− 8,74
7	348,953	37,50	45,87	16,23			55,76	18,953	−20,85	−1.10,13	−20,85			47,38	348,953	65	26	62			− 8,38
8	349,954	38,38	49,55	17,32			57,83	19,954	−21,95	−1.13,83	−21,95			49,89	349,954	43	28	65			− 7,94
9	350,964	39,23	53,23	18,49			59,92	20,964	−23,06	−1.17,37	−23,06			52,41	350,964	17	34	57			− 7,51
10	351,884	39,97	56,64	19,60			−1. 1,91	21,884	−24,07	−1.20,96	−24,07			54,71	351,884	15,90	33	47			− 7,20
12	353,433						5,50	23,433						58,56	353,433						− 6,92
12	353,501	41,47	1. 2,43	21,46			5,77	23,501	−25,85	−1.26,95	−25,85			58,75	353,501	62	52	39			− 7,02
12	353,956	41,89	4,06	21,98			6,83	23,956	−26,35	−1.28,64	−26,35			59,89	353,956	54	58	37			− 6,94
13	354,952	42,80	7,74	23,25			9,62	24,952	−27,45	−1.32,30	−27,45			1. 2,38	354,952	35	58	20			− 7,24
14	355,955	43,65	11,41	24,52			12,53	25,955	−28,55	−1.36,03	−28,55			1. 4,89	355,955	10	62	03			− 7,54
15	356,956	44,44	15,07	25,68			15,04	26,956	−29,65	−1.39,74	−29,65			1. 7,39	356,956	14,79	67	− 3,97			− 7,65
16	357,983	45,46	18,66	26,85			17,49	27,983	−30,78	−1.43,54	−30,78			1. 9,71	357,983	68	88	93			− 7,78
17	358,952	46,52	22,22	28,01			19,36	28,952	−31,85	−1.47,19	−31,85			1.12,38	358,952	67	90	84			− 6,98
18	359,958	47,03	25,89	29,13			21,47	29,958	−32,95	−1.50,81	−32,95			1.14,90	359,958	68	95	82			− 6,57
20	361,010	48,61	29,75	30,38			24,09	31,010	−34,11	−1.54,74	−34,11			1.17,53	361,010	50	99	73			− 6,47
21	362,001	49,54	33,35	31,55			26,63	32,001	−35,20	−1.58,50	−35,20			1.20,00	362,001	34	−25,05	65			− 6,63
21	362,957	50,44	36,82	32,73			29,02	32,957	−36,25	−2. 1,94	−36,25			1.22,39	362,957	19	12	52			− 6,63
23	364,284	51,60	41,43	34,08			32,60	34,284	−37,71	−2. 6,85	−37,71			1.25,71	364,284	13,89	42	83			− 6,89
24	365,954	53,22	47,41	36,31			37,04	35,954	−39,55	−2.13,03	−39,55			1.29,88	365,934	67	62	24			− 7,16
26	367,953	55,22	54,71	38,82			43,19	37,953	−41,75	−2.20,43	−41,75			1.34,88	367,953	47	72	− 2,93			− 8,31
28	369,990	57,29	2. 1,88	41,32			50,36	39,990	−43,99	−2.27,96	−43,90			1.39,98	369,990	30	−26,08	67			−10,38
30	371,154	58,67	5,94	42,80			54,35	41,154	−45,27	−2.32,27	−45,27			1.42,89	371,154	40	33	47			−11,46
30	371,944	59,64	8,76	43,82			56,95	41,944	−46,14	−2.35,19	−46,14			1.44,86	371,944	50	43	32			−12,09
Déc. 1	372,991	1. 0,82	12,46	45,09			−2. 0,86	42,991	−47,29	−2.39,07	−47,29			1.47,48	372,991	53	61	20			−12,88
4	375,371	3,31	21,25	48,19			7,27	45,371	−49,91	−2.47,85	−49,91			1.53,43	375,371	40	62	− 1,72			−13,84
4	375,419						7,57	45,419						1.53,35	375,419						−14,02
4	375,956	3,90	23,39	48,90			8,97	45,956	−50,55	−2.50,01	−50,55			1.54,89	375,956	35	65	56			−14,08
5	376,954	5,03	27,16	50,34			11,51	46,954	−51,65	−2.53,73	−51,65			1.57,39	376,954	38	57	31			−14,12

1° De tirer des conclusions sur la marche relative de la pendule considérée;

2° D'établir quelques probabilités sur sa marche absolue lorsque toutes les courbes sont tracées;

3° De déceler des erreurs de comparaison ou de calcul;

4° D'établir la courbe ε lorsque toutes les courbes sont tracées.

Cas où l'on affecte des poids. — Si l'on voulait affecter des poids aux diverses pendules et chronomètres, on formerait de nouvelles colonnes donnant les valeurs

$$s_2(e_2 - e_1), \quad s_3(e_3 - e_1), \quad s_n(e_n - e_1)$$

et l'on se rappellera, suivant l'équation (19), qu'il faut diviser la somme de ces termes par la somme des poids.

CONCLUSIONS RELATIVES A L'EMPLOI DU CALCUL ET DU GRAPHIQUE ET A UN CHANGEMENT DE MARCHE D'UNE PENDULE.

Pour plus de certitude, on doit employer les deux procédés, mais il est surtout important de se rendre compte si les courbes obtenues par les ordonnées $(e_n - e_1)$ fournies par chaque pendule sont suffisamment régulières. L'emploi des nombres ne décèle pas aussi clairement qu'un graphique les anomalies de marche; il les décèle d'autant moins que le nombre de pendules est plus grand. Un faible changement de marche de l'une des pendules peut donc passer inaperçu dans la moyenne que nous formons pour calculer ε.

Quand on est à peu près assuré que la marche d'une pendule a changé, le mieux est de déterminer un état par des observations astronomiques afin de l'éliminer le moins longtemps possible du groupe de pendules destiné à conserver l'heure. Si ce changement de marche, qui n'est que relatif à celui de la pendule étalon, est faible, on ne doit pas l'éliminer. Enfin, si les marches relatives à la pendule étalon changent toutes en même temps, il est très probable que la marche de la pendule étalon en est la cause.

CONCLUSION RELATIVE A L'EMPLOI DES CHRONOMÈTRES.

Les chronomètres donnent souvent d'utiles indications et l'on ne doit jamais négliger leur concours pour la conservation de l'heure. Par exemple, un mouvement sismique ou un tremblement de terre peut fausser la marche de toutes les pendules ou même les arrêter. Dans ces cas, les chronomètres seuls sont susceptibles de conserver l'heure. Je citerai encore le cas où il a été constaté qu'un certain nombre de chronomètres a décelé des anomalies de marche de pendules.

NOTE

SUR LES

INSTRUMENTS EN USAGE DANS LA MARINE FRANÇAISE

POUR LA CONSERVATION DE L'HEURE.

PROCÉDÉS D'OBSERVATIONS
ET DE DISCUSSIONS APPLIQUÉS AU SERVICE HYDROGRAPHIQUE.

PAR M. L. FAVÉ.
Ingénieur hydrographe en chef de la Marine.

L'acquisition et l'entretien des instruments de mesure du temps nécessaires à la Marine militaire font partie, depuis la fin du XVIIIe siècle, des attributions du Service hydrographique autrefois dénommé : Dépôt de la Marine. Un historique du service des chronomètres a été publié en 1889 par M. l'ingénieur hydrographe Rollet de l'Isle (1).

Les *Recherches sur les chronomètres* publiées de 1859 à 1895, la collection des *Annales hydrographiques* et un certain nombre d'Ouvrages spéciaux contiennent de nombreux travaux ayant pour objet d'établir d'une part les épreuves à faire subir aux instruments pour obtenir le plus de garanties possible de bon fonctionnement à la mer, d'autre part des procédés permettant de déduire de leurs indications l'heure la plus probable. Les règlements de concours institués en vue du choix des instruments à acquérir ont varié à diverses reprises en raison de l'expérience acquise et des perfectionnements qu'il y avait lieu de provoquer dans

(1) *Revue maritime et coloniale*, 1889.

leur construction. Le règlement appliqué actuellement date de 1906 [1].

L'étude des causes de perturbations a conduit à des procédés de discussion et à des formules de correction permettant de réduire l'influence des erreurs systématiques ou accidentelles qui en résultent.

Pour les instruments portatifs en usage à bord, l'action du temps et celle de la température seules ont été jusqu'ici traduites en formules de corrections. Ces formules ont été établies pour des instruments dans la construction desquels entraient exclusivement l'acier et le laiton; l'utilisation du palladium pour les spiraux d'abord, de l'acier-nickel pour les balanciers conjointement à des spiraux d'acier, en dernier lieu, a permis de diminuer dans une assez large mesure l'action de la température, mais elle s'exerce d'une façon moins régulière; et, jusqu'à ce qu'une étude approfondie des instruments des derniers modèles ait confirmé l'avantage de l'application des anciennes formules ou permis d'établir des formules nouvelles, on en est réduit à traiter comme des erreurs accidentelles celles qui proviennent de cette cause.

L'application courante des chronomètres à la navigation comporte, pour la détermination de l'heure à un instant donné, l'emploi exclusif d'observations *antérieures;* il s'agit par suite d'une *extrapolation*. Pour la détermination des positions géographiques, on peut en général utiliser des séries d'observations permettant d'opérer par *interpolation*.

La multiplicité des procédés de discussion et de correction préconisés montre la difficulté de la question. Aucun d'entre eux n'a été adopté d'une façon générale par les marins, dont beaucoup se contentent d'utiliser sans corrections et sans discussion la moyenne des indications de leurs instruments; souvent ils n'en possèdent qu'un seul.

Pour les déterminations de longitudes, les observateurs appliquent ceux des procédés indiqués qui leur paraissent les plus appropriés aux circonstances en les modifiant suivant leurs idées personnelles.

Nous n'entreprendrons dans cette Note ni l'exposé ni la discussion de ces procédés que l'on trouve dans les Ouvrages mentionnés ci-dessus. Nous décrirons seulement le procédé d'*interpolation* appliqué au Service hydrographique dans un but spécial et pour des instruments déterminés.

---

(1) *Annales hydrographiques*, 1906.

INSTRUMENTS EN USAGE DANS LA MARINE FRANÇAISE.

Les instruments en usage à bord des bâtiments sont de quatre espèces :

1° *Les chronomètres dits de marine.* — Leurs organes caractéristiques sont une fusée uniformisant l'action du ressort moteur et un échappement à détente. Ils sont munis d'une suspension à la cardan leur permettant de conserver la même position par rapport à la résultante de la pesanteur et des forces d'inertie variables produites par les mouvements du navire.

Ils battent la demi-seconde.

2° *Les compteurs.* — La construction de ces instruments est la même que celle des chronomètres, mais les divers organes sont plus petits.

Ils ne sont pas munis de suspension et battent en général $\frac{4}{10}$ de seconde, parfois la demi-seconde.

Ils ont pour but de permettre d'effectuer les observations tant à bord qu'à terre sans déplacer les chronomètres et de comparer ceux-ci entre eux.

3° *Les montres de torpilleurs.* — Ces montres sont analogues aux montres de poche dites à secondes trotteuses, mais d'un calibre généralement plus grand. Elles sont à échappement à ancre et ne sont munies ni de fusées ni de suspension. Elles battent $\frac{2}{10}$ de seconde.

4° *Les montres dites no-magnétiques.* — Ces instruments sont tout à fait analogues aux précédents. Des dispositions diverses les protègent contre les perturbations temporaires ou durables produites par des champs magnétiques intenses.

La Marine possède de plus des pendules astronomiques qui se placent, au point de vue de la précision, avant les instruments énumérés ci-dessus. Elles sont utilisées au Service hydrographique pour le contrôle et le classement des instruments présentés aux concours institués en vue des achats ainsi que pour la vérification des instruments ayant subi des réparations ou des changements d'huile; ceux-ci s'effectuent pour les chronomètres et les compteurs, après 3 ans de fonctionnement. Dans les observatoires de la Marine qui existent dans chacun des ports militaires, des pendules servent à s'assurer, avant la délivrance aux bâtiments, que le fonctionnement des instruments réparés et expédiés de Paris n'a pas été compromis par le transport. Elles sont utilisées de plus pour donner l'avance ou le retard des montres des bâtiments au moment de l'appareillage et enfin pour effectuer chaque jour un signal horaire consistant en général dans la chute d'un ballon visible des navires en rade. Les pendules sont jusqu'ici réglées au moyen d'observations astronomiques faites à Paris au Service hydrographique et dans chacun des ports.

CARACTÉRISTIQUES DU FONCTIONNEMENT DES INSTRUMENTS D'HORLOGERIE.

Il est d'usage dans la Marine de désigner par : *état absolu* ou *état* la correction à apporter à l'indication d'un instrument à un instant donné, pour obtenir l'heure d'un méridien déterminé.

La différence de deux *états* séparés par un intervalle de 24 heures est appelée *marche diurne*. Il peut y avoir lieu de considérer la *marche* pour un intervalle de temps plus réduit. Nous adopterons ces locutions.

Pour étudier le fonctionnement des instruments il est très avantageux de se servir d'un procédé graphique consistant à porter le temps en abscisses et les états en ordonnées. Si l'on joint par un trait continu des états successifs séparés par d'assez longs intervalles, cette ligne présente en général des courbures assez faibles variant d'une façon progressive. (*Voir* la courbe schématique de la figure 6.) La courbe est d'autant plus sinueuse que l'intervalle des états est plus petit; mais on peut tracer une courbe moyenne telle que les différences des ordonnées de ses points avec celles des états, tantôt positives, tantôt négatives, aient une somme nulle; cette courbe présentant le même caractère de continuité que celle qui reliait des états espacés. La ligne qui joint tous les états oscille autour de la courbe moyenne, mais on constate qu'elle présente une *continuité secondaire* très caractérisée.

La comparaison de la courbe des états avec celles des variations de certaines causes de perturbations, la température par exemple, décèle parfois une relation, mais on est en général obligé de recourir pour l'établir et pour en tirer les corrections qui en résultent à des procédés plus précis dans le détail desquels nous n'entrerons pas. En appliquant ces corrections aux états on améliore évidemment, au point de vue de la continuité, la courbe réelle et la courbe moyenne des états. Les causes principales auxquelles on peut *a priori* attribuer les perturbations sont : le temps qui modifie les organes métalliques des instruments et surtout la viscosité des huiles, les variations de la température, de la pression et du degré d'humidité de l'air, du champ magnétique, enfin les trépidations.

L'étude du fonctionnement des instruments dans des conditions normales ou expérimentales a permis de déterminer dans certains cas les corrections

Fig. 6.

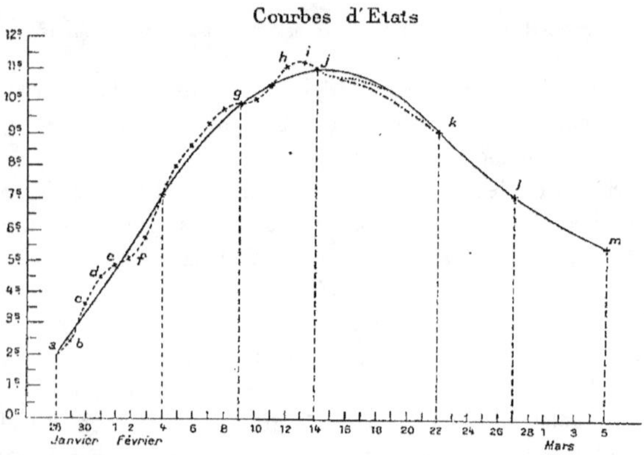

résultant des trois premières causes; pour les autres, les perturbations doivent être regardées comme des erreurs accidentelles telles qu'en comportent tous les instruments de mesure.

Lorsque les états ont été corrigés des erreurs systématiques, et que la courbe moyenne a été tracée comme nous l'avons indiqué, la grandeur des écarts peut, faute d'autres éléments, servir de mesure de la valeur de l'instrument ou autrement dit de sa précision.

Une des caractéristiques principales du fonctionnement de tous les instruments d'horlogerie est l'instabilité de cette précision.

Les meilleurs sont sujet à des dérangements de diverses natures. On constate parfois entre deux états consécutifs un écart tout à fait anormal que l'on caractérise par le terme de *saut;* la série des états suivants conserve souvent la même allure que précédemment. D'autres fois la courbe moyenne change brusquement de direction et de courbure, ou bien l'on voit la grandeur des écarts s'accroître plus ou moins rapidement et l'instrument tomber à un rang inférieur. Ce mauvais fonctionnement n'est parfois que *temporaire*, mais souvent le mal s'aggrave au point de rendre une réparation indispensable. Il n'est pas toujours possible de se rendre compte, après démontage, de la cause du dérangement.

Il est nécessaire, si l'on veut éviter dans la détermination de l'heure des erreurs qui peuvent être considérables, d'avoir recours à plusieurs instruments, trois au moins pour obtenir un contrôle mutuel. Il est avantageux que leurs mécanismes et les conditions dans lesquelles ils sont placés soient différents pour éviter que les causes perturbatrices n'agissent de la même façon.

PENDULES DU SERVICE HYDROGRAPHIQUE. OBSERVATIONS. COMPARAISONS.

Les pendules qui servent à l'étude des chronomètres sont dues aux artistes autrefois les plus réputés : Bréguet, Motel, Winnerl, Jacob, Vissière. Elles sont placées, au nombre de 6, dans une salle où l'on maintient, pendant la durée des concours qui ont lieu l'hiver, une température voisine de 15° ; elles sont réglées sur le temps moyen. L'une des pendules a été placée autrefois dans la cave de l'établissement, mais, les précautions prises n'ayant pas suffi à la mettre à l'abri de la rouille, elle en a été retirée.

Les échappements et les systèmes de compensation de ces pendules pour la température sont très variés. Elles sont toutes de construction assez ancienne. Dès que les propriétés de l'*invar* furent connues, le Service hydrographique s'occupa des applications de cet alliage aux pendules.

Les résultats constatés, tant pour l'une de celles du Service dont le balancier fut changé que pour une pendule de construction récente qui fut temporairement étudiée, n'ont jusqu'à présent amené ni à modifier les autres pendules du Service, ni à faire l'acquisition de nouveaux instruments. Des progrès sont actuellement en voie de réalisation tant pour l'application de l'invar que pour la protection des pendules contre les changements de température, de pression atmosphérique et d'humidité, et ils devront être mis à profit lorsque les essais actuellement en cours dans les divers observatoires, permettront d'être fixé sur les meilleures solutions.

Les trépidations résultant de la circulation des voitures aux alentours de l'établissement et dans l'établissement lui-même, rendues plus accentuées par le fait d'une installation à un étage élevé, constituent une condition très défectueuse.

Les perturbations des meilleurs chronomètres, surtout lorsqu'ils ont récemment subi une mise au point en vue des concours, sont presque du même ordre que celles des pendules. Il est donc nécessaire, pour les juger équitablement, de se mettre en garde contre un dérangement de la pendule à laquelle on les compare chaque jour, et de chercher à déterminer aussi exactement que possible l'état ou la marche diurne de cette pendule.

Pour ce but spécial, de même que pour l'observation des marches des chronomètres et des montres après réparation, il y a lieu d'opérer par *interpolation* entre des états déterminés par des observations astronomiques.

Ces observations ont été faites jusqu'en 1909 au moyen d'une lunette méridienne d'un modèle portatif. Les conditions d'installation de cet instrument sur la toiture de l'établissement rendaient assez aléatoire la précision des observations. Elles s'effectuent avec avantage depuis la date indiquée au moyen d'une astrolabe à prisme du système Claude-Driencourt du modèle dit géodésique construit par M. Jobin.

Le personnel restreint des ingénieurs hydrographes et les travaux multiples qui leur incombent ne permettent pas de faire des observations aussi fréquentes que dans les établissements affectés exclusivement à l'astronomie.

L'été, en raison de l'absence d'une grande partie du personnel, les observations sont en général très espacées. Pendant la période des concours on s'efforce de réduire les intervalles des observations à 10 jours au plus, mais l'état du ciel les allonge souvent considérablement. Les observations s'effectuent par le procédé de l'œil et de l'oreille; abstraction faite des équations personnelles leur approximation est, dans des conditions favorables, supérieure à $\frac{1}{10}$ de seconde.

Pour ces observations, qui servent à exercer les ingénieurs à celles qu'ils ont à effectuer au cours des missions hydrographiques, on emploie un chronomètre battant la demi-seconde sidérale.

La comparaison avec la pendule *étalon* ou *directrice* se fait avant et après les observations par la méthode des coïncidences qui permet une approximation de $\frac{1}{100}$ de seconde. Les autres pendules sont en général comparées avec le même chronomètre avant ou après les observations. Elles sont de plus comparées chaque jour à la même heure avec un *compteur-vernier* battant la demi-seconde et avançant, sur le temps moyen, de 12 minutes par jour. Il donne une coïncidence par minute, tandis qu'un chronomètre sidéral n'en donne qu'une par 3 minutes. La durée de l'opération est ainsi abrégée, mais l'approximation est seulement de $\frac{2}{100}$ à $\frac{3}{100}$ de seconde.

Les chronomètres sont comparés chaque jour à la pendule étalon dont on perçoit les battements au moyen d'un casque téléphonique tout en écoutant directement ceux du chronomètre qu'on a sous les yeux. On estime la fraction de seconde séparant les battements du chronomètre et de la pendule; l'approximation de $\frac{1}{10}$ de seconde est assez facilement atteinte. Pour les montres, dont les battements sont très fréquents et très faibles, on subdivise la seconde à vue. On lit l'heure des chronomètres à comparer correspondant aux dizaines de secondes rondes marquées par la pendule, la même dizaine correspondant chaque jour au même chronomètre.

On compare un instrument par 10 secondes, et l'opération, bien qu'elle porte parfois sur un grand nombre de chronomètres et de montres, n'exige qu'un temps assez court.

Le téléphone est actionné par un microphone adapté sur la pendule étalon. Les meilleures pendules du Service hydrographique ne sont pas munies de contacts électriques qui permettraient, ainsi qu'on l'avait réalisé autrefois, de faire entendre leurs battements dans toute la salle. On n'a pas réussi jusqu'à présent à faire rendre aux microphones des sons suffisamment intenses pour dispenser de l'emploi du casque. Le microphone a l'avantage de n'apporter aucune perturbation au fonctionnement de la pendule, tandis que les contacts, pour lesquels on a essayé de nombreux dispositifs, présentent à cet égard des inconvénients.

Il se produit toutes les cinq secondes un battement plus intense que les autres et l'observateur n'a pas besoin de regarder le cadran de la pendule, ce qui ne lui laisserait pas le temps d'inscrire lui-même la comparaison. L'un des battements forts sert seulement d'avertissement.

Ce renforcement est obtenu au moyen du dispositif suivant. Le circuit dans lequel sont placés le microphone de la pendule et la pile comprend le primaire d'une bobine d'induction; le téléphone est en circuit sur le secondaire. En shuntant ce secondaire on affaiblit le son perçu, d'autant plus que la résistance du shunt est plus faible. Le shunt comprend une résistance réglable et un interrupteur actionné par une pendule auxiliaire. Cette pendule coupe le circuit pendant une seconde chaque cinq secondes. Les battements de la pendule étalon, affaiblis quand le circuit est fermé, ont toute leur intensité quand ils se produisent pendant qu'il est ouvert. Ce dispositif présente l'avantage de ne donner lieu à aucun battement parasite de nature à troubler la comparaison, car l'interruption a lieu alors qu'aucun courant ne circule dans le secondaire. Il fonctionne tant que l'écart entre le moment de l'ouverture ou de la fermeture du circuit et celui du battement de la pendule à renforcer est inférieur à une demi-seconde. Il suffit par suite que le synchronisme des deux pendules reste établi à une demi-seconde près pendant la durée des comparaisons; la pendule auxiliaire peut être un instrument à bas prix dont on rétablit le synchronisme avant l'opération par des moyens très simples.

PERTURBATIONS DES PENDULES.

Les caractéristiques principales communes au fonctionnement de tous les instruments d'horlogerie ont été indiquées précédemment. Quelques études spécialement consacrées à des pendules du Service hydrographique ont été publiées depuis une soixantaine d'années (¹), d'autres sont restées inédites.

Elles ont conduit à certaines discordances qui tiennent en partie au petit nombre des instruments sur lesquels elles ont porté. Les dernières, datant de 1906 et 1907, sont dues à MM. Courtier et Roussilhe, ingénieurs hydrographes.

Ils ont utilisé les observations faites pendant plusieurs des années antérieures sur six pendules qui, pour les raisons exposées ci-dessus, ont été suivies d'une façon assez intermittente et avec des moyens imparfaits.

Ces études ont donné lieu aux constatations suivantes :

(¹) *Recherches chronométriques.* Mémoires de Lieussou, ingénieur hydrographe, de Pagel, capitaine de frégate, de M. Héraud, ingénieur hydrographe.

1° Il se produit une modification des marches, très généralement une avance sensiblement proportionnelle au temps. Le coefficient de variation change, souvent d'une façon très notable, lorsqu'on procède au nettoyage et au renouvellement de l'huile des pendules.

2° La température agit d'une façon très variable suivant que la compensation est plus ou moins parfaite et dans des sens divers. Son action change souvent lorsqu'on procède au nettoyage et au renouvellement de l'huile sans toucher au pendule, ni modifier, par suite, la compensation.

Lorsqu'on considère de longs intervalles et des variations lentes de température, cette action est en général régulière, les marches variant proportionnellement à la température, mais le coefficient peut changer, comme on vient de l'indiquer, pour les diverses périodes de fonctionnement. L'action de la température est presque immédiate pour certaines pendules : pour d'autres elle subit un retard manifeste pouvant s'élever à 5 jours. Ce retard n'est pas constant et paraît dépendre de la rapidité des variations.

Lorsqu'on ne considère que des intervalles de quelques jours, l'application de corrections calculées au moyen du coefficient déduit d'une longue période n'améliore en rien les résultats.

3° L'action de la pression atmosphérique est manifeste. L'incertitude sur la valeur des coefficients trouvés pour chaque pendule a conduit à adopter le même pour toutes. La moyenne de ces coefficients, $0^s,014$ de retard pour une augmentation de 1^{mm} de mercure, diffère peu de ceux qu'on emploie dans un certain nombre d'observatoires. On admet de plus que l'action est instantanée et l'on corrige les marches de chaque jour.

4° En plus de ces influences, les pendules paraissent subir parfois des perturbations de même grandeur et de même sens.

Il est naturel d'attribuer cette apparence à des erreurs dans les déterminations d'états, mais elles dépasseraient de beaucoup celles qui paraissent admissibles, et ce fait, qui a été signalé dans d'autres établissements, reste inexpliqué.

PROCÉDÉ D'INTERPOLATION. — DISCUSSION DES RÉSULTATS.

L'usage de formules d'interpolation conduit à des calculs très laborieux ; on préfère opérer par un procédé graphique présentant une grande analogie avec plusieurs de ceux qui ont été proposés et appliqués pour les chronomètres.

Supposons que l'on connaisse une série d'états successifs d'une pendule représentés graphiquement par les points *a*, *b*, *c* de la figure *schématique* nº 6, ces états étant corrigés de l'influence des variations de la pression atmosphérique ou autrement dit amenés à une pression constante. On se propose de trouver les états les plus probables entre ceux du 14 et du 22 février.

Ainsi qu'on l'a indiqué ci-dessus, si la pendule fonctionne d'une façon normale on peut tracer une courbe régulière, c'est-à-dire présentant des variations de courbure graduelles, de façon que les différences des ordonnées de la courbe et des états pour un même jour soient très petites et que leur somme soit nulle. On peut tracer facilement cette courbe à vue en la faisant passer par les points limitant l'intervalle dans lequel l'interpolation doit s'effectuer. On tient compte ainsi de la continuité qu'indique l'expérience dans les variations des états ; les écarts à la courbe moyenne suivent sensiblement la loi des erreurs accidentelles.

Mais, ainsi qu'on l'a indiqué ci-dessus, il existe aussi une continuité *secondaire* dont il y a avantage à tenir compte. La tangente en *j* à la courbe réelle des états et la tangente à la courbe moyenne font un angle qu'il y a lieu de supprimer pour tracer la courbe des états probables. On est conduit à la raccorder tangentiellement à la courbe des états réels et à la rapprocher graduellement de la courbe moyenne. L'écart maximum des deux courbes et la distance à laquelle elles se rejoignent restent arbitraires. On peut adopter la forme indiquée en points ronds ou celle qui est indiquée en traits et points suivant la distance adoptée. Pour l'écart maximum on peut prendre à vue l'écart moyen à la courbe moyenne.

Tel est le procédé auquel on est naturellement conduit par la considération de la continuité des états successifs.

Lorsqu'on dispose de plusieurs pendules, il y a lieu évidemment, pour obtenir l'état le plus probable à un moment donné, de prendre la moyenne de ceux que l'on obtient en traitant isolément chacune d'entre elles, en affectant ces états de poids déterminés par la grandeur de leurs écarts, avec les valeurs adoptées, constatés précédemment.

Les différences des états journaliers peuvent être obtenues, ainsi qu'on l'a indiqué, avec une grande approximation par la méthode des coïncidences.

Il est plus facile de raisonner sur la succession des états que sur celle des marches, mais les courbes des états présentent des inconvénients au point de vue de l'usage pratique, principalement celui de prendre, lorsqu'on opère à une échelle suffisante pour rendre les tracés faciles, un développement en hauteur qui les fait sortir des feuilles d'un format maniable. Les marches des pendules, même lorsqu'on arrive par des tâtonnements parfois assez longs à les rendre presque nulles, prennent en effet avec le temps des valeurs assez notables. On peut éviter cet inconvénient dans les courbes des états par des artifices divers, mais ils constituent une complication et il en subsiste d'autres sur lesquels nous n'insisterons pas.

L'usage de la courbe des marches a paru à divers points de vue préférable ; elle a l'avantage de donner directement les quantités qui servent à la vérification et au classement des chronomètres et des montres, et elle conduit aux mêmes résultats.

On a tracé sur la figure 7 les courbes de marches qui correspondent aux

Fig. 7.

Courbes de marches

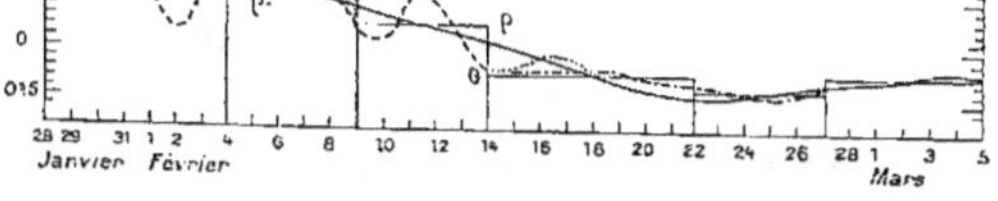

courbes d'état de la figure 6 en doublant l'échelle pour les ordonnées. L'ordonnée correspondant à chaque date est proportionnelle à la différence des états *de la veille* et du jour. Lorsqu'on connaît deux états séparés par un intervalle de plusieurs jours, par exemple ceux du 4 et du 9 février, on obtient la marche moyenne en divisant la différence par le nombre de jours. Si la marche était restée constante pendant cet intervalle, la courbe des marches serait la droite $\mu\nu$, parallèle à l'axe des x. Quelle que soit la courbe des marches que l'on adopte, par exemple celle qui est tracée en traits interrompus, la condition de la constance de la moyenne implique l'égalité des aires comprises entre cette courbe et l'horizontale $\mu\nu$.

Lorsqu'on a tracé les horizontales correspondant aux marches moyennes entre les états successifs connus, on peut tracer à vue très rapidement une courbe remplissant cette condition, telle que celle qui est figurée en trait plein, en lui imposant, de plus, la condition d'être aussi régulière que possible et de s'écarter le moins possible de la ligne droite. La courbe ainsi obtenue conduit, si l'on calcule les états en ajoutant les marches successives, à la courbe moyenne des états de la figure 6.

Si l'on a à interpoler entre le 14 et le 22 février, par exemple, et si l'on connaît les marches précédentes, la considération de la continuité secondaire qui porte à modifier la courbe des états, conduit à faire partir la courbe probable des marches, non du point ρ qui correspond à la courbe moyenne, mais du point θ correspondant à la dernière marche connue et à raccorder la courbe des marches probables à la courbe des marches suivantes adoptées précédemment. La continuité d'une part, la condition de l'égalité des aires d'autre part conduisent au tracé en points ronds ou au tracé en traits et points à partir du point θ suivant que l'on rejoint plus ou moins rapidement la courbe moyenne. Ces tracés correspondent aux courbes d'interpolation d'états partant du point j sur la figure 6. Il est à noter qu'on est amené à la double sinuosité de la courbe de marches tracée en points ronds par la condition de l'égalité des aires, lorsqu'on la raccorde rapidement avec la courbe moyenne en partant du point θ situé au-dessous du point ρ.

On doit s'assurer, lorsqu'on effectue l'interpolation par le tracé de la courbe des marches, que la somme de celles qu'on adopte, pour l'intervalle entre les états connus, est *exactement* égale à la différence de ces états.

La figure 8 donne un exemple de la discussion des indications d'un ensemble de cinq pendules ayant pour but d'obtenir les marches les plus probables de l'une d'elles prise comme étalon pendant la période s'étendant du 30 janvier au 20 février 1907. Des raisons de service font qu'on procède à la discussion d'une période comprise entre deux déterminations d'états dès que deux déterminations postérieures, donnant trois marches moyennes consécutives, fournissent des indications suffisantes pour le tracé de la courbe probable. Les droites parallèles à l'axe des x, AB, CD, ..., IJ, etc., représentent les marches moyennes de chacune des pendules pendant l'intervalle des déterminations d'états. Ces marches moyennes sont ramenées à la pression de 760^{mm}.

On a pris comme points de départ les marches du 29 au 30 janvier adoptées comme les plus probables pour chacune des pendules d'après la discussion de la période précédente. On a tracé les courbes A'B', C'D', I'J', en tenant compte du principe de la continuité et de la condition d'égalité des aires comprises entre ces courbes et les droites correspondant aux marches moyennes. On a de plus tenu compte, pour amorcer les courbes, de la direction du dernier élément de celles de la période précédente.

Fig. 8.

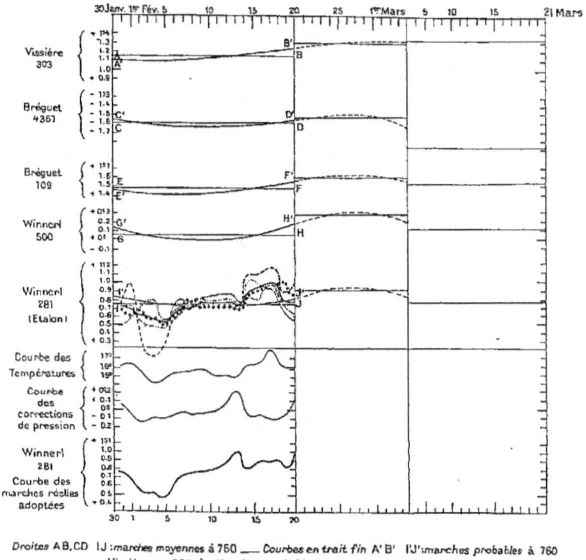

Droites AB, CD IJ : *marches moyennes à* 760 —— *Courbes en trait fin* A'B' I'J' : *marches probables à* 760

— - — - — - —	Vissière	303	*Marches probables*
- · - · - · - - - -	Bréguet	4.367	*à 760mm de l'étalon*
- - - - - - - - -	Bréguet	109	*fournies par les*
· — · · — · · — ·	Winnerl	500	*diverses pendules*
————————	*Marche adoptée à 760mm de l'étalon*		

On a obtenu ainsi la marche probable, pour chaque jour, de chacune des pendules.

Pour chaque pendule autre que l'étalon, on a ajouté à chacune de ces marches, les comparaisons journalières avec l'étalon. Chaque pendule fournit ainsi, pour chaque jour, une valeur probable de la marche de l'étalon.

On a porté en ordonnées, sur le graphique correspondant à cette dernière pendule (Winnerl 281), chacune de ces marches et, en les joignant par un trait continu, on a tracé quatre courbes représentant la marche probable de l'étalon auxquelles se joint la courbe I' J'. Pour obtenir la valeur la plus probable de la marche de chaque jour, on prend la moyenne des cinq ordonnées en tenant compte du poids à attribuer à chaque pendule. Ainsi qu'on l'a indiqué ci-dessus, ce poids est essentiellement variable. La courbe en trait plein fort est la courbe des marches réelles adoptées.

On a ajouté à chacune des marches diurnes la correction résultant des variations moyennes journalières de la pression atmosphérique et l'on a obtenu ainsi la courbe des marches réelles adoptées.

On a tracé de plus sur la figure la courbe des températures qui présente une analogie marquée avec la courbe des marches non corrigées de la pression, mais c'est là, ainsi qu'on l'a indiqué ci-dessus, un cas fortuit pour une aussi courte période.

Ce procédé de discussion qui consiste à mettre en œuvre, graphiquement, à vue et par suite d'une façon assez grossière le principe de continuité résultant de l'expérience, prête à la critique à plusieurs points de vue. Il pourrait être amélioré, par exemple en procédant par approximations successives de façon à utiliser d'une façon plus logique la continuité secondaire. On n'éviterait certains défauts qu'au prix d'un surcroît de travail assez considérable et d'un retard dans l'obtention des résultats. Le principal inconvénient de ce procédé est la large place qu'il laisse à l'arbitraire et le fait qu'il ne donne pas des résultats identiques lorsqu'il est appliqué par divers opérateurs. D'autres procédés ont été étudiés, mais aucun n'a paru susceptible d'être justifié suffisamment ni *a priori* par des considérations rationnelles, ni *a posteriori* par des vérifications effectuées au moyen des données dont on dispose. La question devient d'ailleurs extrêmement complexe lorsqu'on fait intervenir les erreurs probables des déterminations d'état et des comparaisons.

Le procédé employé a permis à diverses reprises de s'apercevoir dès leur début de dérangements de la pendule étalon que leur aggravation progressive a rendu indéniables et par suite d'en atténuer les effets.

La figure 9 donne les courbes qui ont servi à discuter les marches de la pendule étalon du 20 octobre 1911 au 5 avril 1912, ainsi que la courbe des

Fig. 9.

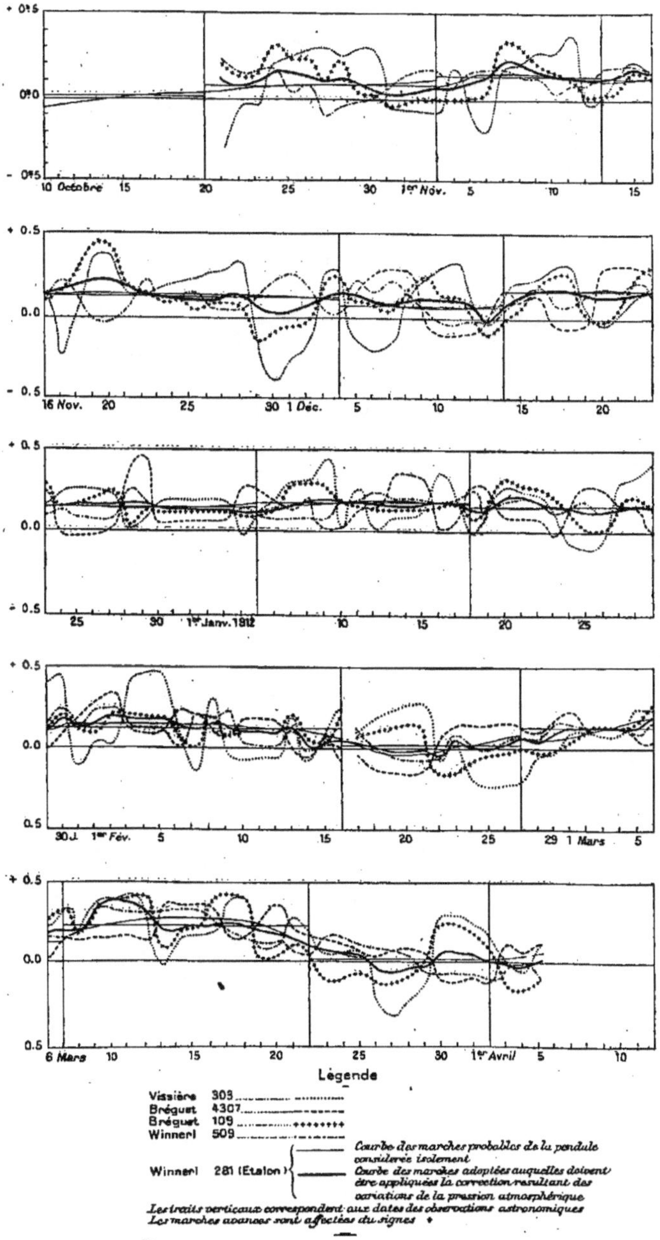
+ 0s5
0s0
- 0s5
10 Octobre 15 20 25 30 1er Nov. 5 10 15
+ 0.5
0.0
- 0.5
16 Nov. 20 25 30 1 Déc. 5 10 15 20
+ 0.5
0.0
- 0.5
25 30 1er Janv. 1812 10 15 20 25
+ 0.5
0.0
0.5
30 J. 1er Fév. 5 10 15 20 25 29 1 Mars 5
+ 0.5
0.0
0.5
6 Mars 10 15 20 25 30 1er Avril 5 10
Légende
Vissière 303
Bréguet 4307
Bréguet 109
Winnerl 509
Winnerl 281 (Etalon)
Courbe des marches probables de la pendule considérée isolement
Courbe des marches adoptées auxquelles doivent être appliquées la correction résultant des variations de la pression atmosphérique
Les traits verticaux correspondent aux dates des observations astronomiques
Les marches avances sont affectées du signes +

marches adoptées réduites à la pression 760. Pour obtenir les marches effectives qui ont servi au contrôle de celles des chronomètres, on a ajouté à ces marches l'effet journalier de la pression atmosphérique; l'effet moyen pour chaque intervalle entre les observations avait été préalablement retranché de leur moyenne.

Les observations astronomiques, les comparaisons et la discussion ont été effectuées par M. Pélissier, ingénieur hydrographe. Les marches de la pendule étalon ont été remarquablement constantes jusqu'au 8 mars, mais la pendule Bréguet 109 dont les marches pendant les années précédentes concordaient presque exactement avec celles de la pendule Winnerl 281 ont été relativement médiocres, bien que ses huiles fussent de date récente. Cet exemple vient à l'appui de ce qui a été dit ci-dessus au sujet de l'instabilité de la précision des meilleurs instruments.

APPLICATION

DE

LA TÉLÉGRAPHIE SANS FIL

A

L'ENVOI DE L'HEURE

PAR M. LE COMMANDANT G. FERRIÉ.

La connaissance de l'*heure locale*, qui permet de régler les *machines-horaires* et de les utiliser pour la mesure des *intervalles de temps*, a constitué pendant fort longtemps tout le problème de l'heure. Elle devait suffire, en effet, à une époque où l'on voyageait peu et où les déplacements étaient lents.

Lorsque la navigation hauturière, à la suite de la découverte de l'Amérique, prit un nouvel essor, les navigateurs sentirent le besoin de connaître un autre élément, *l'heure d'un méridien fixe* pris pour origine des longitudes, tant pour déterminer la position du navire en longitude que pour obtenir celle des terres rencontrées. Mais l'emploi d'une heure unique pour un usage aussi spécial ne pouvait avoir aucune influence pour faire modifier les heures en usage.

Il faut arriver jusqu'à la création des chemins de fer pour voir la première atteinte sérieuse portée à l'emploi exclusif de l'heure locale. Pour coordonner les mouvements des trains sur de grands réseaux, on dut nécessairement adopter une heure unique. En France, c'est *l'heure de Paris* qui fut naturellement choisie pour tous les réseaux. L'invention du télégraphe électrique survenait à point pour permettre de régler les horloges des gares sur celle de la tête de ligne ou d'une gare importante, dont l'heure était prise dans un Observatoire. Toutefois, l'habitude de l'heure locale était tellement ancrée que, malgré l'incommodité de sa coexistence avec une autre heure dans chaque ville, elle continua à régler les usages de la vie courante jusqu'au 15 mars 1891, époque à laquelle fut promulguée la loi instituant l'heure de Paris comme heure légale dans toute la France.

Vers la même époque, le système des fuseaux horaires, ayant le méridien de Greenwich comme origine, fut adopté par la plupart des nations étrangères, et l'emploi de l'heure de Paris en France eut notamment l'inconvénient d'obliger les voyageurs à changer d'heure aux frontières d'une fraction d'heure variable et non d'une heure ronde. La loi du 9 mars 1911 est venue mettre fin à cet inconvénient en disposant que l'heure légale en France et en Algérie est l'heure de Paris retardée de $9^{m}21^{s}$. L'unification des heures légales est donc maintenant réalisée dans la plupart des pays civilisés.

La précision avec laquelle l'heure légale ainsi fixée doit être connue n'est évidemment pas la même pour tous les usages de la vie pratique, chemins de fer, navigation, etc., et pour les travaux scientifiques tels que ceux qui se poursuivent dans les observatoires astronomiques, météorologiques, sismographiques, ou pour les déterminations de longitudes, etc. Dans certains cas, une précision de quelques dixièmes de seconde est suffisante; dans d'autres cas, au contraire, il est nécessaire de rechercher la plus grande approximation possible en l'état actuel de nos connaissances, c'est-à-dire celle du centième de seconde environ.

L'heure légale est tout d'abord déterminée par certains observatoires et conservée par eux au moyen de pendules de haute précision dont la marche est étudiée et suivie avec le plus grand soin de manière à permettre de calculer, par extrapolation, l'heure exacte à un instant quelconque.

Ce calcul étant effectué, il reste à faire l'envoi de l'heure à tous les intéressés.

La télégraphie électrique et la téléphonie permettent de régler les horloges des gares, des bureaux de poste et de tous les points pouvant être reliés, directement ou indirectement, aux observatoires distributeurs de l'heure. Mais ce réglage se faisant de cascade en cascade exige un temps assez long et laisse souvent à désirer sous le rapport de la précision. Il n'est pas possible, en outre, d'étendre ce procédé de distribution à toutes les communes et établissements intéressés et encore moins à tous les particuliers. D'autre part, il n'est pas utilisable directement par les navigateurs qui ne pourraient régler leurs chronomètres que dans les ports où la connaissance de l'heure n'est pas toujours bien assurée. Enfin, les géodésiens et les explorateurs ne peuvent pas non plus, dans la grande majorité des cas, tirer parti de ce mode de distribution, car ils n'opèrent généralement pas au voisinage immédiat de lignes télégraphiques ou téléphoniques.

Dès l'invention de la télégraphie sans fil, tous ceux qui connaissaient le problème général de l'heure entrevirent dans le nouveau mode de communication la solution générale. Il s'agissait seulement d'attendre qu'il eût fait les progrès suffisants. Ceux-ci furent si rapides qu'on peut considérer aujourd'hui le problème comme entièrement résolu.

Nous allons examiner les procédés dont on peut faire usage pour transmettre et recevoir l'heure par télégraphie sans fil avec divers degrés de précision, en nous bornant cependant à donner des indications générales sur les méthodes et sur les appareils employés.

I. — Envoi et réception de l'heure avec une approximation de l'ordre d'un quart de seconde.

Dès que la télégraphie sans fil eut fait suffisamment de progrès, le Bureau des Longitudes s'occupa activement, sur l'initiative de M. Poincaré, de M. Bouquet de la Grye et de M. Guyou, de son application à la distribution de l'heure et fit décider, après entente avec les départements ministériels intéressés, l'installation d'un service d'envoi de signaux horaires par l'Observatoire de Paris et la station radiotélégraphique militaire de la Tour Eiffel. Par suite de certaines circonstances défavorables, le nouveau service ne commença à fonctionner qu'au début de 1910.

Nous allons décrire cette installation à titre d'exemple d'une organisation d'envoi de l'heure à un quart de seconde près, en nous bornant, pour les appareils de télégraphie sans fil, à indiquer leurs organes essentiels (1).

Envoi des signaux. — Rappelons tout d'abord que, pour produire des signaux radiotélégraphiques, on opère en général de la façon suivante :

(1) La portée actuelle des signaux, la nuit dans des conditions favorables, atteint 5200^{km} (observations du paquebot *La Touraine*, les 5 et 12 janvier 1912).

L'antenne A (*fig.* 10), constituée par un certain nombre de fils métalliques suspendus à un ou plusieurs supports et réunis à leur partie inférieure, est reliée à la terre par un conducteur formant quelques spires S. Une partie P de ces spires est intercalée dans un circuit comprenant un condensateur K, convenablement choisi, et un éclateur C par lequel s'effectue la décharge du condensateur. Celui-ci est chargé par liaison aux extrémités du circuit secondaire B d'un transformateur dont le circuit

Fig. 10.

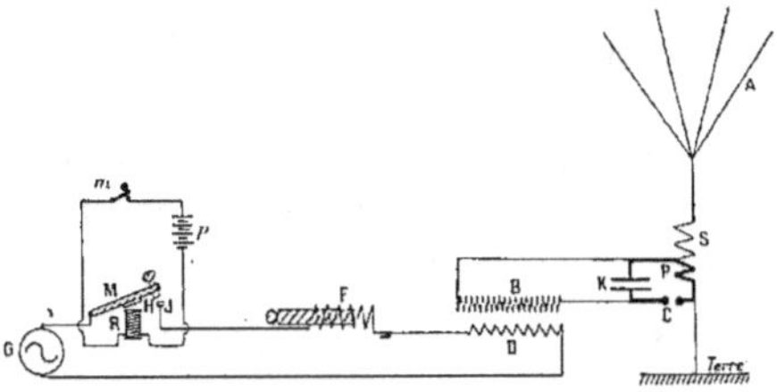

primaire D est alimenté par du courant alternatif fourni par une génératrice G et qui traverse divers organes de mesure et de réglage, en particulier une bobine de self-induction F à noyau mobile. Dans ce même circuit est placée une clef morse ou manipulateur M. Si l'on appuie sur la poignée de M, le courant traverse le primaire D et le courant induit dans le secondaire B charge le condensateur K à une tension qui va en croissant jusqu'à une certaine limite. Quand elle a atteint la valeur correspondant à l'intervalle des pôles de l'éclateur C, une étincelle jaillit et le condensateur se décharge en donnant naissance à des oscillations électriques (ou courants de haute fréquence) dans son circuit de décharge, par conséquent dans les spires P. Le manipulateur étant maintenu appuyé, le condensateur se recharge, aussitôt une nouvelle étincelle jaillit, et ainsi de suite. On a donc une série d'étincelles rapprochées qui dure tant que le circuit primaire reste fermé par le manipulateur.

Les oscillations électriques qui parcourent les spires P induisent dans les spires S d'autres oscillations qui se communiquent à l'antenne. On règle le nombre des spires P et S, ainsi que le condensateur K, pour que les courants de haute fréquence engendrés dans l'antenne aient la plus grande intensité possible.

Le mouvement vibratoire électrique de l'antenne se communique à l'éther ambiant et se propage par *ondes hertziennes* jusqu'à des distances considérables.

L'envoi de signaux hertziens longs ou courts s'obtient donc en maintenant le manipulateur appuyé pendant un temps long ou court. Cette opération se fait, soit directement à la main quand le courant a une intensité relativement faible, soit au moyen d'un relais R quand le courant est assez intense pour nécessiter l'emploi de manipulateurs spéciaux ou encore lorsque le manipulateur doit être commandé à distance, comme dans le cas qui nous occupe. On agit alors sur le manipulateur représenté schématiquement en M sur la figure 10 en envoyant le courant d'une pile p dans l'électro R au moyen d'une petite clef morse m. L'électro attire la palette H fixée au levier du manipulateur et provoque la fermeture du contact J.

Pour envoyer un signal radiotélégraphique à un instant bien déterminé, c'est-à-dire un signal horaire, il est préférable de substituer à la clef morse m un contact électrique commandé directement par une pendule convenablement agencée et préalablement remise à l'heure.

Il est parfois nécessaire d'interposer un deuxième relais entre la pendule et le manipulateur. C'est ce qui arrive lorsque, comme c'est le cas à la Tour Eiffel, le courant auxiliaire qui permet de manœuvrer directement le manipulateur M est trop intense pour que la rupture ou la fermeture du circuit qu'il parcourt soient produites par le contact de la pendule sans dommage pour celui-ci.

La figure 11 représente le schéma (¹) de l'installation actuelle pour l'envoi des signaux horaires de la Tour Eiffel. La pendule *envoyeur de signaux* U, installée à l'Observatoire relié à la station de télégraphie sans fil de la Tour Eiffel par des lignes souterraines, est munie d'un contact électrique ϖ qu'elle ferme automatiquement pendant une durée de $\frac{1}{5}$ de seconde environ, à des heures déterminées. Un courant est ainsi envoyé dans un relais R', lequel étant actionné envoie à son tour le courant d'une batterie d'accumulateurs p' dans l'électro R qui commande le manipulateur M. Des étincelles, ayant au total la même durée que celle de la fermeture du contact ϖ, jail-

(¹) A la Tour Eiffel, le contact J est constitué en réalité par un jet de mercure qu'on peut déplacer à volonté au moyen d'un électro-aimant, de manière à former avec une grande sécurité le circuit d'alimentation des appareils d'émission.

lissent à l'éclateur C et une série égale d'ondes hertziennes est rayonnée dans l'espace par l'antenne.

Chacun des signaux horaires ainsi engendrés est précédé de signaux d'avertissement particuliers, produits au moyen de la clef morse *m*, dont la composition est indiquée dans un document annexe.

Au lieu de signaux *uniques* constitués, comme il vient d'être dit, par une courte série d'étincelles, on pourrait faire plusieurs signaux *rythmés*

Fig. 11.

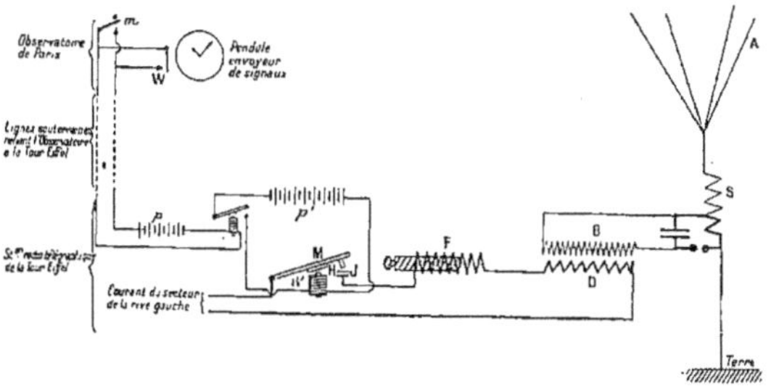

espacés d'une seconde et formés, soit de *traits* d'une demi-seconde de durée dont les commencements seraient pris pour instants des signaux, soit de *points* résultant d'une seule étincelle à l'éclateur, les uns et les autres étant envoyés automatiquement par la pendule U. Il y aurait avantage, en tout cas, à prendre les premiers de ces signaux rythmés comme signaux d'avertissement.

Il est possible que, dans un avenir peu éloigné, on soit amené à apporter des modifications de ce genre au mode actuel d'envoi des signaux horaires qui a du moins l'avantage d'être très simple et de pouvoir être compris aisément des personnes même les moins initiées aux comparaisons d'instruments de mesure de temps.

Réception des signaux horaires. — Pour recevoir les signaux ainsi transmis, il suffit de relier à une antenne et à la terre un récepteur radiotélégraphique quelconque comportant l'emploi de téléphones. Nous renvoyons, pour la description des installations et appareils plus ou moins simplifiés, à employer suivant les cas, à la Notice spéciale du Bureau des

Longitudes ([1]). Nous nous bornerons ici à donner, à titre d'exemple, un des montages les plus simples dont on peut faire usage.

Une antenne A (*fig.* 12), qui peut être constituée par un ou plusieurs fils ([2]) aussi longs que possible, suspendus dans l'espace loin de corps conducteurs ou d'arbres, et bien isolés du sol, est reliée à un appareil récepteur connecté à la terre d'autre part. Le récepteur comprend une self-induction L, réglable si possible et obtenue, par exemple, en enroulant sur un

Fig. 12.

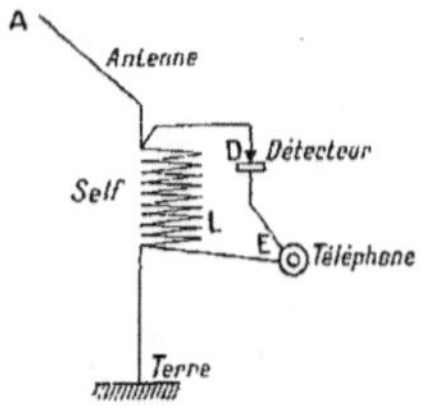

cylindre ou un prisme en matière isolante (bois ou carton) un nombre convenable de spires de fil métallique recouvert d'isolant, aux extrémités de laquelle est relié un circuit comprenant, par exemple, un détecteur à cristaux D et un téléphone E. L'antenne et la terre sont connectées également aux extrémités de la self.

L'antenne ainsi mise à la terre par l'intermédiaire de la self devient, sous l'action des ondes transmises pour les signaux horaires, le siège d'oscillations électriques dont l'intensité est maximum si la self a été choisie de telle sorte qu'elle donne à l'antenne de réception une période, ou une longueur d'onde propre, égale à celle qui est employée pour la transmission des signaux.

Les oscillations électriques de l'antenne A produisent aux extrémités de la self une différence de potentiel alternative de haute fréquence, qui agit sur le détecteur D et se traduit par un son dans le téléphone E. La durée, la

([1]) *Réception des signaux radiotélégraphiques transmis par la Tour Eiffel* (Gauthier-Villars, éditeur, 1912).

([2]) Dans Paris ou dans ses environs, l'antenne peut être formée d'un fil court suspendu à l'intérieur d'un appartement ou même par le corps humain, la mise à la terre étant faite par un tuyau d'eau ou de gaz.

hauteur et le timbre du son ainsi perçu sont égaux aux éléments similaires du son produit par les étincelles de transmission du signal, chacune de ces étincelles entraînant une vibration de la plaque du téléphone.

Un observateur percevra donc, au moment de l'envoi du signal horaire, un son d'une durée de $\frac{1}{5}$ de seconde environ, qu'il devra *situer* aussi exactement que possible par rapport aux indications de son instrument de mesure de temps. Les battements de celui-ci peuvent être représentés graphiquement par les traits équidistants numérotés... 53^s, 54^s..., 60^s, 1^s, 2^s, 3^s, 4^s... (*fig.* 13), si l'instrument bat la seconde, et le top horaire par le trait *s*

Fig. 13.

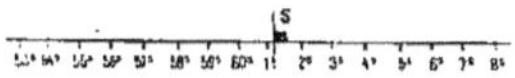

d'une largeur égale au $\frac{1}{5}$ environ de l'intervalle des points de division précédents. Pour avoir la correction à apporter aux heures marquées par son instrument, l'observateur notera tout d'abord le numéro de la seconde qui précède immédiatement *s*, soit 1^s, et évaluera l'intervalle de temps qui sépare cette seconde de *s*, soit $0^s,2$. Il lira ensuite la minute et l'heure correspondant au signal *s*, par exemple $10^h 44^m$. Si le signal *s* est celui de $10^h 45^m$, la correction de la montre ou de la pendule sera

$$(10^h 45^m) - (10^h 44^m 1^s,2) = +58^s,8.$$

En d'autres termes, il faudra ajouter $58^s,8$ aux indications de l'instrument.

L'évaluation de la fraction de seconde ne peut pas être faite avec une grande précision étant données, d'une part, la largeur de *s* et, d'autre part, la difficulté de situer ce trait, par rapport aux battements de seconde qui le comprennent, d'après le seul souvenir du rythme de leur succession.

Il est, néanmoins, assez facile, même pour des personnes peu exercées, d'apprécier la fraction de seconde à moins d'une demi-seconde; l'erreur pour un observateur exercé et quelque peu doué dépasse rarement $0^s,2$.

Évaluation des erreurs. — A l'erreur d'appréciation qui vient d'être indiquée, il convient d'ajouter, pour avoir l'erreur totale, celle du signal horaire lui-même. Pour évaluer sa valeur moyenne, nous allons examiner les causes qui peuvent influer sur elle.

L'heure calculée au moyen de la marche extrapolée des pendules garde-temps, et sur laquelle est réglée la pendule *envoyeur de signaux*, est affectée d'une erreur d'autant plus grande en moyenne que le nombre des pendules qu'on fait intervenir dans l'extrapolation est plus faible, leur qualité plus médiocre, et qui va généralement s'accélérant avec le temps écoulé depuis le dernier état observé.

Lorsque ce temps dépasse 15 jours, ce qui n'est pas rare à Paris durant les mois d'hiver, l'erreur peut atteindre 1^s. Pour la réduire au minimum il n'y a qu'un moyen, c'est de diminuer le temps d'extrapolation le plus possible en utilisant les états obtenus dans d'autres observatoires. On verra plus loin comment la télégraphie sans fil permet de faire concourir aisément plusieurs observatoires à la détermination de l'heure. Dans ces conditions, le temps d'extrapolation de la marche des pendules garde-temps ne dépasse jamais un très petit nombre de jours et l'erreur de l'heure calculée est toujours très faible, $0^s,1$ à $0^s,2$ au plus.

Pour régler la pendule envoyeur de signaux d'après cette heure extrapolée, il faut tenir compte :

1° De la différence qui existe entre le moment où la pendule bat l'heure choisie pour l'envoi du signal horaire et celui où le contact électrique ω est fermé;

2° Du retard, par rapport à la fermeture du contact ω, de la production de l'étincelle à l'éclateur C, c'est-à-dire de l'émission des ondes hertziennes;

3° Du temps qui s'écoule entre le moment où les ondes sont lancées dans l'espace et celui où le son correspondant est perçu par l'observateur dans son téléphone récepteur.

L'écart entre le moment de la fermeture du contact ω et le battement correspondant de la pendule U ne paraît pas pouvoir être déterminé avec beaucoup de précision, étant donné l'agencement du système qui produit le contact; on ne peut l'obtenir qu'approximativement en mesurant la durée du contact avec la fin duquel coïncide sensiblement le battement.

Le retard de la production de l'étincelle par rapport à la fermeture du contact w est dû aux inerties mécaniques et électriques des divers appareils interposés. Il comprend : le retard d'attraction de la palette du relais, le retard de fermeture du manipulateur M, le temps nécessaire pour que le courant du circuit d'alimentation ait produit aux armatures du condensateur K une différence de potentiel suffisante pour que l'étincelle jaillisse en C.

Enfin, le retard de perception des ondes dans le téléphone se décompose de la manière suivante : temps nécessaire à la propagation des ondes entre le point d'émission et le point de réception (temps négligeable dans la pratique), intervalle séparant l'instant où les ondes viennent frapper l'antenne de réception et celui où le son correspondant est perçu dans le téléphone par l'observateur. Il n'y a pas lieu de pousser plus loin cette décomposition, le procédé indiqué ci-après permettant de mesurer facilement la somme des retards depuis le moment de la fermeture du contact w de la pendule envoyeur de signaux jusqu'à celui où le son est perçu dans le téléphone récepteur.

Ce procédé est basé sur l'emploi de la *méthode des coïncidences* qui est utilisée depuis longtemps pour comparer avec précision deux instruments de mesure de temps placés l'un près de l'autre, et qui a été étendue par MM. Claude et Driencourt à la comparaison à distance de pendules et de chronomètres placés en des lieux quelconques réunis par une ligne téléphonique [1].

Rappelons brièvement le principe de cette méthode :

Soient A et B les deux instruments de mesure de temps à comparer. Sur une même droite indéfinie Ot (*fig.* 14) représentant l'axe des temps,

Fig. 14.

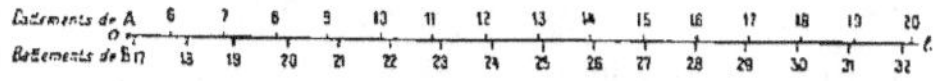

portons, à partir d'une origine O correspondant à l'époque à partir de laquelle sont comptés les temps, des longueurs proportionnelles aux temps des battements successifs de A et B. Les traits numérotés au-dessus de Ot figurent les battements de A ; les traits numérotés au-dessous de Ot, ceux

[1] *Comptes rendus de l'Académie des Sciences*, 29 mai 1905.

de B. Les intervalles des battements de A sont supposés égaux entre eux ainsi que ceux de B, mais ces derniers plus courts que les premiers de $\frac{1}{20}$.

En écoutant, soit directement, soit par l'intermédiaire des téléphones, l'ensemble des battements des deux séries, on entend le battement de B qui suit celui de A s'en rapprocher peu à peu, coïncider presque avec lui, le dépasser pour s'en écarter ensuite de plus en plus. Notons les heures h'_A et h'_B des battements de A et B qui approchaient le plus de la coïncidence. Nous pourrons, si leur écart ε est faible, le négliger et prendre comme comparaison $h'_A - h'_B$, soit pour l'heure h'_A de A, soit pour celle h'_B de B. Sur le graphique, l'opération est celle-ci : nous suivons les battements de A à partir du n° 8 jusqu'à celui qui coïncide le mieux avec un battement de B; nous voyons que c'est le n° 16 qui suit de très près le 28 de B, tandis que le 15 qui vient avant le 27 de B en est encore nettement séparé et nous prenons comme comparaison, à l'heure 16 *battements* de A ou 28 *battements* de B : (16 — 28) battements, en négligeant les heures et les minutes. L'opération, comme on le voit, est la même que pour lire un vernier; seulement, comme rien n'oblige à prendre un battement déterminé de B comme zéro du vernier, on choisit de préférence celui de la coïncidence.

L'approximation obtenue par ce procédé se calcule exactement comme celle donnée par le vernier. Si celui-ci comprend n divisions valant exactement $(n - 1)$ divisions de la règle, chacune d'elles vaut $\left(1 - \frac{1}{n}\right)$ division de la règle, et l'erreur de lecture est au plus égale à la moitié de l'excès d'une division de la règle sur une division du vernier ou $\frac{1}{2n}$ *division de la règle.* Sur le graphique, la comparaison par coïncidence est erronée au plus de $\frac{1}{40}$ *battement de* A. D'une manière générale, si l'intervalle des battements de B qui se rapproche le plus de l'intervalle T_A des battements de A a pour valeur $T_A\left(1 \pm \frac{1}{n}\right)$, n étant un nombre quelconque, l'écart ε des deux battements qui arrivent le mieux en coïncidence est au plus égal à $\frac{T_A}{2n}$.

Pratiquement, la précision qu'on peut atteindre avec la méthode des coïncidences se trouve rapidement limitée comme avec le vernier. Dès que n est un peu grand, l'observation de la coïncidence devient difficile et, en partie, illusoire si les bruits des battements ont une durée qui n'est pas négligeable. Cette durée se traduit graphiquement par une épaisseur plus ou moins grande des traits qui représentent les battements. Il en résulte que plusieurs divisions consécutives de A et de B paraissent en coïncidence.

Cette cause est la principale, mais non la seule, qui influe sur la précision de l'appréciation d'une coïncidence. Si les battements d'une des séries sont plus intenses que ceux de l'autre, ils les couvrent au voisinage de la coïncidence. La sonorité des battements, leurs différences de hauteur et de timbre sont également des conditions défavorables pour la bonne appréciation des coïncidences.

Pour appliquer cette méthode à la détermination du retard du signal perçu dans le téléphone par rapport au moment de la fermeture du contact w, voici comment on peut opérer :

A la pendule envoyeur de signaux horaires U qui ne se prête pas à la production des signaux rythmés, on substitue une pendule auxiliaire U_1 (*fig.* 15), à période réglable, munie d'un contact électrique w_1 analogue à

Fig. 15.

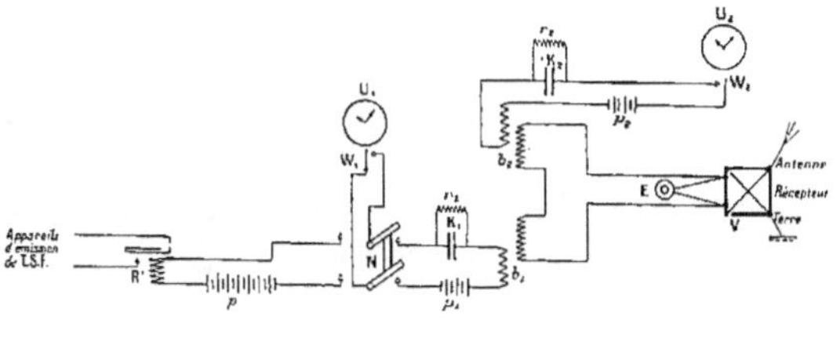

celui w de la première, mais se fermant, pendant un temps court et réglable, à chaque battement; les autres appareils ne subissent aucune modification. En réglant convenablement la durée du contact, on obtient une étincelle d'émission de télégraphie sans fil à chaque oscillation complète de la nouvelle pendule. Cette série d'étincelles uniques est écoutée dans un récepteur V de télégraphie sans fil placé à proximité des pendules. D'autre part, on dispose une seconde pendule auxiliaire U_2 semblable à la précédente, mais réglée de manière à présenter avec elle une différence de période de $\frac{1}{50}$ à $\frac{1}{100}$ de seconde. Le contact w_2 de U_2 est relié à une pile p_2, à un condensateur K_2 (modèle téléphonique) de 2 microfarads shuntés par une résistance r_2 de 30 000 ohms et enfin au primaire l_2 d'une petite bobine d'induction téléphonique qui est mobile à l'intérieur du secondaire. Ce dernier est mis en série avec le secondaire d'une bobine analogue b_1 et l'ensemble des deux secondaires est relié aux bornes du téléphone du récepteur V de télégraphie sans fil dont il est question ci-dessus.

A chaque fermeture du contact w_2 de U_2, le condensateur K_2 se charge brusquement; le courant de charge engendre un courant induit dans le secondaire de b_2 et produit par suite un son dans le téléphone E. A l'ouverture de w_2 on ne perçoit aucun son dans le téléphone. Le condensateur s'étant déchargé par la résistance r_2 il se recharge à une nouvelle fermeture et l'on perçoit un nouveau son. Chaque oscillation complète de U_2 est donc marquée par un son sec et unique dans le téléphone E. On peut admettre que l'intervalle qui sépare l'instant de la perception d'un son dans le téléphone de celui de la fermeture du contact est négligeable, étant donnés les éléments électriques du circuit.

Enfin, on établit un deuxième circuit analogue au précédent et en liaison avec la bobine b_1. Un commutateur double N permet de relier le contact w_1 de U_1, soit à ce deuxième circuit, soit aux appareils d'émission de la télégraphie sans fil.

Tous les appareils étant ainsi agencés, on commence par placer le commutateur N sur les contacts de gauche. La pendule U_1 produit une série de points radiotélégraphiques qui, venant actionner l'antenne de réception, sont perçus dans le téléphone E en même temps que les battements de U_2. On agit sur le primaire de l_2 qu'on enfonce plus ou moins dans le secondaire, de façon à égaliser les intensités de ces derniers battements avec les battements radiotélégraphiques de U_1 et l'on observe leurs coïncidences. On en prend un nombre suffisant pour avoir leur intervalle a en temps de U_1, par exemple, avec toute l'exactitude désirable, et, aussitôt après avoir inscrit l'heure h à la pendule U_1 de la dernière coïncidence, on manœuvre le commutateur N de manière à établir le contact sur les plots de droite.

Les fermetures du contact w_1 de la pendule U_1 produisent alors, dans le téléphone C, par l'intermédiaire de b_1, des battements analogues à ceux de U_2. Leur période est évidemment égale à celle des battements radiotélégraphiques observés précédemment; l'intervalle de leurs coïncidences avec les battements de U_2 est donc encore a. Mais la première coïncidence, au lieu de se faire à l'heure $h+a$ de U_2, comme cela aurait eu lieu si l'on n'avait pas touché au commutateur N, se produit à une heure différente h'. Cette heure h' est plus petite que $h+a$, c'est-à-dire que la coïncidence arrive en avance, si U_1 bat plus vite que U_2; elle a lieu, au contraire, plus tard si U_1 bat plus lentement que U_2. Pour fixer les idées, supposons que la période T_1 de U_1 soit plus courte que celle T_2 de U_2 et posons

$$T_1 = T_2\left(1-\frac{1}{n}\right).$$

L'avance $h+a-h'$ représente évidemment le nombre de fois que le retard cherché ρ contient $T_2 - T_1$ et l'on a

$$\rho = (h+a-h')(T_2-T_1) = (h+a-h')\frac{T_1}{n-1}.$$

Si l'on avait

$$T_1 = T_2\left(1+\frac{1}{n}\right)$$

le retard ρ aurait pour expression

$$\rho = (h'-h-a)(T_1-T_2) = (h'-h-a)\frac{T_1}{n+1}.$$

Cette mesure a été effectuée à la Tour Eiffel et a permis de constater qu'avec le manipulateur employé à ce moment, le retard atteignait $\frac{8}{100}$ à $\frac{10}{100}$ de seconde. Il est facile d'en tenir compte quand on effectue la remise à l'heure de la pendule envoyeur de signaux en avançant celle-ci d'une fraction de seconde égale à ρ.

En résumé, il résulte de l'étude qui précède que les erreurs qui affectent l'heure obtenue au moyen d'un signal horaire doivent pouvoir se réduire aux deux suivantes : l'erreur du signal transmis provenant de l'extrapolation de la marche des pendules garde-temps et l'erreur d'évaluation de la fraction de seconde comprise entre la seconde ronde qui précède le signal et ce signal lui-même, erreur qui est le fait de l'observateur. Sauf dans des cas tout à fait particuliers, cette dernière ne descend guère au-dessous de $\frac{1}{10}$ de seconde. On ne peut donc pas compter en général avoir l'heure légale exacte à moins de $\frac{1}{10}$ de seconde avec les signaux horaires transmis comme il a été dit : c'est la limite pour un observateur exercé.

Pour un observateur inexpérimenté, cette limite doit être portée à $0^s,5$ au moins.

Application des procédés de comparaison ci-dessus à la mesure de petits intervalles de temps. — Il n'est pas sans intérêt de remarquer qu'on a souvent avantage à se servir de dispositifs analogues à celui de la figure 15 quand on a à mesurer un léger décalage de deux compteurs de temps réglés l'un et l'autre sur le même temps, sidéral ou moyen, ou bien la différence de deux périodes très voisines. On peut employer divers montages pour faire ces comparaisons; nous nous bornerons à en indiquer deux à titre d'exemples.

Soient tout d'abord A et B deux compteurs de temps réglés sur le même temps, le temps sidéral par exemple, et marchant indépendamment ou rendus solidaires l'un de l'autre par un dispositif de synchronisation quelconque. L'un des instruments B a un léger retard ε sur l'autre. Il s'agit de mesurer cette fraction de seconde ε qui sépare les battements correspondants des deux instruments.

On prend comme intermédiaire de comparaison un troisième compteur de temps C réglé sur le temps moyen. Nous supposerons que les trois instruments n'ont pas de contacts électriques dont on puisse se servir. On place alors un microphone sur chacun d'eux. Ces microphones $m_1, m_2; m_3$ (*fig.* 16)

Fig. 16.

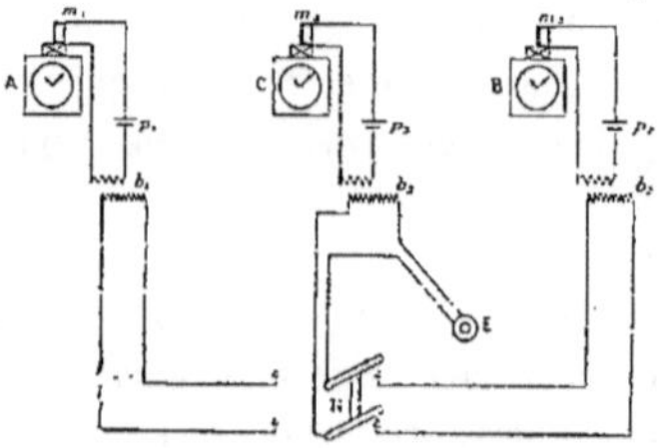

sont mis en circuit séparément avec des piles p_1, p_2, p_3 et les primaires de petites bobines d'induction b_1, b_2, b_3 pouvant être déplacés à l'intérieur des secondaires de manière à faire varier à volonté l'induction.

Les connexions sont disposées comme l'indique la figure 16 : un téléphone E est relié, d'une part, à une des extrémités du secondaire de b_3 et, d'autre part, à l'une des branches du commutateur bipolaire N dont l'autre branche est en communication avec la deuxième borne du secondaire de b_3.

Le commutateur N étant mis en contact avec les plots de droite, l'opérateur perçoit simultanément dans le téléphone E les battements de C et de B dont le décalage est variable puisque C est en temps moyen et B en temps sidéral. Il observe donc des coïncidences équidistantes dont l'intervalle en temps de C est a ($a = 365^s, 25$ si les instruments battent tous deux la seconde et sont bien réglés). Aussitôt après avoir noté l'heure h au compteur C de la dernière, il tourne le commutateur N de manière à prendre le contact sur les plots de gauche correspondant à A. Il constate que la coïncidence suivante qui, entre B et C, se serait produite à l'heure $h+a$ de C, arrive à une heure $h' < h + a$. Cette avance $h + a - h'$ représente évidemment le nombre de fois que le décalage ε cherché entre A et B contient la différence $T_m - T_s$ des périodes de C et de A ou B, et l'on a

$$\varepsilon = (h + a - h')(T_m - T_s).$$

Cela suppose que les périodes de A et de B sont bien les mêmes. Il est facile de s'en assurer en observant plusieurs coïncidences entre C et A : on doit trouver le même intervalle qu'entre C et B.

Dans le cas de deux pendules synchronisées électriquement on peut, par ce moyen, évaluer à moins de $\frac{1}{200}$ de seconde le décalage de leurs battements et vérifier sa constance en répétant l'opération à intervalles réguliers.

Comme deuxième exemple d'application de la méthode, supposons qu'on veuille comparer les périodes très voisines de deux pendules A_1 et A_2 (*fig.* 17) munies de contacts électriques w_1 et w_2. Ceux-ci sont mis en

Fig. 17.

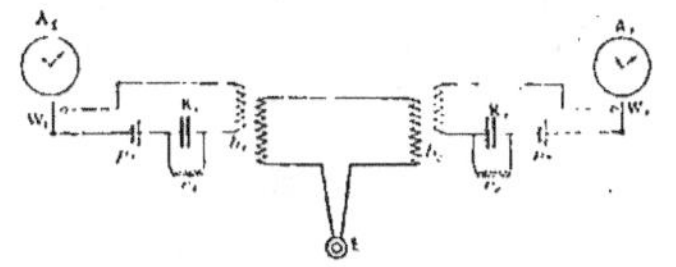

circuit, comme w dans le dispositif de la figure 15, chacun avec une pile (p_1, p_2), un condensateur téléphonique de 2 microfarads (K_1, K_2) shuntés par une résistance de 25000 ou 30000 ohms (r_1, r_2) et enfin le primaire mobile d'une petite bobine d'induction microphonique (b_1, b_2). Les secondaires de ces bobines sont mis en série entre eux et avec un téléphone E.

Les battements artificiels ainsi obtenus sont très secs et, après égalisation de leurs intensités, rendus parfaitement identiques; leurs coïncidences sont, par suite, très faciles à observer si les périodes sont suffisamment rapprochées. Avec une différence de période de $\frac{1}{500}$, il n'y a pas la moindre hésitation sur la seconde de coïncidence. Cette différence peut donc être mesurée ainsi rapidement et avec une très grande précision.

Il est même possible d'étudier de cette façon la régularité des battements de A_2 par rapport à A_1, supposé parfaitement isochrone et susceptible, par suite, de servir d'étalon de comparaison. Les irrégularités de battements de l'ordre de $\frac{1}{500}$ de seconde s'apprécient très aisément au voisinage d'une coïncidence lorsque la différence des périodes est elle-même de $\frac{1}{500}$ de seconde au plus.

Le montage est analogue s'il s'agit de comparer une pendule et un chronographe commandé par elle. Il suffit de disposer sur ce dernier instrument un petit contact électrique en choisissant convenablement sa position, par exemple en faisant produire le contact par la butée de la palette de l'électro-aimant sur le noyau ou sur le butoir.

Quand cette différence descend notablement au-dessous de $\frac{1}{500}$ qu'elle atteint, par exemple, $\frac{1}{1000}$ de seconde, les battements perçus dans le téléphone E, bien que très brefs, ont parfois une durée un peu trop longue pour permettre d'apprécier exactement la coïncidence. On peut alors employer le dispositif de la figure 18 qui diffère du précédent en ce que les

Fig. 18.

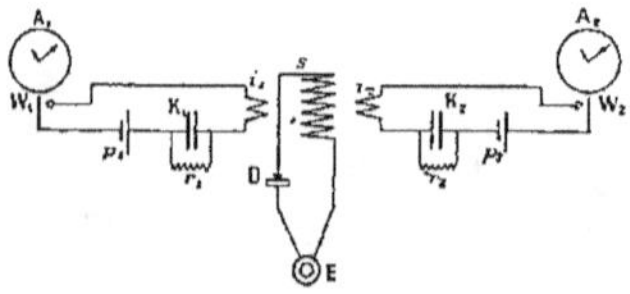

bobines b_1 et b_2 sont supprimées et remplacées chacune par une ou deux spires de fil, i_1 et i_2 qu'on approche plus ou moins d'un enroulement s, semblable à celui d'un secondaire de récepteur de télégraphie sans fil, fermé sur un détecteur quelconque D, à cristaux par exemple, et un téléphone E. Au moment de chaque contact de w_1 ou w_2, il se produit, dans le circuit $w_1 p_1 K_1 i_2$ ou $w_2 p_2 K_2 i_2$ des oscillations électriques qui agissent sur le circuit s et, par suite, sur le détecteur D et finalement sur le téléphone E. Chaque mise en contact de ϖ_1 ou ϖ_2 est donc traduite par un son dans le téléphone E, et ce son est extrêmement sec et court. Avec ce dispositif, MM. Claude et Driencourt ont pu comparer deux chronomètres à contact dont la marche relative ne dépassait pas 1 seconde par jour. Le nombre des battements consécutifs de seconde qui leur parurent superposés au voisinage de la coïncidence n'a pas dépassé 6. L'incertitude de la comparaison serait donc de $\frac{3}{86400}$ ou environ $\frac{1}{30000}$. Ce chiffre donne une idée de la brièveté des battements artificiels qu'on obtient avec le montage de la figure 18.

L'étude et l'expérimentation des divers montages qui viennent d'être décrits a été faite en collaboration avec MM. Claude et Driencourt, et une publication spéciale fera connaître prochainement les détails et les résultats qui ne peuvent trouver place ici (¹).

Les dispositifs décrits ou des dispositifs analogues permettent, le cas échéant, d'effectuer avec toute la précision désirable la comparaison de la pendule envoyeur de signaux pour sa remise à l'heure avec la ou les pendules directrices.

II. — Envoi et réception de l'heure avec une approximation de l'ordre du centième de seconde.

Nous avons vu plus haut que, dans les circonstances les plus favorables, un observateur exercé ne peut prendre l'heure qu'à $0^s,1$ près lorsque l'émission des signaux horaires est faite par *tops* d'une pendule envoyeur de signaux avec les dispositifs qui ont été décrits. Ce degré d'approximation, que n'atteint pas toujours l'heure transmise elle-même, répond amplement aux besoins de la navigation, des chemins de fer, des horlogers et, à plus forte raison, de la vie pratique. Mais, pour certaines applications scientifiques dans lesquelles l'erreur de l'heure transmise ne joue qu'un rôle provisoire, ou nul, il importe de réduire autant que possible les erreurs d'évaluation à la réception.

(¹) Le sergent Laüt, ingénieur-électricien, a pris une part très importante et très active à tous les essais faits à la Tour Eiffel.

Pour effectuer l'envoi et la réception de l'heure avec une approximation plus grande, on peut imaginer un certain nombre de méthodes; nous nous bornerons à décrire celle qui est actuellement mise en essais à la Tour Eiffel.

Envoi des signaux. — Une pendule U_1, munie d'un contact électrique w_1 qui est fermé à chaque oscillation du balancier (*fig.* 19), et dont la pé-

Fig. 19.

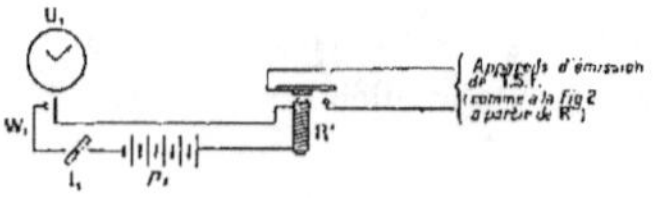

riode peut être réglée de manière que l'intervalle de deux battements soit d'environ $(1 - \frac{1}{50})$ seconde de temps sidéral, est installée dans la station radiotélégraphique elle-même, de façon qu'on puisse en surveiller le fonctionnement au point de vue électrique. Elle est reliée à une pile p_1, et au relais R' qui commande les appareils d'émission de télégraphie sans fil comme il est indiqué par la figure 2. Ces appareils sont convenablement réglés au cours d'un essai préalable précédant de quelques minutes l'émission des signaux, de manière que, à chaque oscillation du pendule, il se produise une étincelle à l'éclateur et une seule.

A un moment convenu d'avance pour éviter toute surprise aux observateurs, mais qui pourrait être quelconque, l'interrupteur I_1 est fermé de manière à mettre le dispositif en action. Il se produit alors une série de signaux radiotélégraphiques formés de points uniques, espacés entre eux d'environ 1 seconde moins $\frac{1}{50}$. On laisse ainsi transmettre 180 battements moins le 60ᵉ et le 120ᵉ qui, par leur suppression, constituent des repères pour le comptage.

Cette série est écoutée à l'Observatoire de Paris avec un récepteur de

Fig. 20.

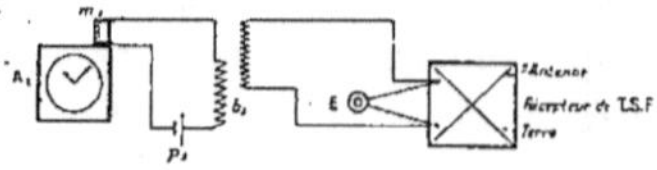

télégraphie sans fil (*fig.* 20) en même temps que les battements de la pendule directrice A_2, sur laquelle est disposé, par exemple, un microphone m_1

qui est mis en circuit avec une pile p_1 et le primaire d'une petite bobine d'induction b_1 dont le secondaire est relié aux bornes du téléphone du récepteur de télégraphie sans fil. L'astronome perçoit, durant la série des 180 signaux radiotélégraphiques, trois coïncidences de signaux avec des battements de la pendule A_2. Il note avec soin les heures à la pendule A_2 des coïncidences et des deux interruptions correspondant aux signaux supprimés n°s 60 et 120. Avec ces données, il lui est alors facile de calculer : 1° l'espacement évalué en temps de A_2 de deux coïncidences consécutives; 2° la valeur exacte en temps de A_2 de l'intervalle de deux signaux consécutifs; 3° les heures exactes à la pendule A_2 des 1er et 180e battements auxquelles il ajoute la correction de la pendule pour avoir les heures sidérales de ces battements qu'il transforme ensuite en temps moyen légal.

Ces calculs peuvent être effectués en quelques minutes.

Dans la pratique, l'envoi de 180 battements dont il vient d'être question se fait quelques minutes avant celui des signaux horaires ordinaires, et c'est pendant ce dernier envoi que sont effectués les calculs des heures des 1er et 180e battements. Ces heures sont ensuite télégraphiées dès que les signaux horaires ordinaires sont terminés.

Si les heures calculées pour le 1er et le 180e battements sont, par exemple, $10^h35^m12^s,32$ et $10^h38^m7^s,78$, on télégraphie les groupes suivants :

351232 et 380778.

Réception des signaux. — Les signaux ainsi transmis peuvent être perçus par des observateurs quelconques placés dans le rayon d'action de la station émettrice. Ils semblent cependant n'avoir d'utilité, quant à présent du moins, que pour les observatoires astronomiques ou scientifiques, les géodésiens et les explorateurs.

Chaque observateur relie son récepteur de télégraphie sans fil à son instrument de mesure du temps, comme il est indiqué à la figure 20 par exemple. Il opère alors comme il a été expliqué pour l'astronome de l'Observatoire de Paris, et calcule les heures, en temps légal, des 1er et 180e battements radiotélégraphiques d'après les indications de son compteur de temps et l'état de ce compteur sur le temps légal. Il écoute ensuite les chiffres télégraphiés après les signaux horaires qui donnent les heures de ces mêmes battements déterminés par l'Observatoire de Paris. La comparaison de ces heures avec celles qu'il a calculées donne deux nombres qui doivent concorder à $0^s,01$ à $0^s,02$ près, si les coïncidences ont été bien observées de part et d'autre et s'il n'y a pas eu d'erreur dans les calculs. Leur moyenne est l'écart des heures légales déterminées à Paris et par l'observateur.

La précision obtenue par ce mode d'envoi et de réception de l'heure est, avec les données indiquées, d'environ $\frac{1}{50}$ de seconde; elle atteint $0^s,01$ lorsque les comparaisons sont faites dans des conditions favorables par des observateurs exercés.

Amélioration de l'heure transmise. — Ce second procédé d'envoi et de réception de l'heure légale permet d'utiliser les observations d'heure et les instruments de mesure du temps des divers observatoires pour améliorer l'heure déterminée par l'Observatoire de Paris et envoyée par la Tour Eiffel. Il suffit pour cela que ces observatoires télégraphient à Paris, par fil, le plus tôt qu'il leur est possible de le faire, les heures qu'ils ont calculées d'après leurs observations et leurs pendules, pour les 1er et 180e battements. Lorsque l'Observatoire de Paris n'aura pu, par suite de l'état du ciel, déterminer l'état de sa pendule directrice, il utilisera les renseignements télégraphiés par les observatoires affiliés.

Il y a lieu d'espérer que l'organisation de ce nouveau service permettra de maintenir désormais l'erreur de l'heure envoyée par les deux procédés qui viennent d'être exposés dans les limites de $\pm 0^s,25$ et même d'abaisser progressivement ces limites à $\pm 0^s,1$.

III. — Détermination des longitudes.

La longitude d'un point A de la Terre étant égale à la différence des heures locales de ce point et du premier méridien, sa détermination comporte :

1° Celle des heures locales de A et d'un point du premier méridien ou, plus généralement, d'un second point B de la Terre dont la longitude est exactement connue ;

2° La comparaison de ces heures locales au même instant.

Le premier problème est du domaine de l'Astronomie pratique et nous n'avons pas à nous en occuper ici. Quant au second, il n'est évidemment qu'un cas particulier du problème général de l'envoi et de la réception de l'heure, et, comme tel, il est susceptible d'être résolu par l'emploi d'un des modes d'envoi et de réception de l'heure par T. S. F. indiqués plus haut. Toutefois, comme le point A dont on veut avoir la longitude n'est pas nécessairement compris dans le rayon d'action d'une station radiotélégraphique qui envoie l'heure du premier méridien et comme, d'autre part, l'heure envoyée est toujours une heure extrapolée, il y a lieu d'examiner les modifications à apporter aux procédés opératoires précédemment décrits pour les rendre applicables à la détermination des longitudes. Ici encore, il y a plusieurs cas à distinguer suivant le degré de précision qu'on veut obtenir.

Les stations horaires radiotélégraphiques ayant été créées principalement pour répondre aux besoins de la *navigation*, la précision avec laquelle le premier mode d'envoi par signaux isolés permet d'obtenir en mer l'heure du premier méridien est amplement suffisante, maintenant surtout que l'heure a été améliorée de telle sorte qu'il n'y a plus à craindre de fortes variations d'un envoi au suivant, variations qui s'opposaient en partie à l'utilisation des signaux radiotélégraphiques pour la détermination des marches des chronomètres à la mer. La nature des signaux seule a été l'objet de certaines critiques : on leur reproche d'être courts et isolés, ce qui les fait confondre trop aisément avec les perturbations électriques naturelles si fréquentes en été. Il est probable que des modifications seront apportées à bref délai, de manière à donner plus de sécurité à la perception des signaux en mer.

Les *explorateurs*, lorsqu'ils font le *point* uniquement pour se diriger, n'ont guère besoin de connaître l'heure du premier méridien avec plus de précision que les navigateurs. Mais quand il s'agit de fixer la position de points remarquables, ils doivent chercher à avoir cette heure avec une exactitude au moins égale à celle avec laquelle ils déterminent l'heure locale. C'est dire qu'ils peuvent avoir intérêt à comparer leur montre étalon avec les signaux rythmés qui précèdent les signaux horaires lorsqu'ils se trouvent dans le rayon d'action d'une station telle que la Tour Eiffel, de manière à ne laisser subsister que l'erreur de l'heure transmise. S'ils le jugent utile, ils auront même la possibilité à leur retour d'éliminer la plus grosse part de cette erreur d'extrapolation de la marche des garde-temps de l'Observatoire de Paris en demandant communication à cet établissement des états observés de la pendule directrice et de ceux reçus des autres observatoires : une simple interpolation entre les états qui comprennent l'envoi de signaux leur fera connaître l'état de la pendule à ce moment et, par comparaison avec celui employé dans le calcul des premier et dernier battements, la correction à apporter à la longitude.

Mais il arrivera le plus souvent que la station de télégraphie sans fil dans le rayon d'action de laquelle se trouvera un explorateur n'aura pas le moyen de déterminer l'heure de manière à être en mesure d'envoyer des signaux horaires correspondant à des heures exactement fixées du premier méridien. En pareil cas, on peut opérer de la manière suivante : la station d'émission transmet des signaux analogues aux signaux horaires, à des heures quelconques approximativement fixées à l'avance et au moment de la journée qui convient le mieux, en ayant soin de les faire précéder de signaux d'avertissement bien distincts pour chacun d'eux. En même temps que l'explorateur observe dans le lieu A dont il s'agit de déterminer la longitude pour avoir l'état de sa montre sur le temps local, un second observateur en fait autant dans un lieu B, de longitude connue si possible, et situé dans le rayon d'action de la station ; puis, tous deux, munis de postes récepteurs, notent les heures à leurs montres respectives des signaux horaires qui jouent ici le rôle de *signaux instantanés*. Ils ont ainsi tous les éléments nécessaires pour déterminer la longitude de A par rapport à B. Si, la longitude de B étant inconnue, ce point se trouvait compris dans le rayon d'action d'un autre poste d'émission en même temps qu'un troisième point C de longitude connue, les observateurs referaient la même opération entre B et C avec le second poste, de manière à obtenir la différence de longitude B — C et finalement la longitude de A.

Dans les déterminations très précises de différences de longitudes comme celles qu'effectuent les *astronomes* et les *géodésiens*, soit pour fixer le méridien de départ d'un grand pays, soit pour obtenir les déviations de la verticale dans le sens Est-Ouest aux sommets d'un réseau géodésique, il est indispensable d'avoir recours au second procédé d'envoi de l'heure, celui qui permet d'appliquer la méthode des coïncidences pour la comparaison des compteurs de temps des deux stations.

La précision des comparaisons effectuées par cette méthode à l'aide de signaux de télégraphie sans fil est fonction de l'espacement des coïncidences et de leur nombre. Il y a donc intérêt à ce que l'intervalle des battements radiotélégraphiques diffère aussi peu que possible de la seconde des instruments à comparer sans toutefois dépasser la limite à partir de laquelle les coïncidences deviennent difficiles à apprécier. Le montage avec microphone décrit page 197 ne permet pas de descendre utilement au-dessous de $\frac{1}{150}$ de seconde pour cette différence, tandis que, avec le dispositif utilisant les courants de charge d'un condensateur provoqués par un contact électrique commandé par le compteur de temps, on pourrait aisément aller jusqu'au millième de seconde en supposant que l'isochronisme des fermetures du contact soit réalisé avec ce degré de précision et que la marche du compteur soit assez constante pour que l'intervalle des coïncidences espacées de 1000 secondes reste sensiblement le même.

En fait, la recherche d'une telle précision dans les comparaisons, outre qu'elle ferait perdre du temps, serait tout à fait superflue, attendu que les observations astronomiques donnent l'heure locale tout au plus à $0^s,01$ près. On peut donc admettre qu'il n'y a pas intérêt dans les opérations de longitudes à chercher à faire les comparaisons mieux qu'à $\frac{1}{100}$ ou $\frac{1}{150}$ de seconde et qu'on peut toujours se contenter du montage avec microphone.

Mais déjà pour ce degré de précision, les nouveaux signaux horaires rythmés à l'intervalle de $\frac{1}{50}$ seconde, dont, par ailleurs, le moment d'émission pourra ne pas convenir, seront à peine suffisants et il faudra souvent faire émettre des signaux spéciaux. La pratique a montré qu'on obtient toute la précision désirable avec trois séries de battements radiotélégraphiques à l'intervalle d'environ $(1 \pm \frac{1}{100})$ seconde comprenant chacune 300 signaux, les 60e, 120e, 180e, 240e et 300e étant supprimés pour servir de repères. Les séries sont séparées les unes des autres par des silences d'une durée égale à 60 intervalles de deux battements.

La généralisation de l'emploi des émissions musicales en télégraphie sans fil empêchera souvent de faire des signaux constitués par un point unique. La méthode pourra néanmoins être appliquée, bien qu'avec une précision un peu moindre, en remplaçant les points par des traits de $0^s,5$ environ de durée et en faisant les coïncidences sur le commencement des traits.

Il n'y a pas lieu d'indiquer ici le détail des opérations et calculs à effectuer pour déterminer les heures des compteurs de temps des stations correspondant aux battements qu'on choisit comme instants physiques auxquels doivent être rapportées les comparaisons. L'exposé en est fait d'une manière complète dans la Notice spéciale du Bureau des Longitudes sur la *Réception des signaux radiotélégraphiques transmis par la Tour Eiffel* (¹).

Les premiers essais de comparaison précise par télégraphie sans fil d'instruments de mesure de temps furent effectués entre l'Observatoire de Montsouris et l'Observatoire de Paris d'abord (²), le poste du parc au Duc, à Brest ensuite (³), puis entre Paris et Bizerte (⁴), Bruxelles (⁵), Alger, etc. Citons, en particulier, les opérations qui furent faites entre Paris et Bizerte par trois missions distinctes (Département de la Marine, Service géographique de l'Armée et Observatoire de Paris), avec des instruments et par des procédés d'observations différents, les émissions de battements radiotélégraphiques étant effectués successivement par Paris et par Bizerte pendant chacune des séances d'observations. Les valeurs obtenues par les trois missions pour la différence de longitude entre Paris et Bizerte concordent à $\frac{1}{100}$ ou $\frac{2}{100}$ de seconde.

IV. — Mesure de la vitesse de propagation des ondes hertziennes dans l'air.

Nous avons regardé jusqu'ici comme négligeable le temps nécessaire à la propagation des ondes depuis le poste d'émission jusqu'aux récepteurs. La vitesse de propagation étant sensiblement égale à celle de la lumière, soit de 3000^{km} par centième de seconde, il n'y a lieu d'en tenir compte dans les comparaisons que pour les opérations de haute précision et lorsque la différence des distances des récepteurs au poste d'émission est supérieure à 3000^{km}. La correction se calcule à vue lorsqu'on connaît cette différence.

Il n'en serait pas de même si l'on effectuait ces comparaisons au $\frac{1}{1000}$ de seconde par le procédé décrit à la page 199 : la correction cesserait alors

(¹) Gauthier-Villars, éditeur, 1912.
(²) Claude, Driencourt, Ferrié, *Comptes rendus*, 7 février 1910.
(³) Claude, Driencourt, Ferrié, *Comptes rendus*, 21 novembre 1910.
(⁴) Claude, Driencourt, Ferrié, *Comptes rendus*, 1er mai 1911; Renan, *Comptes rendus*, 11 décembre 1911; Colonel Bourgeois, *Comptes rendus*, 22 janvier 1912.
(⁵) Colonel Bourgeois, *Comptes rendus*, 28 août 1911.

d'être négligeable à partir d'une différence de 300^{km} entre les distances des récepteurs au poste d'émission.

Inversement, des comparaisons au $\frac{1}{1000}$ de seconde, effectuées en utilisant successivement deux postes d'émission, donneront par différence le temps que mettent les ondes électriques pour parcourir la somme des différences des distances des récepteurs aux deux postes d'émission à $\frac{1}{1000}$ de seconde près. Si donc l'on dispose de deux stations d'émission très puissantes et suffisamment éloignées, en plaçant les récepteurs près de ces stations de façon à rendre maximum la différence de leurs distances à chacune d'elles, on pourra mesurer ainsi le temps de transmission aller et retour entre les deux stations et obtenir la vitesse de propagation avec une certaine approximation.

Soient A et B deux stations d'émission situées à une distance D. Chacune d'elles est munie d'un poste récepteur, a pour A, b pour B, permettant de recevoir à la fois les signaux de A et de B.

A envoie d'abord des séries de battements; les observateurs en a et b notent les coïncidences avec les battements de leurs compteurs de temps et en déduisent les heures h_a et h_b de ces instruments correspondant à un même battement radiotélégraphique perçu en a et b. Or, ce battement, produit en A et perçu immédiatement en a, n'a pu être perçu en b qu'un certain temps $\frac{D}{x}$ après, x étant la vitesse de propagation. L'heure h_b est donc trop forte de $\frac{D}{x}$ et la véritable comparaison est

$$h_a - \left(h_b - \frac{D}{x}\right).$$

B envoie ensuite les mêmes séries de battements et les observateurs en a et b déterminent encore les heures h'_a et h'_b de leurs instruments qui correspondent à la perception d'un même battement radiotélégraphique. La véritable comparaison est cette fois

$$\left(h'_a - \frac{D}{x}\right) - h'_b.$$

Si la marche relative des instruments de mesure de temps était nulle, on aurait, en égalant ces deux valeurs de leur comparaison,

$$h_a - \left(h'_b - \frac{D}{x}\right) = \left(h'_a - \frac{D}{x}\right) - h'_b;$$

Fig. 21.

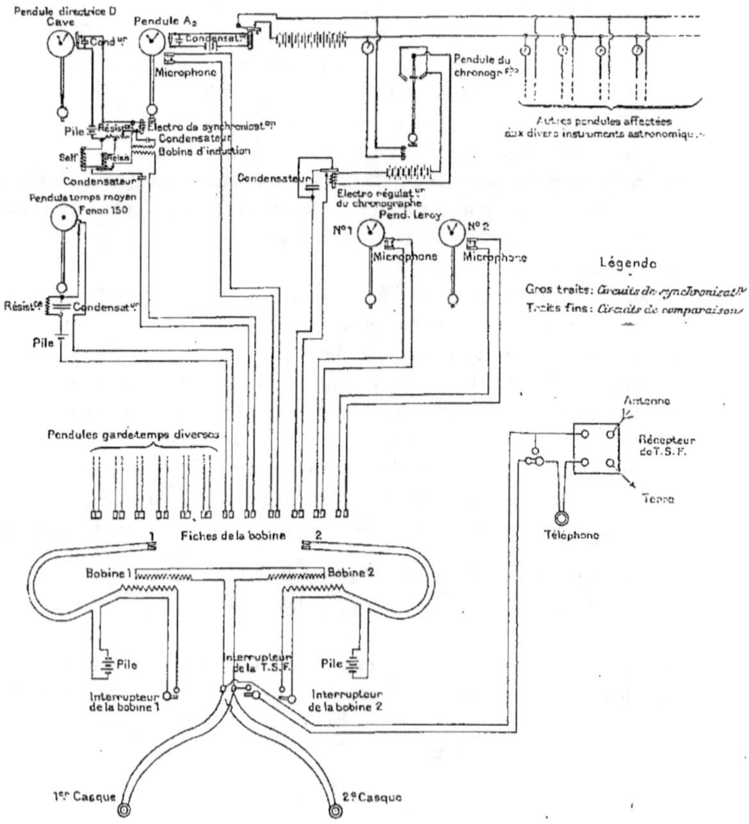

Observatoire de Paris.

Circuits de comparaison et de synchronisation des pendules.

d'où

$$x = \frac{2D}{(h'_a - b'_b) - (h_a - h_b)}. \qquad (1)$$

La marche relative n'est généralement pas nulle. Pour la déterminer ou mieux pour avoir une valeur de x indépendante de cette marche, les observateurs recommencent l'opération avec de nouvelles séries envoyées par la station A et obtiennent pour la comparaison brute $h''_a - h''_b$. Il suffit alors de remplacer, dans la formule (1), $h_a - h_b$ par la valeur $(h_a - h_b)_i$ interpolée pour l'heure h'_a par exemple, entre $h_a - h_b$ et $h''_a - h''_b$ qui correspondent à h_a et à h''_a, ce qui donne

$$x = \frac{2D}{(h'_a - h'_b) - (h_a - h_b)_i}. \qquad (2)$$

La précision obtenue pour x est évidemment d'autant plus grande, toutes choses égales d'ailleurs, que D est plus grand et que les erreurs sur h_a, h_b, $(h_a)_i$, $(h_b)_i$ sont plus faibles.

Pour donner une idée de la précision avec laquelle cette méthode est susceptible de fournir la valeur de x, prenons un exemple. Soit $D = 6000^{km}$ (distance : France-Amérique) et admettons que l'erreur du dénominateur du second membre de (2) soit de $0^s,001$. La vitesse de propagation étant de l'ordre de 300000^{km} à la seconde, le temps nécessaire pour que les ondes parcourent 12000^{km} est de l'ordre de $0^s,040$. L'erreur relative serait donc de $\frac{1}{40}$, c'est-à-dire que la vitesse de propagation serait déterminée par cette méthode avec deux chiffres significatifs exacts.

SIGNAUX HORAIRES

ET

RADIOTÉLÉGRAMMES MÉTÉOROLOGIQUES

TRANSMIS CHAQUE JOUR PAR LA STATION DE LA TOUR EIFFEL.

Les signaux horaires proprement dits sont transmis le matin à 10^h45^m, 10^h47^m et 10^h49^m; la nuit à 23^h45^m, 23^h47^m et 23^h49^m (temps légal ou de Greenwich).

Une série de 180 battements rythmés permettant d'appliquer la méthode des coïncidences pour obtenir l'heure avec une grande approximation est transmise chaque nuit à 23^h30^m. Les heures des 1er et 180e battements, calculées à l'Observatoire de Paris, sont transmises en chiffres immédiatement après le signal horaire de 23^h49^m.

Un télégramme météorologique d'ordre général est expédié chaque matin aussitôt après le signal horaire de 10^h49^m.

Trois télégrammes météorologiques, relatifs à la région parisienne, sont transmis chaque jour (sauf les dimanches et jours fériés) respectivement à 8^h, à 10^h55^m environ (aussitôt après le télégramme météorologique d'ordre général) et à 15^h. Les émissions de 8^h et de 15^h sont faites avec le quart de la puissance employée pour les autres émissions.

Le détail de ces diverses émissions, qui sont toutes faites avec une même longueur d'onde de 2200^m environ, est donné ci-après.

Signaux horaires de jour. — Quelques minutes avant 10^h45^m, la station radiotélégraphique de la Tour Eiffel est reliée, par des lignes souterraines, à l'Observatoire de Paris d'où les appareils d'émission radiotélégraphique de la Tour peuvent alors être commandés par l'intermédiaire de relais.

A 10^h43^m environ, on transmet les mots : Observatoire de Paris.

A 10^h44^m, il est fait une série de signaux d'avertissement consistant en une suite de traits

— — — — — — — — — — — —

et prenant fin à $10^h 44^m 55^s$ environ.

A $10^h 45^m 0^s$ une pendule de l'Observatoire ferme elle-même le circuit d'émission, par un dispositif approprié, pendant un temps égal à $\frac{1}{4}$ de seconde environ, ce qui produit un *point* un peu long : c'est le premier signal horaire.

A $10^h 46^m$ environ, il est fait une nouvelle série de signaux d'avertissement consistant en une série de *traits* séparés par *deux points*

— . . — . . — . . — . . — . . — . . — . . — . . — . . —

et prenant fin à $10^h 45^m 55^s$ environ.

A $10^h 47^m 0^s$ le deuxième signal horaire est transmis de la même manière que le premier.

A $10^h 48^m$ environ, il est fait une troisième série de signaux d'avertissement consistant cette fois en une série de *traits* séparés par *quatre points*

— . . . . — . . . . — . . . . — . . . . — . . . . — . . . . — . . . . — . . . . — . . . . — . . . . — . . . . —

et prenant fin à $10^h 48^m 55^s$ environ.

A $10^h 49^m 0^s$ le troisième signal horaire est transmis de la même manière que les deux précédents.

La nature des signaux d'avertissement faits avant chacun des trois signaux horaires permet d'éviter toute confusion.

Signaux horaires de nuit. — Les signaux horaires de nuit sont transmis de la même façon que les signaux horaires de jour, à $23^h 45^m$, $23^h 47^m$ et $23^h 49^m$.

Signaux rythmés. — Chaque nuit à $23^h 30^m$ environ, il est transmis une série de 180 points radiotélégraphiques espacés de $(1 - \frac{1}{50})$ seconde environ, les 60e et 120e étant supprimés pour établir les repères de comptage. Cette série est écoutée à l'Observatoire de Paris dans un récepteur de T.S.F. et comparée aux battements d'une pendule garde-temps par la méthode des coïncidences. Un calcul très simple permet de passer des heures notées à la pendule des coïncidences à celles exactes à $\frac{1}{100}$ ou $\frac{2}{100}$ près des 1er et 180e points de la série qu'on transforme en heures-temps légal en ajoutant la correction correspondante de la pendule.

Ces dernières heures sont transmises aussitôt après le signal horaire de $23^h 49^m 0^s$, de la manière suivante :

Si les heures des 1er et 180e battements sont, par exemple, $23^h 30^m 13^s,28$ et $23^h 33^m 8^s,80$, on transmet les deux groupes de chiffres suivants répétés trois fois :

— . . . — — . . . — 301328.330880 — . . . — 301328.330880 — . . . — etc.

Pour connaître avec une grande approximation la correction à apporter à un chronomètre ou une pendule de précision par rapport à l'heure légale de l'Observatoire, il suffit d'écouter les battements par l'intermédiaire d'un microphone, en même temps que la série de 180 points transmise par la tour Eiffel. On calcule ensuite les heures du chronomètre ou de la pendule aux moments du 1er et du 180e point. En retranchant ces heures respectivement de celles correspondantes qui sont radiotélégraphiées par la tour, on obtient deux valeurs de la correction du chronomètre ou de la pendule qui doivent concorder à $\frac{2}{100}$ près.

Radiotélégramme météorologique d'ordre général. — Aussitôt après le signal horaire de $10^h 49^m$, il est transmis un radiotélégramme météorologique, d'ordre général, émanant du Bureau Central Météorologique et donnant la pression atmosphérique, la direction et la force du vent, ainsi que l'état de la mer, pour les six stations suivantes :

Reykiavik (Islande), *Valentia* (Irlande), *Ouessant* (France), *La Corogne* (Espagne), *Horta* (Açores), *Saint-Pierre-et-Miquelon* (Amérique).

Les observations des *cinq premières stations* sont celles *du jour même à 7^h du matin ;* pour la dernière, ce sont celles de la veille à 8^h du soir.

Ces stations sont désignées respectivement dans la dépêche par leur initiale (R, V, O, C, H, S).

Les renseignements météorologiques, correspondant à chacune d'elles, sont condensés en un groupe de chiffres constitué de la manière suivante :

Les deux premiers chiffres indiquent en millimètres la valeur de la pression atmosphérique, en supprimant le chiffre des centaines (7). Les deux chiffres suivants donnent la direction du vent, le cinquième sa force et le sixième l'état de la mer. (Cette dernière indication n'est pas donnée dans les groupes correspondant à Reykiavik et à Saint-Pierre-et-Miquelon.)

La traduction de ces chiffres en langage ordinaire est donnée par les Tableaux ci-après.

Lorsqu'une observation manque pour une station, les chiffres correspondant à cette observation dans le groupe de la station sont remplacés par des lettres X.

Chaque groupe est précédé de la lettre caractéristique de la station à laquelle il se rapporte.

A la suite des six groupes on donne, en langage ordinaire, quelques indications sur la situation générale de l'atmosphère en Europe et notamment sur la position des centres de hautes et basses pressions.

Exemple de télégramme :

BCM. R 48167. V 742013. O 753211. C 680411. H 73XX01. S 62162. — Anticyclone Europe centrale, beau temps général, dépression Ouest Irlande allant vers Est.

La traduction des groupes est la suivante :

BCM (Bureau Central Météorologique). — Reykiavik : pression 748, vent sud très fort. — Valentia : pression 774, vent SW presque calme, mer peu agitée, etc.

DIRECTION DU VENT.

02 = NNE	10 = ESE	18 = SSW	26 = WNW
04 = NE	12 = SE	20 = SW	28 = NW
06 = ENE	14 = SSE	22 = WSW	30 = NNW
08 = E	16 = S	24 = W	32 = N

FORCE DU VENT.

0	Calme	0 à 1m	à la seconde
1	Presque calme	1 à 2	»
2	Très faible, légère brise	2 à 4	»
3	Faible, petite brise	4 à 6	»
4	Modéré, jolie brise	6 à 8	»
5	Assez fort, bonne brise	8 à 10	»
6	Fort, bon frais	10 à 12	»
7	Très fort, grand frais	12 à 14	»
8	Violent, coup de vent	14 à 16	»
9	Tempête	plus de 16.	

ÉTAT DE LA MER.

0	Calme.	5	Houleuse.
1	Très belle.	6	Très houleuse.
2	Belle.	7	Grosse.
3	Peu agitée.	8	Très grosse.
4	Agitée.	9	Furieuse.

Radiotélégrammes météorologiques de la région parisienne. — Il est transmis chaque jour trois radiotélégrammes météorologiques relatifs à la région parisienne, à 8^h, à $10^h 55^m$ *environ* et à 15^h. Ceux de 8^h et de 15^h sont transmis avec une puissance égale au quart de la puissance normalement employée.

Chacun d'eux indique les renseignements ci-après fournis par le Bureau Central Météorologique, une demi-heure avant la transmission :

1° Vitesse du vent au sommet de la Tour Eiffel, en mètres par seconde et le sens de la variation ;

2° La direction du vent :

N. NNE. NE. ENE. E. ESE. SE. SSE. S.
N. NNW. NW. WNW. W. WSE. SW. SSW. S.

et le sens de la variation de sa direction vers le Nord ou vers le Sud ;

3° La pression barométrique au Bureau Central Météorologique et le sens de sa variation ;

4° L'état du ciel ;

5° Les conditions particulières.

Ces radiotélégrammes ont donc la forme suivante :

« Voici renseignements météorologiques, Paris ».

Vent x (mètres à la seconde)...	croissant décroissant stationnaire
Direction y (comme 2e ci-dessus)..	stationnaire vers le Nord vers le Sud
Pression z (en millimètres)......	croissante décroissante stationnaire
Ciel........	découvert nuageux couvert

Soleil, temps brumeux, brouillard, pluie fine, pluie violente, neige.

Ces trois télégrammes ne sont pas, en principe, transmis les dimanches et jours fériés.

TRANSMISSION RADIOTÉLÉGRAPHIQUE

DE L'HEURE,

Par M. DRIENCOURT,

Ingénieur hydrographe en chef de la Marine.

Les circonstances dans lesquelles on a besoin de transmettre l'heure sont excessivement nombreuses et variées. La très grande majorité des garde-temps de toute espèce est réglée, en fait, d'après les déterminations astronomiques de l'heure effectuées dans un nombre relativement restreint d'observatoires, les cadrans solaires ayant été peu à peu abandonnés au fur et à mesure qu'augmentait la rapidité des communications et que progressait l'art de l'horloger; et l'on se représente le nombre énorme de transmissions d'heure que nécessite le réglage à intervalles plus ou moins longs de la multitude de garde-temps employés dans le monde entier.

Avant d'aborder la question que nous nous proposons de traiter, il ne sera pas inutile de passer en revue les divers procédés employés jusqu'ici, suivant les cas, pour transmettre l'heure d'un point à un autre afin de bien mettre en évidence les avantages de simplicité, de rapidité, d'exactitude et d'économie que présente le nouveau mode de transmission par signaux radiotélégraphiques.

I. *Étude des modes de transmission d'heure actuels, correspondant aux divers ordres de précision cherchés.* — Si nous considérons comment l'heure se répand des observatoires jusque dans les moindres bourgades, nous voyons que les principaux agents de cette dissémination sont les Chemins de fer et les Télégraphes. Les premiers ont besoin, pour coordonner les mouvements des trains sur de grands réseaux ou d'un réseau à l'autre, d'avoir l'heure *exacte à une demi-minute près* environ dans toutes les stations. Pour les Télégraphes, la connaissance de l'heure, sans être aussi importante que pour les Chemins de fer, est aussi fort utile et l'approximation requise est à peu près la même.

Ces services publics prennent plus ou moins directement l'heure fournie par les observatoires avec lesquels ils sont en contact et la transmettent par *télégraphe* ou *téléphone* à toutes les gares ou bureaux télégraphiques. La distribution se fait en cascade : les gares ou bureaux télégraphiques importants reçoivent l'heure directement, la donnent chacun aux gares ou bureaux moins importants. D'autres fois, ce sont des horlogers qui sont chargés du réglage des horloges des gares. Ils ont alors chacun une portion de réseau à suivre au point de vue de l'heure. Pour cela, ils demandent l'heure par télégraphe ou téléphone à une station principale et ils *la transportent* par chemin de fer à l'aide d'un garde-temps portatif qui, en l'espèce, est une montre à marche suffisamment faible pour conserver l'heure à moins d'une demi-minute durant le parcours de la portion de réseau.

Mais, quel que soit le procédé employé pour unifier l'heure dans les gares ou bureaux télégraphiques, c'est toujours par *transport* dans des conditions variées et à l'aide de montres plus ou moins bonnes que l'heure est amenée de chacun de ces points à tous les garde-temps fixes ou mobiles qui se trouvent dans leur dépendance au point de vue heure. A ceux d'entre eux qui sont les moins bien reliés de cette façon aux observatoires, l'heure arrive ainsi par une série de transmissions qui demandent un temps assez long et à chacune desquelles se produit une perte de précision plus ou moins grande.

Le *transport de l'heure* est également le moyen qu'emploient les *navigateurs* pour conserver l'heure du premier méridien dont la connaissance est indispensable pour la détermination astronomique de la longitude du navire. Mais l'exactitude dont ils ont besoin pour naviguer avec sécurité est beaucoup plus grande que dans le cas des Chemins de fer : elle est *de l'ordre de quelques secondes*. Elle ne peut être obtenue qu'à l'aide de garde-temps mobiles à marche très régulière dits « chronomètres de marine » et par l'étude suivie de ces instruments, aussi bien avant le départ pour avoir leurs corrections et leurs marches que pendant la traversée afin d'éliminer, autant que possible, les anomalies de marche.

Les *explorateurs* utilisent les *lignes télégraphiques* pour se faire envoyer le temps du premier méridien jusqu'aux points les plus rapprochés de la région dans laquelle ils doivent opérer. A partir de là ils *transportent le temps* comme les navigateurs, mais avec des garde-temps mobiles dits « montres de torpilleurs », moins sujets à des sauts que les chronomètres de marine. Ces instruments se trouvant placés dans de moins bonnes conditions que les chronomètres à bord, leurs marches sont plus variables et il en faut davantage pour obtenir la même précision que dans les transports par eau. Comme, en général, on cherche pour la longitude une exactitude en rapport avec celle de la détermination de l'heure locale à l'aide d'instruments portatifs, c'est-à-dire *de* $\frac{1}{10}$ *de seconde en moyenne*, il faut traiter les montres avec de grandes précautions et procéder, autant que possible, par circuits fermés, de façon à avoir au moins des marches moyennes certaines durant la période de parcours de chaque circuit.

Dans les déterminations précises de différences de longitude comme celles qu'effectuent les *géodésiens* et les *astronomes*, on cherche à atteindre dans la transmission de l'heure entre les stations une précision au moins égale à celle des déterminations d'heure les plus précises qui est *de l'ordre de* $\frac{1}{100}$ *de seconde*. Pour y parvenir, on se sert généralement de *signaux de télégraphie électrique* qui sont enregistrés de part et d'autre sur un *chronographe*. Cet instrument doit alors être considéré comme faisant partie du garde-temps de la station, et c'est la correction sur le temps local des traits tracés par la plume après la rupture ou la fermeture d'un courant par la pendule ou le chronomètre qu'on détermine par des observations astronomiques. Pour comparer les deux « garde-temps chronographes », on envoie alternativement de l'une et l'autre station des séries de signaux qui s'enregistrent simultanément sur les deux chronographes entre les traits produits par leurs garde-temps.

La différence des heures d'un même signal relevées sur les bandes donne la comparaison, abstraction faite du temps de transmission. On élimine cette quantité en prenant la moyenne des deux comparaisons fournies par deux signaux envoyés de l'une et de l'autre station. La méthode est très simple en théorie; en pratique elle est sujette à de nombreuses causes d'erreur que connaissent bien tous ceux qui ont eu à l'appliquer et dont la principale est dû à l'impossibilité de maintenir constante l'intensité du courant de ligne.

Son emploi exige par suite beaucoup de précautions et l'on n'atteint la précision cherchée que par des moyennes. D'autre part, elle force à opérer au chronographe pour les observations, ce qui n'est pas non plus sans inconvénients.

Le *téléphone* présente de grands avantages sur le télégraphe pour les comparaisons à distance de pendules et de chronomètres. Il permet de faire entendre les battements de l'instrument d'une station à l'autre station en utilisant, comme transmetteur, un microphone Hughes posé simplement sur lui. L'observateur placé à l'écouteur peut ainsi effectuer la comparaison de cet instrument avec celui de sa station comme s'il les avait tous deux à côté de lui; en particulier, il peut appliquer la *méthode des coïncidences*, de beaucoup la plus précise des méthodes de comparaison, comme l'on sait, si les instruments ne sont pas réglés sur le même temps. Le téléphone donne même le moyen de perfectionner la méthode : si les battements du garde-temps local sont reçus dans le même écouteur que ceux du garde-temps de l'autre station au lieu d'être perçus directement, en intercalant une résistance convenable dans le primaire de la bobine d'induction on règle leur intensité de manière qu'elle soit égale à celle des battements lointains et l'on peut alors apprécier les coïncidences beaucoup plus exactement qu'en écoutant directement les battements des deux instruments placés à côté de soi. En fait (1), pour un observateur exercé, l'erreur moyenne d'une comparaison isolée est, dans ces conditions, inférieure à $\frac{1}{200}$ de seconde. Comme, à ce degré d'approximation, le temps de transmission est inappréciable pour les plus grandes distances auxquelles on peut téléphoner, il suffit de transmettre dans un sens, ce qui diminue de plus de moitié la durée des comparaisons. Enfin la méthode s'applique quel que soit le mode d'observation, œil et oreille ou chronographe.

II. *Inconvénients des procédés actuels de transmission de l'heure que la transmission radiotélégraphique permet d'éviter.* — Un défaut commun à tous les procédés de transmission d'heure que nous avons rencontrés dans cette revue rapide, transport de l'heure sur terre ou sur mer, télégraphe et téléphone, c'est qu'ils sont absolument particuliers. Ils per-

(1) Voir *Comptes rendus* du 18 juin 1906, t. CXLII, page 1379.

mettent de rapporter l'heure d'un instrument à un seul autre chaque fois, ou encore la correction d'un instrument par rapport à un premier méridien à celle par rapport à un seul autre méridien chaque fois; ils ne peuvent se prêter à faire ces opérations pour un grand nombre d'instruments éloignés les uns des autres ou de méridiens écartés.

Les inconvénients de ce manque total de généralité sont patents. Qu'on songe au nombre de retransmissions qui sont nécessaires souvent pour que l'heure d'un observatoire arrive à une horloge déterminée et au temps qu'elles demandent. Ce n'est pas tout : qu'il se produise une erreur dans l'une de ces opérations, et toutes les suivantes se trouvent faussées. En admettant même qu'il n'y ait pas d'erreur grossière commise, il y a chaque fois, ainsi qu'il a été dit plus haut, une perte de précision qu'il est impossible d'évaluer le plus souvent, puisqu'on ne connaît que l'opération finale. Il en résulte que toute horloge qui n'a pas été réglée directement sur une pendule d'observatoire ou indirectement par des procédés connus, indique une heure dont on sait seulement qu'elle est fausse sans avoir une idée de l'ordre de grandeur de l'erreur.

Pour les navigateurs et les explorateurs, les corrections de leurs montres par rapport au temps du premier méridien se trouvent faussées, tant qu'ils ne reviennent pas à un même point ou qu'ils ne sont pas arrivés à un autre point de longitude connue, de la somme des différences entre les marches réelles et les marches adoptées depuis le départ. S'ils viennent à oublier, une seule fois, de remonter les montres ou à être empêchés par une cause quelconque de le faire, tout le travail antérieur pour conserver l'heure du premier méridien est perdu.

Quant aux géodésiens et aux astronomes, ils en sont réduits à ne déterminer les différences de longitude qu'entre des points reliés entre eux par une ligne télégraphique ou téléphonique ou par un câble sous-marin. Comme les points d'observation ne sont généralement pas à côté d'un poste télégraphique ou téléphonique, il faut une ligne télégraphique spéciale pour les rattacher au poste le plus rapproché. Si la distance est un peu longue ou si la pose de la ligne doit rencontrer des difficultés, en un mot si le rattachement au réseau télégraphique doit occasionner de fortes dépenses, on y renonce à moins qu'il ne s'agisse d'un point très important. C'est ainsi que les géodésiens qui auraient tant intérêt, pour déterminer la forme de la

Terre, à avoir les différences de longitude astronomique entre tous les sommets d'un réseau de premier ordre, se contentent de les déterminer entre quelques sommets très espacés. Et les observatoires, qui devraient comparer leurs heures régulièrement de façon à bien connaître leurs différences de longitude, d'une part, et, de l'autre, à améliorer la correction observée de leur pendule directrice par rapport au temps local et par cela même les ascensions droites conclues des étoiles, ne le font ou pas du tout ou que très exceptionnellement parce que, même par télégraphe ou par téléphone, l'opération est à peu près impraticable en raison du temps pendant lequel il faudrait chaque jour disposer des lignes télégraphiques ou téléphoniques reliant entre eux les différents établissements.

La transmission radiotélégraphique de l'heure est affranchie de tous ces inconvénients. Étant rayonnés avec la vitesse de la lumière dans toutes les directions et, si la station qui les émet est puissante, jusqu'à de très grandes distances, les signaux horaires hertziens peuvent être perçus simultanément sur une vaste étendue aussi bien sur mer que sur terre. Il suffit de les faire envoyer directement par un observatoire à des heures déterminées pour que, chaque jour, dans cette étendue, non seulement les gares, les bureaux télégraphiques, les abonnés au téléphone qui ont une certaine longueur de ligne aérienne, mais même les particuliers les plus isolés, pourvu qu'ils aient le moyen d'installer une antenne convenable, soient à même de remettre leurs horloges à l'heure aussi exactement que s'ils se trouvaient à côté d'une pendule réglée par l'observatoire.

Les navigateurs, les explorateurs, tant qu'ils se trouvent dans le cercle de portée d'une station radiotélégraphique qui envoie des signaux horaires, n'ont plus à craindre l'accumulation des erreurs de leurs garde-temps et l'étude des marches de ces instruments se trouve considérablement simplifiée. Enfin s'ils oublient ou sont empêchés de les remonter, ils peuvent, quelques heures après leur remise en marche, en avoir de nouveau les corrections sur le temps du premier méridien.

C'est cette généralité qui constitue l'immense supériorité de la transmission radiotélégraphique de l'heure sur les autres systèmes. Et comme, en outre, elle se prête admirablement aux comparaisons précises par la méthode des coïncidences, elle permet de déterminer les différences de longitude astronomique d'un grand nombre de sommets géodésiques à la fois, moyennant l'établissement en chacun d'eux d'une antenne transportable, et de comparer quotidiennement les pendules directrices des observatoires situés dans le rayon d'action d'une même station radiotélégraphique et munis d'antennes convenables.

III. *Phénomènes célestes instantanés. Leur insuffisance comme procédés de transmission de l'heure.* — Avant de le montrer, il convient de dire quelques mots de procédés anciens de transmission qu'emploient encore, en attendant que la Terre entière soit couverte de signaux horaires, les navigateurs et les explorateurs lorsque, pour une cause quelconque, ils ont perdu l'heure du premier méridien. Ils ont été omis à dessein dans l'énumération précédente des procédés de transmission parce qu'ils constituent, tant par leur nature que par leur généralité, de véritables signaux radiotélégraphiques. Il s'agit des *phénomènes instantanés célestes.*

Les éclipses de Lune ne sont pas des phénomènes assez précis, et du reste elles sont trop rares. Celles des satellites de Jupiter sont suffisamment fréquentes, mais la précision de leur observation est aussi très limitée et, de plus, les Tables des éclipses laissent à désirer sous le rapport de l'exactitude.

Les éclipses de Soleil, trop rares également, les occultations surtout sont des phénomènes précis, mais pas instantanés : ils dépendent de la position de l'observateur à la surface de la Terre. Toutefois on peut, par le calcul, rapporter leur prédiction et leur observation au centre de la Terre et les considérer alors comme instantanés.

Il en est de même des passages, par des cercles déterminés de la sphère céleste, des astres dont la position varie rapidement avec le temps et plus spécialement de la Lune. Ces passages ont l'avantage, sur les phénomènes précédents, qui sont des phénomènes isolés et se produisant à des heures irrégulières, mais impératives, de pouvoir être observés à des heures choisies dans une certaine mesure, si le cercle est arbitraire, et à plusieurs reprises en lui adjoignant des cercles voisins.

Mais ces transmissions de l'heure du premier méridien par la Lune (le seul astre dont le mouvement propre soit assez rapide pour pouvoir être utilisé), outre qu'elles exigent (celle par occultations exceptée) une extrême précision d'observation, participent des erreurs dues aux irrégularités du contour du disque lunaire et à l'imperfection des Tables. Aussi sont-elles de plus en plus délaissées. Avec la multiplication des signaux horaires radiotélégraphiques, elles n'existeront bientôt plus qu'à l'état de souvenirs.

Il y a lieu de mentionner encore la méthode des signaux de feu employée par les géodésiens avant l'invention du télégraphe électrique. Ces signaux peuvent être perçus dans toutes les directions, mais leur faible portée rend cet avantage en grande partie illusoire; de plus, ils ne se prêtent pas à l'emploi de la méthode des coïncidences.

IV. *Transmission radiotélégraphique de l'heure.* — L'examen ci-dessus des principales circonstances dans lesquelles on a besoin de transmettre l'heure, a montré que l'approximation cherchée est très différente suivant les cas. En s'en tenant à ceux qui méritent considération, on peut admettre qu'elle est comprise entre 1^m et $0^s,01$.

Avant d'étudier comment il convient de satisfaire à ces divers besoins d'approximation au moyen de signaux radiotélégraphiques, il importe de savoir si l'on peut, avec ces signaux, atteindre la limite inférieure de $0^s,01$.

Degré d'approximation que permet d'atteindre la transmission radiotélégraphique de l'heure. — Les expériences faites en 1904 et 1905 par M. Albrecht, de l'Institut géodésique de Potsdam, fournissent une première réponse à cette question. M. Albrecht est arrivé à cette conclusion : que la télégraphie sans fil est susceptible de remplacer la télégraphie ordinaire pour l'envoi des signaux de comparaison, autrement dit que la première permet, tout comme la seconde, d'obtenir la comparaison à distance de chronomètres ou pendules à $0^s,01$ près par des moyennes.

Mais le procédé employé par le savant géodésien est le *procédé chronographique*. Or, l'on sait que, depuis quelques années, le téléphone a remplacé partout l'enregistreur comme appareil de réception, au moins pour les grandes distances, parce qu'il permet de recevoir beaucoup plus loin avec la même antenne. Des expériences, exécutées en 1910 sous les auspices du Bureau des Longitudes, ont montré que le *procédé des coïncidences téléphoniques*, dont il a été question plus haut, est applicable avec les signaux radiotélégraphiques et que la précision est tout à fait du même ordre sans fil qu'avec fil ([1]), c'est-à-dire très supérieure à celle qu'on obtient avec le chronographe par télégraphie électrique. La mise au point de cette extension du procédé présentait certaines difficultés : il fallait faire émettre des *points régulièrement espacés* et formés *d'une seule étincelle* ou d'un seul train d'ondes. Elles furent solutionnées assez rapidement par le commandant Ferrié, à la station de la Tour Eiffel.

Il est essentiel d'observer que, au cours de ces expériences, le problème de la transmission de l'heure précise a été envisagé immédiatement dans toute sa généralité : on a cherché à transmettre, non pas les battements de l'un des garde-temps placé à la station radiotélégraphique et réglé, par exemple, sur le temps sidéral pour le comparer à d'autres garde-temps éloignés réglés sur le temps moyen, mais simplement des séries d'un nombre déterminé de *battements radiotélégraphiques* brefs, régulièrement espacés, à intervalle réglable, de façon à pouvoir leur comparer simultanément un nombre quelconque d'instruments aussi bien de temps sidéral que de temps moyen, par la méthode des coïncidences, avec une précision variable à volonté. La comparaison de deux instruments quelconques devait s'en déduire en ramenant celles faites avec une série à un même battement radiotélégraphique. C'est le problème ainsi posé qui a été résolu à la station de la Tour Eiffel.

Les expériences ont été complétées par une triple détermination de la différence de longitude entre Paris et Bizerte, distants d'environ 1440^{km}, effectuée par trois missions distinctes. L'une des missions faisait ses observations à l'œil et l'oreille avec des chronomètres; les deux autres se servaient de pendules et de chronographes. La souplesse de la méthode des coïncidences a permis de l'appliquer aisément dans les deux cas. Les comparaisons étaient faites avec des séries de battements envoyées alternativement par la station de la Tour Eiffel et celle de Sidi-Abdallah à Bizerte. Le temps de transmission a été trouvé, avec les chronomètres, de $0^s,0065$ et, avec la pendule et le chronographe, de $0^s,007$, au lieu de $0^s,0048$, chiffre théorique ([2]). En tenant compte de cette durée, les comparaisons de

([1]) Voir *Comptes rendus* des 7 février et 21 novembre 1910.
([2]) Voir *Comptes rendus* des 1er mai et 11 décembre 1911.

chaque soirée avec les séries de la Tour Eiffel et celles de Bizerte concordent à quelques millièmes de seconde.

A la suite de cette opération, un certain nombre d'autres déterminations de différences de longitude ont été effectuées à l'aide de battements radiotélégraphiques rythmés et toujours des concordances du même ordre ont été obtenues entre les comparaisons. Il est donc bien démontré que la télégraphie sans fil permet de transmettre l'heure à moins de $0^s,01$.

Signaux horaires. — Ce point établi, voyons comment une station radiotélégraphique de signaux horaires pourra satisfaire le mieux possible à tous les besoins de transmission d'heure.

On a vu, par ce qui précède, que ces besoins sont de deux sortes : il y a ceux de *l'heure proprement dite*, l'heure du fuseau horaire de la station, qui ne diffèrent entre eux que par l'exactitude requise et il y a ceux de *l'heure précise*, celle que marque à un instant déterminé un garde-temps, abstraction faite de sa correction qui peut être quelconque.

1° *Signaux horaires ordinaires.* — Occupons-nous d'abord des besoins de l'heure proprement dite.

Il est évident qu'on ne saurait donner satisfaction à chacun d'eux séparément et que, si l'on ne veut faire qu'un envoi pour tous, il faut que l'heure transmise ait autant que possible le maximum d'exactitude réclamé. Pour les explorateurs, l'approximation qui convient est, comme on l'a vu, le $\frac{1}{10}$ de seconde. Si donc les signaux horaires envoyés par une station radiotélégraphique sont susceptibles de servir aux explorateurs, il faudra que l'observatoire qui lui est conjugué pour le déclenchement des signaux horaires soit organisé de façon : 1° à déterminer et à conserver l'heure le mieux possible, et 2° à l'envoyer avec le minimum d'erreur. La détermination et la conservation de l'heure font l'objet des deux premières parties du programme provisoire de la Conférence et il n'y a pas lieu de s'en occuper ici.

On supposera donc que l'observatoire conjugué à la station radiotélégraphique connaît avec l'approximation requise la correction de sa pendule directrice sur le temps de Greenwich à une heure donnée de celle-ci ainsi que la variation diurne de cette correction ou ce qu'on appelle *la marche*.

Il s'agit pour lui d'envoyer un signal horaire à une certaine heure de Greenwich aussi exactement que possible.

Envoi des signaux à l'heure précise. — On ne peut songer à faire actionner les appareils radiotélégraphiques d'émission par la pendule directrice elle-même, dont il faut éviter de troubler la marche. On aura recours à une pendule auxiliaire dite « pendule des signaux », qu'on peut *remettre à l'heure* un peu avant le moment de l'envoi des signaux.

Différents dispositifs peuvent être employés pour obtenir ce résultat. Celui de M. Leroy, dont sont munies les pendules des signaux qui se trouvent à l'Observatoire de Paris, consiste en un aimant vertical, porté par la tige du balancier, qui se déplace au-dessus et très près d'une bobine fixe également verticale dans laquelle un courant peut être envoyé dans un sens ou dans l'autre. L'effet de la bobine est le même que si l'on élevait ou abaissait le centre de gravité du balancier : son action est retardatrice si les pôles en regard de la bobine et de l'aimant sont de noms contraires; elle produit de l'avance dans le cas contraire.

A l'Observatoire de Wilhemshaven, conjugué de la station de Norddeich, la pendule des signaux est munie de trois balanciers, celui de la marche ordinaire et deux autres plus courts qui peuvent être mis en connexion avec le premier et jouent le rôle de pendules d'accélération ou de ralentissement. Les actions de ces balanciers auxiliaires sont telles que l'état de la pendule est modifié d'une seconde en une minute.

L'un ou l'autre de ces dispositifs permet de remettre la pendule des signaux à l'heure à quelques centièmes près.

La pendule des signaux de l'observatoire doit être reliée à la station radiotélégraphique par une ligne directe ou deux pour plus de sûreté. Si les signaux horaires sont simples, comme c'est le cas pour ceux de la Tour Eiffel qui comprennent en tout trois points séparés par des intervalles de 2^m, la pendule des signaux peut commander le manipulateur de T. S. F. par l'intermédiaire d'un ou de deux relais. Si les signaux sont longs et compliqués, il est préférable de ne faire servir la pendule des signaux de l'observatoire que pour déclencher un mouvement d'horlogerie construit spécialement pour produire ces signaux et placé dans la station même.

Quel que soit le système employé, il y a toujours un retard de l'étincelle qui produit le signal horaire sur le contact de la pendule des signaux qui déclenche les appareils. D'autre part, si la pendule est mise à l'heure au moyen des battements, comme il y a généralement une avance du contact sur le battement correspondant, le contact a lieu en avance sur l'heure du signal. On trouvera, dans la Notice que le commandant Ferrié a écrite pour l'*Annuaire du Bureau des Longitudes de* 1913, un procédé pour mesurer, par la méthode des coïncidences, l'intervalle entre le signal hertzien perçu dans le téléphone et le battement correspondant de la pendule des signaux. Connaissant cet intervalle, il est facile d'en tenir compte lors de la remise à l'heure de la pendule (page 194).

Nature et composition des signaux horaires. — Si l'envoi de signaux est unique et s'il doit servir pour des explorateurs qui cherchent à atteindre le $\frac{1}{10}$ de seconde, il faut que, par leur nature et leur composition, les signaux à la réception permettent d'évaluer à $\frac{1}{10}$ de seconde près la fraction de battement d'un garde-temps comprise entre un signal et le battement qui le précède immédiatement sans que, pour cela, les signaux cessent d'être simples et facilement intelligibles pour les personnes non initiées aux comparaisons précises.

Des quatre stations radiotélégraphiques qui envoient actuellement des signaux horaires, une seule fait des traits, celle de Norddeich; les autres font des points. Les points sont plus commodes que les traits pour les comparaisons un peu précises; ils s'harmonisent mieux avec les battements des garde-temps et il est plus facile de les *situer* entre deux battements que le commencement ou la fin d'un trait; en outre avec un trait, on peut se demander si c'est le commencement ou la fin qui constitue le signal. Par contre, les points ont le grave inconvénient de se confondre facilement avec des atmosphériques et d'être couverts par des émissions étrangères, surtout lorsqu'ils sont isolés comme les signaux de la Tour Eiffel, tandis que les traits, ceux principalement en émission musicale, percent bien au milieu des troubles.

Au point de vue de la composition, les systèmes de signaux des quatre stations sont également différents. Washington envoie des points de seconde en seconde par séries de 29 et de 25 commençant les premières à la minute ronde et les autres à la demi-minute. Un point isolé forme le signal de midi (17^h de Greenwich). Halifax (Camperdown) envoie aussi des séries de points respectivement de 58 et 48 et deux points isolés à la minute 59 et à l'heure ronde.

Les signaux de la Tour Eiffel sont trois points isolés séparés par des intervalles de 2 minutes et précédés chacun d'une série de 55 secondes de signaux d'avertissement caractéristiques.

Enfin, Norddeich envoie des groupes de 5 traits d'environ une demi-seconde de seconde en seconde. Il y a six groupes formant deux séries de trois, séparées par une pause de 25 secondes, celles entre les groupes étant de 5 secondes. Le dernier signal de chaque groupe commence à une seconde qui est un multiple de 5 et le dernier à l'heure ronde.

Le système de la Tour Eiffel est un peu long (5 minutes pour trois signaux); mais il est incontestablement le plus simple et le plus clair pour les personnes qui n'ont pas une grande habitude des signaux horaires et, n'était l'inconvénient grave des points isolés signalé plus haut, il serait certainement le plus à recommander. Cet inconvénient est d'autant plus à redouter que les signaux d'avertissement sont faits à la main et ne s'arrêtent pas juste 5 secondes avant le signal horaire auquel ils se rapportent, en sorte qu'on n'est pas prévenu à 1 seconde près de l'heure du signal si l'on n'en a pas déjà perçu un sûrement : on peut très bien prendre alors un atmosphérique voisin pour le signal lui-même.

Les systèmes de Washington et d'Halifax sont plus compliqués, sans supériorité bien apparente. Ils permettent sans doute d'apprécier plus exactement le $0^s,1$; mais par contre, pour les personnes qui ne cherchent que le signal de minute ronde, Washington n'offre qu'un signal détaché et Halifax deux en regard des trois de la Tour Eiffel.

Quant au système de Norddeich, il présente beaucoup plus de repères que tous les autres, les groupes ne comprenant que 5 signaux. Toutefois, il faut une grande attention pour ne pas se tromper de groupe et, si l'on n'a pas une grande pratique de ces signaux, il est indispensable d'avoir un tableau pour s'y retrouver, car les séries de 3 groupes durent 25 secondes, ce qui n'est pas une fraction simple de la minute.

A remarquer aussi que, tandis que les signaux de Norddeich, Washington et Halifax se terminent à l'heure pour laquelle sont faits les signaux, le premier de la Tour Eiffel a lieu à cette même heure. Il y a à cela un léger avantage pour les observateurs peu entraînés, qui ne cherchent pas une grande précision : ils se contentent du premier signal s'il a été bien reçu, tandis qu'avec les autres systèmes, ils sont obligés d'aller jusqu'au bout pour avoir l'heure ronde.

Sans doute, les inconvénients inhérents à chaque système s'atténuent avec l'habitude qu'on en a. Cependant, étant donné que les signaux horaires radiotélégraphiques s'adressent à tout le monde et non pas seulement à des initiés, il serait vivement à désirer qu'on s'entende pour adopter un système uniforme à la fois clair, sûr et donnant la précision voulue. Un composé du système allemand et du système français répondrait déjà assez bien à ces desiderata. Mais, les officiers de la Marine de guerre française, consultés après quelques mois de fonctionnement de la station de signaux horaires de la Tour Eiffel sur l'opportunité d'une modification des signaux employés, ont été unanimes à demander le remplacement des points isolés, trop souvent manqués par suite de brouillages, par quelques longs traits de 1 ou 2 secondes de durée dont la fin de chacun serait prise pour signal.

Le système suivant donnerait satisfaction à cette réclamation tout en conservant les avantages du système français et du système allemand. Il consiste à utiliser les signaux d'avertissement pour faire des groupes de cinq traits d'une demi-seconde comme ceux de Norddeich et à supprimer la minute de pause entre le signal de minute ronde et les signaux d'avertissement qui suivent. Une pause de 10 secondes est laissée après le premier signal et une de 20 secondes après le second, ce qui paraît suffisant pour laisser aux observateurs le temps d'inscrire l'heure de leur garde-temps. Les traits d'une demi-seconde appartenant à la deuxième série de signaux d'avertissement sont suivis d'un point, ceux de la troisième série de deux points pour indiquer que le signal de minute ronde auquel ils se rapportent a lieu 1 minute ou 2 minutes après le premier; mais le point ou les deux points doivent être assez rapprochés du trait qui précède pour laisser un intervalle sensible entre eux et le trait suivant. Ces signaux d'avertissement s'arrêtent à 45^s. De 50^s à 55^s, deux traits de 2 secondes de durée chacun, séparés par un intervalle de 1 seconde dont on peut prendre à volonté le commencement ou la fin comme signal, répondent à la demande des officiers de la Marine française; et, comme ils s'arrêtent à 55^s exactement, ils préviennent que le signal de minute ronde aura lieu exactement 5 secondes plus tard.

SCHÉMA DU SYSTÈME DE SIGNAUX HORAIRES PROPOSÉS.

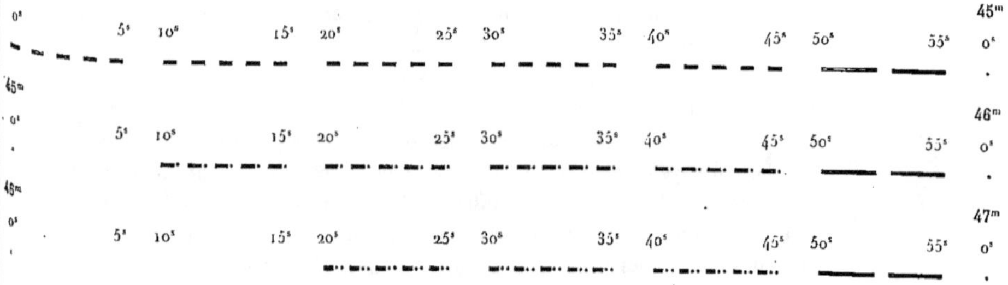

2° *Signaux rythmés.* — Passons maintenant à la transmission de l'heure précise à $\frac{1}{100}$ de seconde.

Il importe, encore une fois, de ne pas confondre *l'heure précise* avec *l'heure exacte.*

Quand on parle de l'heure précise à $0^s,01$, il s'agit, non pas de l'heure proprement dite, celle d'un fuseau horaire par exemple, qu'on ne saurait extrapoler avec cette exactitude, mais simplement de l'heure que marque un garde-temps à un instant donné, corrigée ou non pour la faire concorder plus ou moins exactement avec celle d'un fuseau horaire.

On a vu plus haut que cette précision de $0^s,01$ dans l'envoi de l'heure d'un garde-temps, ou, ce qui revient au même, dans la comparaison à distance de deux garde-temps, s'obtient en faisant émettre par une station radiotélégraphique une série de signaux rythmés convenablement espacés avec lesquels on compare chacun des garde-temps par la méthode des coïncidences.

Production des signaux rythmés. — Les signaux rythmés peuvent être soit des *points*, soit des *traits.* Mais les points, à la condition qu'ils soient formés d'une étincelle unique, sont de beaucoup supérieurs aux traits pour l'exacte appréciation des coïncidences. On ne s'occupera ici que des signaux de cette espèce, au moins en ce qui concerne la production, celle des traits ne présentant pas de difficulté spéciale.

Différents dispositifs ont été employés successivement à la station de la Tour Eiffel pour commander les appareils radiotélégraphiques en vue de la production de points rythmés à étincelle unique. Le premier en date est un pendule à seconde à entretien électromagnétique du système de M. Lippmann. On en trouvera la description dans un article de la *Revue générale des Sciences* du 30 juillet 1911. Je ne donnerai ici que le principe.

La tige du pendule oscille entre deux cercles-ressorts en fil d'argent portés par des glissières horizontales auxquelles des vis micrométriques permettent de donner de légers déplacements. Un barreau d'argent isolé fixé transversalement sur la tige établit la communication entre les deux cercles lorsque le pendule est au repos et ferme un circuit qui commande le relais du manipulateur de T. S. F. Lorsque le pendule oscille, le circuit se trouve fermé à chacun de ses passages par la verticale pendant un temps qu'on peut régler au moyen des vis micrométriques de telle sorte qu'il y ait production d'une étincelle et d'une seule. Pour y parvenir plus sûrement, on peut, après avoir réglé les relais, agir aussi sur certains organes du circuit d'alimentation; mais ceci rentre dans la cinquième question du programme.

Pour les déterminations de la longitude de Bizerte, on s'est servi, dans chacune des stations de la Tour Eiffel et de Sidi-Abdallah, de pendules à demi-seconde basés sur le même principe, mais plus transportables et surtout plus faciles à régler.

Avec le pendule à seconde, une difficulté était de supprimer tout boitement pour obtenir des étincelles très régulièrement espacées. Afin d'éviter ce réglage avec les pendules à demi-seconde, on les avait munis d'un dispositif permettant de ne leur faire actionner le manipulateur de T. S. F. qu'à chaque double oscillation.

Actuellement, pour l'envoi des signaux horaires rythmés destinés à la comparaison simultanée des heures des observatoires affiliés au service de l'heure, on se sert à la station de la Tour Eiffel d'une pendule Leroy à entretien électromagnétique battant la demi-seconde. Cette pendule est munie d'un dispositif permettant de fermer toutes les secondes pendant un temps très court le circuit du relais qui actionne le manipulateur de T. S. F. Son réglage est beaucoup plus simple que celui des appareils précédents et l'espacement des étincelles est moins sujet à des variations.

Les meilleurs résultats à ce point de vue sont obtenus avec des pendules astronomiques de précision ou des chronomètres de marine à contacts réglables produits par un rouage auxiliaire. Le Bureau des Longitudes possède depuis 1856 un chronomètre de ce genre construit par Bréguet. A la suite des résultats remarquables obtenus avec cet instrument, la station de la Tour Eiffel a fait construire un chronomètre du même genre, mais très perfectionné, qui donne à volonté des contacts très brefs ou d'une demi-seconde de durée toutes les secondes et avec lequel, par conséquent, on peut envoyer des points ou des traits. La régularité des contacts courts est telle qu'on a pu comparer, par la méthode des coïncidences avec battements excessivement brefs, deux chronomètres du même genre dont la marche diurne relative n'était que de 1 seconde. Ces instruments font le plus grand honneur à MM. L. Leroy et Cie qui les ont construits de toutes pièces.

Agencement des séries de signaux rythmés. — L'intervalle des battements radiotélégraphiques est d'autant plus voisin de la seconde de temps moyen ou sidéral que la précision cherchée est plus grande, et la durée des séries s'allonge dans la même proportion pour un même nombre de coïncidences à obtenir.

La série des signaux rythmés qu'envoie la Tour Eiffel chaque nuit, à $23^h 30^m$ pour la comparaison des heures des observatoires affiliés au service de l'heure, comprend 180 points espacés de $(1 - \frac{1}{50})$ seconde environ, les 60e et 120e étant supprimés afin d'établir des repères pour le comptage. Elle permet d'observer trois coïncidences, ce qui suffit pour obtenir la comparaison de la pendule avec la série à $0^s,01$ ou $0^s,02$ près. Ces comparaisons sont toutes rapportées à un même battement, le premier, et, comme vérification, on calcule également l'heure de la pendule correspondant au 180e ou dernier. On ajoute aux deux heures ainsi trouvées la correction de la pendule pour les transformer en heures temps de Greenwich et ce sont ces heures, télégraphiées à l'Observatoire de Paris, qui lui servent à améliorer la correction de sa pendule.

Pour les déterminations précises de différences de longitude, il est préférable de prendre des intervalles de battements plus rapprochés de la seconde, $(1 - \frac{1}{120})$ de seconde, par exemple, afin de ne pas ajouter des erreurs de comparaison à celles provenant des déterminations de l'heure.

Si les garde-temps sont des chronomètres qui battent la demi-seconde, on peut se contenter de séries de 360 battements qui donnent 5 coïncidences à raison d'une par minute. Une série suffit si les battements sont bien envoyés et si les observateurs sont exercés.

Pour ce qui est de l'exécution des comparaisons, on la trouvera exposée en détail dans la brochure publiée par le Bureau des Longitudes qui est intitulée : *Réception des signaux radiotélégraphiques transmis par la Tour Eiffel* (1).

En résumé, la T. S. F. permet de résoudre le problème de la transmission de l'heure dans toute sa généralité. Par elle, l'unification de l'heure peut être rendue effective sur la terre entière, dans un avenir très prochain. Plus aucune difficulté technique ne s'y oppose ; ce n'est plus qu'une question d'entente internationale. Les avantages qui en résulteraient, tant au point de vue scientifique qu'au point de vue pratique, sont tels que l'entente ne peut manquer de se faire.

---

(1) Gauthier-Villars, éditeur, 1912.

SUR

L'INSCRIPTION DES SIGNAUX HORAIRES.

EXPÉRIENCES.

PAR M. HENRI ABRAHAM,
Professeur à la Faculté des Sciences de l'Université de Paris.

Pour le problème actuel de la transmission de l'heure par les signaux de T. S. F., les méthodes d'enregistrement peuvent apporter des solutions d'une extrême précision. On dépasse aisément le centième de seconde avec les tracés à l'encre et l'on va bien au delà du millième de seconde avec les tracés photographiques.

On sait du reste que, pour prétendre à ce degré de précision, il faut éviter toute intervention de l'opérateur : toutes les inscriptions de signaux doivent être obtenues automatiquement. Ajoutons, enfin, que les mesures sont plus faciles et plus précises lorsqu'on emploie un appareil à un seul style (plume ou rayon lumineux) dont l'extrémité inscrit à la fois les deux tracés à comparer. Le tracé final est *la somme* de ces deux tracés partiels, qu'il est généralement bien facile de débrouiller.

Voici, par exemple, quelques tracés chronographiques faits avec un appareil à plume :

1° et 2° Application de la méthode des coïncidences à deux pendules à contact électrique bref ;

3° Inscription directe, à l'Observatoire de Paris, des signaux horaires reçus par T. S. F. (battements rythmés) de la tour Eiffel, et, simultanément, de la seconde de l'Observatoire ;

4° Détermination du retard constant ($\frac{8}{100}$ de seconde) entre le courant qui commande le manipulateur de T. S. F. et le départ du train d'ondes pour un signal horaire;

5° Inscription d'un télégramme sans aucun relais.

Ces différents graphiques ont été obtenus avec un milliampèremètre à déroulement rapide qui a été réalisé, sur mes indications, par les ateliers Carpentier. Il est constitué par un cadre conducteur mobile dans le champ d'un électro-aimant. C'est donc, peut-être un peu rajeuni, le vieux télégraphe écrivant de Lord Kelvin.

Ces genres de chronographes sont plus sensibles et plus fidèles que ceux qui utilisent l'attraction de la palette de fer d'un électro-aimant.

L'examen des courbes présentées à la Commission montre qu'on peut répondre de l'exactitude des pointés au delà du centième de seconde.

Mais il va sans dire que tous les courants doivent, autant que possible, être enregistrés directement sans interposer aucun relais qui introduirait des retards peut-être mal connus entre le passage du courant et l'accélération du déplacement de la plume.

L'inscription photographique. — L'enregistrement de précision avec un télégraphe à plume exige une puissance qui n'est pas négligeable. Un tel appareil, par exemple, ne pourra inscrire les signaux très brefs de T. S. F., recueillis par une antenne moyenne, qu'à une distance relativement courte du poste émetteur, comme une centaine de kilomètres.

Pour les transmissions à longue portée, il faut recourir à l'inscription photographique, qui donne infiniment plus de sensibilité : un galvanomètre a moins à faire pour déplacer un rayon lumineux que pour traîner une plume sur du papier. On sait, du reste, qu'à l'heure actuelle la sensibilité des récepteurs photographiques de T. S. F. est du même ordre que celle des récepteurs téléphoniques.

Je mets sous les yeux de la Commission un certain nombre de photographies obtenues, soit à l'École Normale (avec l'aimable collaboration de M. Alexandre Dufour), soit à l'Observatoire de Paris, où M. Baillaud a bien voulu m'autoriser à faire une installation de fortune.

Voici d'abord plusieurs applications de la méthode des coïncidences avec l'inscription simultanée de l'heure locale et des battements rythmés de

T. S. F., puis l'étude détaillée des signaux horaires. Voici encore des télégrammes émis par le poste de T. S. F. de Norddeich et enregistrés à l'Observatoire de Paris. Voici, enfin, l'inscription simultanée des signaux horaires envoyés à minuit par Norddeich et des secondes de l'horloge directrice de l'Observatoire de Paris.

Ces derniers tracés, obtenus à une distance de plus de 700^{km} du poste transmetteur, ont une amplitude et une netteté plus que suffisante pour qu'on puisse, si on le désire, y faire des mesures micrométriques définissant les temps au delà du millième de seconde.

CONCLUSIONS.

Il semblera peut-être à la Commission que la réception téléphonique des signaux horaires pourrait être utilement complétée, dans certains cas, par l'emploi des réceptions photographiques.

J'ai donc l'honneur de proposer à la Commission d'émettre le vœu suivant, qui serait ensuite soumis à la ratification de la Conférence dans sa prochaine réunion plénière :

« La *Conférence internationale de l'heure*, sur le rapport de sa deuxième Commission, engage les Observatoires à mettre à l'étude l'installation de l'enregistrement automatique des signaux horaires. »

N. B. — Des expériences de réception par la grande antenne de l'Observatoire sont installées dans un pavillon du jardin.

MÉTHODE PHOTOGRAPHIQUE

DE

COMPARAISON PRÉCISE DES HORLOGES ASTRONOMIQUES

A DISTANCE,

PAR LE P. WULF, S. J.
(Présentée par le P. LUCAS, S. J.)

Le *principe* de cette méthode consiste dans *l'enregistrement photographique simultané, d'une part, de la marche de la pendule locale et, d'autre part, des signaux horaires ou des battements radiotélégraphiques.*

La marche de l'horloge locale s'enregistre grâce à l'occultation périodique d'un signal lumineux par le balancier de l'horloge.

A cette fin, on adapte au balancier un léger écran en feuille d'aluminium noirci, à bord net. Derrière le balancier, dans la cage de l'horloge, on dispose un petit miroir concave sur lequel on enverra un faisceau lumineux. Les orientations et les distances sont réglées de telle sorte que le foyer se forme sur le bord de l'écran noirci, le balancier étant au repos.

Le faisceau qui diverge de ce foyer est repris par un système optique qui en forme une image très déliée sur le papier photographique mobile de l'enregistreur. Sur ce papier, après développement, on trouvera des traits noirs, parallèles au mouvement du papier, se succédant à des intervalles réguliers. Traits noirs et lacunes correspondent aux alternances de rayonnement et d'occultation du foyer, alternances corrélatives de celles du mouvement du balancier. Les fins de course de celui-ci répondent aux milieux de ces traits et des lacunes intermédiaires.

Ce procédé d'enregistrement de l'heure a été employé par le P. Wulf pour la détermination, au moyen du sélénium, du début et de la fin de la totalité de l'éclipse de 1905, à Tortosa.

Les émissions radiotélégraphiques sont rendues visibles et photographiées par l'intermédiaire de l'électromètre unifilaire de Wulf (1).

Cet électromètre n'a encore été décrit que très sommairement dans les *Bulletins de l'Académie royale de Belgique*, 1912, n° 4. Permettez-moi, Messieurs, de vous en dire deux mots.

Il consiste essentiellement en *un fil de quartz* rendu *conducteur* par pulvérisation cathodique et tendu *dans un champ électrostatique.*

A sa partie supérieure, le fil est attaché à un bouton à vis, isolé à l'ambre, et il est retenu à sa partie inférieure par une boucle de quartz (isolant) qui fait ressort antagoniste.

Le *champ électrostatique* se forme entre les arêtes de deux coins métalliques isolés dont la distance est réglable et qui, dans le cas présent, étaient connectés aux bornes d'une batterie de 500 volts (éléments minuscules noyés dans la paraffine).

Le montage adopté était celui de la figure 13 de la brochure publiée par le Bureau des Longitudes : *Réception des signaux radiotélégraphiques*, l'électromètre remplaçant le téléphone et ayant sa cage connectée du côté *terre*.

D'une façon générale, on voit que l'appareil se prête à tous les modes d'emploi de l'électromètre à quadrants.

La *sensibilité* est réglable par la tension du fil et par sa distance à chacune des deux arêtes, pôles du champ. Elle varie du millivolt au potentiel explosif.

Naturellement, les organes essentiels, fil et coins métalliques, sont enfermés dans une cage de Faraday percée seulement de deux petites fenêtres grillagées, dont l'une reçoit le microscope d'observation ou de projection, et l'autre sert à l'éclairage du champ de ce microscope. Les montures de cette partie optique réduisent presque à zéro l'ouverture des fenêtres. Les fils de connexion, etc., sont également protégés.

Éclairage. — Dans le cas de l'enregistrement protographique, un appareillage très simple et très efficace d'éclairage est celui employé par Wulf. Une lampe Osram de 4 volts à filament rectiligne est enfermée dans une

(1) Appareil essentiellement différent de l'*électromètre bifilaire* de Wulf, devenu rapidement classique en radiométrie.

petite lanterne armée d'une lentille. Le condenseur est complété par un objectif de Zeiss de faible puissance vissé directement sur la chambre de l'électromètre. Le fil de la lampe étant orienté parallèlement à la lentille cylindrique de l'enregistreur, on obtient, avec le montage direct, une bande lumineuse qui couvre et déborde légèrement la lentille et où l'on voit l'image du fil électrométrique.

Graphiques obtenus. — Dans son mouvement, le papier sensible passe au foyer linéaire de la lentille cylindrique. Dans ce foyer est montée une lame de verre millimétrée de Zeiss, contre laquelle le papier est légèrement pressé pendant son passage au foyer. (La division millimétrique produit sur le papier une réglure inutile ici, mais qui peut rendre service dans la mesure des courbes enregistrées.)

L'image du fil est donc projetée vers la lentille, à côté du point lumineux dont les éclipses marquent le temps. La lentille cylindrique ramène ces images à deux éléments linéaires, l'un noir, l'autre brillant, qu'il faut évidemment amener exactement sur la ligne focale, autrement dit qu'il faut faire coïncider avec une même ordonnée du graphique (1).

Avantages. — Cette méthode ne charge l'horloge locale d'aucun organe, cause possible d'irrégularité, et utilise un organe récepteur, le fil de quartz de 2^{μ} ou 3^{μ}, d'une inertie presque nulle.

La *précision* de cette méthode est quasi illimitée. Elle ne dépend que de la vitesse d'entraînement du papier et, jusqu'à un certain point, de la régularité de ce mouvement. Celle-ci peut, du reste, être contrôlée et mesurée au moyen d'un électro-diapason à miroir qui fonctionnerait en signal optique.

Avec des réglages soignés, on obtient des graphiques d'une netteté qui ne semble rien laisser à désirer.

(1) Pour repérer l'heure locale sur le graphique, il suffit de couper à la main le faisceau lumineux à une ou plusieurs secondes, dont on prend note.

MÉTHODE PHOTOGRAPHIQUE

DE

COMPARAISON PRÉCISE D'UN CHRONOMÈTRE

PAR RÉCEPTION RADIOTÉLÉGRAPHIQUE,

PAR LE P. LUCAS, S. J.

La méthode de Wulf paraît résoudre d'une façon complète le problème de la comparaison des horloges par les émissions radiotélégraphiques, avec une approximation presque illimitée et, en tout cas, supérieure à celle de la méthode subjective par réception téléphonique.

Pour le cas où le garde-temps à comparer est un chronomètre de marine ou un compteur, j'ai pensé qu'une méthode un peu différente pourrait rendre service.

L'électromètre unifilaire de Wulf pourrait être employé à cet effet. Mais je ne l'avais pas sous la main, et, du reste, le *galvanomètre d'Einthoven*, petit modèle à aimant permanent, était également approprié.

La *méthode* est d'une simplicité extrême et son outillage très réduit. Il suffit de mettre le *galvanomètre* mentionné *en parallèle avec le téléphone* dans les montages (figures 18 ou 19 de la brochure du Bureau des Longitudes, ou encore figure 11, page 34, de la très intéressante Notice de M. le commandant Ferrié : *Application de la T. S. F. à l'envoi de l'heure*).

Ainsi, sur le fil du galvanomètre, les émissions radiotélégraphiques et les battements du chronomètre sont superposés comme ils le sont sur la membrane métallique du téléphone.

Suivant les résistances respectives des arcs parallèles, il conviendra, au moment de l'enregistrement, de couper le circuit du téléphone, ou bien on pourra le conserver, ce qui évidemment est plus commode, l'œil et l'oreille s'unissant pour suivre la réception (je dis *l'œil*, car sur le front de l'enregistreur, très près de l'ouverture de la lentille cylindrique, on pourra coller une petite bande de papier blanc, millimétré pour bien faire, sur lequel on suivra les mouvements du fil galvanométrique et qui, d'ailleurs, rendra service dans plus d'un réglage.

Avantages. — Cette méthode, de même que celle de Wulf, a l'avantage de ne charger le garde-temps local d'aucun organe, cause possible d'irrégularité, et d'utiliser un organe récepteur d'une inertie presque nulle.

J'ai employé le *montage* direct et le montage Oudin, et, comme *détecteurs*, l'électrolytique et le sulfure de plomb artificiel.

La *forme des signaux* enregistrés pour une même émission varie avec la tension du fil. Le départ du fil au moment de l'arrivée des ondes peut être amené à une netteté qui ne laisse rien à désirer.

Comme *éclairage*, j'ai employé soit une lampe Nernst 220 volts 1 ampère, soit un petit arc de 3 ampères, mais l'éclairage employé par Wulf aurait pu être utilisé.

Le *fil du galvanomètre* était en or (épaisseur 5^{μ}), peut-être un peu trop translucide, ce qui nuit à la clarté des enregistrements.

D'une manière générale, les *graphiques présentés* ont été obtenus avec un *outillage de fortune* : optique médiocre, enregistreur peu régulier, etc. Tels quels, ils peuvent montrer que la méthode est susceptible de fournir de bons résultats.

SUR

QUELQUES ESSAIS D'INSCRIPTION ÉLECTROCHIMIQUE

DE SIGNAUX HERTZIENS.

M. Perot indique les premiers résultats d'essais qui viennent d'être entrepris à l'Observatoire de Meudon ; il s'excuse de ne pouvoir encore apporter un procédé complètement au point, mais il pense que ces essais ouvrent une voie à suivre, intéressante.

Le procédé consiste à inscrire chimiquement le courant de la pile auxiliaire comprise dans le circuit secondaire d'un détecteur électrolytique. L'appareil comprend une bande de papier imprégnée d'iodure de potassium, entraînée par un tambour mû par un mouvement d'horlogerie ; sur ce papier, appuie un style formé d'un fil de platine de $\frac{5}{100}$ de millimètre soudé dans un tube de verre et arrosé à la surface de celui-ci, comme une pointe de détecteur électrolytique ; dans ces conditions on obtient une décomposition de l'iodure de potassium donnant une trace bleue due à la formation d'iodure d'amidon pour une intensité de courant de quelques microampères et une vitesse de défilement du papier de 5^{mm} à 6^{mm} par seconde. Les impressions présentent malheureusement quelques difficultés de conservation qu'on arrivera certainement à surmonter.

En intercalant cet enregistreur dans le circuit de la pile d'un détecteur électrolytique, le téléphone restant en circuit, on a obtenu l'inscription des signaux horaires de la Tour Eiffel et de la dépêche météorologique.

Quoique ces expériences aient été faites à très petite distance, il y a lieu de remarquer deux points :

1° L'énergie demandée à l'antenne n'est pas plus grande que dans une transmission simple ; l'énergie nécessaire à la décomposition électrolytique est fournie par la pile en circuit sur le détecteur, dont la force électromotrice doit simplement être accrue de $0^{\mathrm{v}},75$.

2° Avec le montage réalisé le courant de polarisation du détecteur agit seul; or, celui-ci est indépendant du courant dans l'antenne, du moment que celui-ci dépasse une certaine valeur au-dessous de laquelle le téléphone ne donne plus rien.

3° Le téléphone restant en circuit, on peut suivre à l'oreille l'inscription, ce qui est particulièrement commode.

4° Les appareils sont très simples, très peu encombrants, ne comportent pas de galvanomètres et donnent immédiatement l'inscription demandée.

MÉMOIRE

AU SUJET DE

LA TRANSMISSION DE L'HEURE EXACTE

AUX ADMINISTRATIONS ET AUX PARTICULIERS,

Par M. FROUIN.

Il existe un intérêt évident à ce que les administrations publiques et les particuliers soient à même de connaître facilement l'heure exacte.

Sans parler des compagnies de chemins de fer pour lesquelles l'emploi de l'heure exacte est de la plus haute importance, il est certain que, pour les administrations publiques, il y a une nécessité indéniable à ce que leurs horloges puissent être réglées sur une heure aussi uniforme et aussi exacte que possible. Le moment de l'ouverture et de la fermeture des bureaux ne subirait ainsi aucune variation; toutes les administrations auraient, en outre, une heure uniforme et il n'est pas douteux que ces établissements et leur clientèle recueilleraient d'importants avantages de cette stabilité et de cette concordance de temps.

De grands services seraient incontestablement rendus aux particuliers, s'ils avaient à leur disposition les moyens d'être facilement renseignés sur l'heure exacte. Dans les petites localités, dans les villes éloignées de stations de chemins de fer, de bureaux de poste et de télégraphes, il est à peu près actuellement impossible pour le public de régler ses horloges avec quelque précision et il n'est pas rare, dans une même ville, de trouver des différences d'heures considérables. On conçoit sans peine la gêne qui peut en résulter pour les habitants de ces localités s'ils ont, par exemple, à prendre un train, à effectuer une opération au guichet d'une administration publique. Dans les grands centres, à Paris même, il est courant de constater que les horloges des monuments publics, des administrations et, généralement, toutes celles mises sous les yeux du public, manquent de concordance complète dans leurs indications.

On comprend facilement ce qu'un tel état de choses peut entraîner de difficultés à une époque où, par suite de l'activité qu'exige la vie moderne, le temps est strictement limité et compté.

Il est donc certain que la connaissance et la diffusion de l'heure exacte seraient appréciées à un très haut prix par tout le monde.

Comment pourrait se faire cette diffusion ?

Bien des systèmes peuvent être envisagés et il est vraisemblable qu'au cours des discussions de la Conférence, des indications précieuses seront fournies sur ce sujet. Un moyen pratique et simple est l'emploi des signaux radiotélégraphiques horaires émis par une station de télégraphie sans fil agencée à cet effet.

L'Administration des Postes et des Télégraphes de France a déjà étudié les conditions dans lesquelles on pourrait mettre à la disposition du public les indications fournies par ces signaux. Elle n'est pas éloignée de penser qu'il serait possible d'installer, dans ses bureaux, des postes récepteurs horaires et des horloges de précision dont le cadran serait visible de l'extérieur. Le caractère d'intérêt local présenté par ces pendules donnant l'heure exacte aurait vraisemblablement pour conséquence de faire supporter les frais d'achat de ces appareils et des horloges par les municipalités ou les établissements publics locaux qui demanderaient la création de ces centres de réception horaires.

On peut, en outre, souhaiter que les particuliers puissent recevoir l'heure exacte à leur domicile; une solution satisfaisante de ce problème présente une très grande importance pour certaines industries. Pour répondre à ce besoin, on peut entrevoir diverses combinaisons : les unes utilisant les émissions radiotélégraphiques, si la législation du pays le permet ou peut être modifiée de manière à le permettre ; les autres employant des transmissions télégraphiques par fils et, dans ce but, les lignes d'abonnement et même les lignes interurbaines téléphoniques pourraient probablement servir.

Il y a là toute une série de questions qui se posent dans des conditions assez semblables pour les diverses administrations télégraphiques, et leur solution sera hâtée et facilitée si ces administrations veulent bien se faire connaître respectivement les procédés qu'elles auront employés et les résultats qu'elles auront obtenus.

Reste à déterminer le degré de précision à atteindre dans l'envoi et la réception des signaux horaires pour la transmission de l'heure aux administrations et aux particuliers.

A quel degré de précision doit-on chercher à atteindre?

Les besoins mêmes des administrations publiques n'exigent pas une approximation supérieure, en général, au tiers de la minute, mais, dans le cas spécial, il importe de remarquer que les administrations télégraphiques ayant à réexpédier l'heure à des groupements ou à des particuliers, qui ont besoin d'avoir l'heure avec une très grande approximation, devront elles-mêmes avoir l'heure aussi précise que possible et employer, par suite, pour la recevoir et la conserver, les moyens les plus parfaits.

Au cas où la Conférence partagerait les vues exposées ci-dessus, il semble que le vœu suivant pourrait être formulé :

« Les administrations télégraphiques devront s'efforcer de constituer des centres horaires où l'heure sera reçue et conservée par *les moyens les plus précis.*

» Les administrations télégraphiques devront étudier et employer les moyens que la technique suggérera en vue de transmettre l'heure aux particuliers, soit par des signaux généraux à heure fixe, soit par des signaux particuliers envoyés à la demande des intéressés.

» En vue de favoriser le développement de ces procédés, les administrations télégraphiques devront se communiquer les moyens employés par chacune d'elles. »

NOTE

SUR

LA MISE A L'HEURE DES HORLOGES

SUR LE RÉSEAU DES CHEMINS DE FER DE L'EST,

PAR M. COSSERAT.

Le système de remise à l'heure des horloges sur le réseau des chemins de fer de l'Est est basé sur la création de quatre centres horaires mis en concordance absolue avec l'Observatoire de Paris par l'intermédiaire du poste radiotélégraphique de la Tour Eiffel.

Dans chacun de ces centres qui sont Paris, Nancy, Charleville et Langres-Marne, il a été réalisé une installation qui comporte :

1° Une antenne de télégraphie sans fil constituée par des conducteurs en cuivre tendus à la partie la plus élevée des bâtiments des voyageurs ;
2° Un détecteur d'ondes du type Ducretet.

Les contrôleurs des services techniques intéressés ont pour mission, à l'aide du chronomètre-chronographe dont ils disposent, de prendre l'heure qui est transmise deux fois par jour, à $10^{h}45^{m}$ et à $23^{h}45^{m}$, par le poste radiotélégraphique de la Tour Eiffel.

C'est d'après les indications qu'ils peuvent ainsi recueillir que ces agents mettent à l'heure et règlent le régulateur de précision à secondes indépendantes qui donne l'heure sur le quai de la gare-centre.

D'autre part, les agents de trains reçoivent de la Compagnie des chronomètres qui sont utilisés pour la remise à l'heure dans les conditions suivantes :

Deux fois par semaine, le mardi et le vendredi, l'heure est transmise, par l'intermédiaire des agents des trains, des centres horaires aux gares du réseau.

On utilise tout d'abord les trains rapides, express ou directs, partant des gares-centres qui donnent l'heure à leurs points d'arrêt. Puis, les trains omnibus suivent et desservent les autres points.

Dès qu'une gare de bifurcation est en possession de l'heure, elle la diffuse, à son tour, dans toutes les directions, en utilisant les premiers trains en partance.

Les trains appelés à effectuer la mise à l'heure sont indiqués dans un ordre de service paraissant tous les ans, au moment du changement de service, et modifié partiellement dans le courant de l'exercice si cela est nécessaire.

Les trains en question sont choisis de telle manière que la transmission de l'heure dans les gares commence et se termine, été comme hiver, dans la période *jour*.

Ci-joint un exemplaire de l'ordre de service établi cette année pour le service des trains au 1er mai.

C'est le chef du train désigné pour effectuer la mise à l'heure qui est chargé de donner aux gares l'heure exacte ; à cet effet, le chef de service remet au chef de train un imprimé spécial modèle 1755, sur lequel sont inscrits les noms des gares à desservir, et s'assure que le chronomètre de cet agent est bien à l'heure.

A chaque arrêt indiqué sur l'état 1755, le chef de train constate et fait constater au chef de service si l'horloge est à l'heure, en avance ou en retard; il fait mention de cette constatation sur son état 1755, en indiquant par minute et par demi-minute les différences s'il en existe.

Exemple : *retard* ou *avance* : 1, $1\frac{1}{2}$, 2, $2\frac{1}{2}$, ...

Après le départ du train, le chef de service est tenu de remettre immédiatement à l'heure son horloge, si une divergence lui a été signalée.

Les états modèle 1755 sont remis par les chefs de train aux gares extrêmes, qui les transmettent sans retard à l'inspecteur principal de leur région.

Les inspecteurs principaux signalent aux contrôleurs des services techniques intéressés les différences d'heure constatées, ce qui permet à ces derniers de suivre la marche des horloges dont ils ont la surveillance et l'entretien, et de faire le nécessaire, le cas échéant, pour qu'elle soit régulière.

Les inspecteurs et les contrôleurs des services techniques, ainsi que les contrôleurs du service télégraphique, concourent aux diverses opérations que nécessite la remise à l'heure et exercent leur surveillance sur le personnel des gares et des trains.

A titre d'indication, la mise à l'heure des horloges du réseau de l'Est s'effectuait, antérieurement au 1er mai 1912, comme suit :

Le lundi de chaque semaine, la grande horloge de la façade de la gare de Paris-Est était visitée, remontée et remise à l'heure de l'Observatoire par un employé de la maison Lepaute, qui, ce travail terminé, donnait l'heure à l'atelier des services techniques, qui possède un régulateur de précision.

Le mardi matin, des *chronomètres spéciaux*, entretenus et réglés par les soins de l'atelier des services techniques, étaient remis aux chefs de certains trains express ou rapides désignés d'avance par ordre de service pour donner l'heure à leurs gares d'arrêt.

Ces gares fonctionnaient alors comme centres horaires et, par l'intermédiaire des trains désignés, l'heure était transmise successivement aux autres gares du réseau.

Dans ces conditions, la mise à l'heure, commencée le mardi matin, n'était terminée que le mercredi dans l'après-midi.

Les dispositions actuelles ont singulièrement amélioré la situation, puisque l'opération a pu se faire en une seule journée au lieu de deux, ce qui a permis de doubler le nombre de remises à l'heure.

RÉPONSE

A

LA QUESTION VI DU PROGRAMME,

Par M. ANGOT,
Directeur du Bureau Central Météorologique.

Les signaux horaires ordinaires, tels qu'ils sont envoyés actuellement (ceux de 10^h45^m, 10^h47^m et 10^h49^m par exemple), comportent un degré de précision largement suffisant pour les applications à la Météorologie, au Magnétisme terrestre et à la Sismologie.

Pour la Météorologie et le Magnétisme terrestre, les instruments enregistreurs ne développent au plus que 15^{mm} par heure; l'appréciation du temps sur les courbes ne comporte donc pas une approximation supérieure à la minute.

Pour la Sismologie, où le développement peut atteindre jusqu'à 30^{mm} par minute, l'approximation requise est la seconde.

Dans l'état actuel, la détermination de l'état absolu des pendules au moyen des signaux horaires, en admettant l'exactitude absolue de ceux-ci, peut être faite sans difficulté, même par un personnel peu exercé, à moins d'une demi-seconde, exactitude plus que suffisante. Les signaux horaires sont, du reste, reçus sans difficulté dans les stations suivantes : Bureau Central Météorologique (Paris), Parc Saint-Maur, station magnétique du Val-Joyeux, Guerbigny (Somme), Nantes, Perpignan, Clermont-Ferrand et Bagnères-de-Bigorre. Ils sont reçus aussi occasionnellement au Puy de Dôme et au Pic du Midi, mais on ne peut, à cause du givre, conserver d'antennes permanentes dans ces deux stations, où l'heure est d'ordinaire transmise par téléphone, respectivement de Clermont-Ferrand et de Bagnères-de-Bigorre.

Pour les applications à la Météorologie et à la Sismologie, le système de transmission actuel de l'heure donne donc toute satisfaction et il n'y a lieu de demander aucune modification

RAPPORT

SUR LES

APPLICATIONS DE LA RADIOTÉLÉGRAPHIE

A LA

MÉTÉOROLOGIE,

PAR M. A. ANGOT,
Directeur du Bureau Central Météorologique.

Les applications de la Radiotélégraphie à la Météorologie se rangent sous deux catégories différentes :

1° Expédition, par une station centrale, d'avis de prévision du temps ou d'observations qui permettent à des stations secondaires, ou à des observateurs isolés, d'établir une prévision locale;

2° Envoi, à une station centrale, des observations recueillies par des postes qui ne peuvent employer la transmission télégraphique ordinaire, un navire en mer, par exemple.

I.

La première application est en vigueur en France depuis le milieu de l'année 1911 : chaque jour, immédiatement après les signaux horaires de 10^h45^m, le Bureau Central Météorologique expédie, par le poste de la tour Eiffel, un radiotélégramme qui donne aux navires les observations météorologiques faites, le matin même, dans les cinq stations extrêmes de l'Atlantique : Rijkiavik, Valencia, Ouessant, La Corogne et Horta (Açores), ainsi que les observations de la veille à Saint-Pierre et Miquelon. A ces données est joint un aperçu général de la situation atmosphérique sur l'Europe. Avec leurs propres observations météorologiques, les navigateurs qui se trouvent sur l'Atlantique sont donc ainsi en état de dresser une carte sommaire qui leur permet d'établir eux-mêmes une prévision du temps, quelle que soit la route qu'ils suivent.

En dehors de cette dépêche, destinée plus spécialement à la navigation, la tour Eiffel envoie trois fois par jour une autre dépêche qui indique la direction et la vitesse du vent au sommet de la tour, le sens des variations et quelques renseignements généraux. Ces dernières dépêches sont spécialement utilisées par l'aérostation et l'aviation.

Il est juste de faire remarquer que cette organisation, dont l'utilité a été attestée spontanément à plusieurs reprises par les intéressés, n'a été rendue possible que par la complaisance inépuisable que le Bureau Central Météorologique a rencontrée auprès du commandant Ferrié, chef du poste de radiotélégraphie militaire. Le personnel du Bureau, qui est resté numériquement le même depuis plus de 30 ans, a vu le travail qui lui incombe augmenter tellement qu'il est absolument débordé et ne peut actuellement assumer aucune tâche nouvelle. L'insuffisance est arrivée à ce point qu'on n'aurait pas pu matériellement porter chaque jour les dépêches à la tour Eiffel. L'organisation régulière de ce service n'est devenue possible que parce que le poste de radiotélégraphie veut bien envoyer prendre ces dépêches au Bureau.

Dans les conditions actuelles, il ne paraît donc pas possible de développer ce genre d'applications à Paris. Toutefois, des pourparlers ont été engagés entre les Ministères de l'Instruction publique, de la Guerre et de l'Agriculture pour procurer au Bureau Central Météorologique les moyens d'action qui lui font actuellement défaut. Si ces pourparlers aboutissent, le Bureau se déclare prêt à étudier, de concert avec le service des stations radiotélégraphiques, tout ce qui pourra être fait pour assurer la diffusion rapide des renseignements météorologiques.

Il n'est guère possible en ce moment de proposer un programme, même à titre provisoire. C'est en effet aux intéressés de faire connaître d'abord la nature des renseignements qui leur paraissent particulièrement utiles. Il semble toutefois qu'un service du soir, venant compléter celui du matin, serait très désirable. Quoi qu'il en soit, on peut être assuré que, dès que le Bureau Central Météorologique sera en mesure de mettre ces questions à l'étude, il s'efforcera de les résoudre de manière à donner la plus large satisfaction à tous les intérêts, en profitant des facilités qui pourraient lui être accordées par les stations radiotélégraphiques.

II.

Peu de chose a été fait jusqu'ici en France dans le deuxième ordre d'idées qui a été signalé en commençant. Toutefois, on peut rappeler que la station radiotélégraphique de la tour Eiffel prend et communique chaque matin au Bureau Central Météorologique la dépêche météorologique qui est expédiée de Gibraltar à Londres et qui arrive ainsi une des premières.

L'application la plus intéressante serait certainement la réception régulière d'observations faites en mer à bord des navires. La connaissance rapide des conditions météorologiques qui règnent sur l'Atlantique, au large des côtes d'Europe, permettrait de rendre plus sûre la prévision du temps et d'augmenter la durée sur laquelle elle porte.

La question, du reste, n'est pas nouvelle : elle avait déjà été soulevée à la Conférence météorologique internationale d'Innsbrück (1905) et l'une des questions soumises à l'examen du Comité météorologique international, lors de sa réunion à Paris (1907), était :

« Sur l'importance de règlements nationaux relatifs au contrôle de la T. S. F. et destinés à obliger chaque navire portant des appareils radiotélégraphiques à faire et à transmettre des observations météorologiques et aussi à transmettre aux autres navires et aux stations à terre toutes les observations qu'ils reçoivent. »

Comme suite à ce vœu, des essais ont été faits à plusieurs reprises par les services météorologiques d'Angleterre et d'Allemagne, avec le concours de la Compagnie Marconi, qui avait accordé des tarifs réduits pour ces dépêches météorologiques. Ces essais n'ont pas donné de résultats très encourageants, la plus grosse difficulté résultant de la portée trop faible des appareils d'émission qui existaient alors à bord des navires. Pour les navires situés à une assez grande distance des côtes et dont seules, par conséquent, les dépêches pouvaient être réellement utiles, la nécessité de retransmissions multiples de navire à navire était une cause de retard telle que la plus grande partie des dépêches arrivaient à un moment où elles ne présentaient plus d'intérêt.

La conclusion, au point de vue pratique, a été que les dépenses correspondant à ces dépêches maritimes étaient hors de proportion avec les services qu'on en pouvait attendre. Il semble que cette conclusion, légitime au moment où elle a été formulée, ne doive pas être considérée comme définitive. L'importance théorique de ce problème est assez grande pour justifier de nouveaux essais. J'ai donc l'honneur de proposer que l'étude de cette question soit renvoyée à une Commission spéciale, composée d'un petit nombre de représentants de la radiotélégraphie et de la météorologie. La même Commission aurait à examiner aussi dans quelles conditions les stations radiotélégraphiques pourraient concourir à la transmission d'observations faites dans des postes lointains, pour lesquels il n'existe pas d'autres moyens de communication. La création toute récente d'une station météorologique, avec poste radiotélégraphique, au Spitzberg donne à cette question un intérêt évident d'actualité.

PROJET D'ORGANISATION

D'UN

SERVICE INTERNATIONAL DE L'HEURE

PRÉSENTÉ AU NOM DU BUREAU DES LONGITUDES

PAR M. CH. LALLEMAND.

I. — *Problème de l'unification de l'heure.*

En adhérant, par la loi du 9 mars 1911, au système des fuseaux horaires, la France a fait disparaître l'un des derniers obstacles à *l'unification de l'heure*. Le principe de la réforme peut donc être considéré comme universellement admis. Il s'agit maintenant de rendre effective l'unification, dans la vie pratique et dans les observations scientifiques où le temps intervient à un titre quelconque. Une pareille entreprise eût paru chimérique il y a seulement une quinzaine d'années, alors que déjà, cependant, on disposait du télégraphe et du téléphone; mais elle est aujourd'hui devenue facile à réaliser, grâce à la télégraphie sans fil, qui permet d'envoyer des signaux horaires à de grandes distances, dans toutes les directions à la fois et avec une précision pour ainsi dire illimitée.

En somme, le problème se réduit à coordonner, en vue de la transmission d'une heure partout identique et toujours plus exacte, les efforts isolés faits jusqu'à ce jour, dans ce sens, par quelques nations et ceux à faire jusqu'au moment où la surface entière du globe sera couverte par les ondes électriques des signaux horaires.

La solution de ce problème suppose une entente internationale portant d'abord sur la détermination de l'heure unique, puis sur son mode d'envoi par signaux radiotélégraphiques. Provoquer le plus tôt possible cette entente, à la fois sur le principe et sur l'application de la réforme, tel était précisément le but visé par le Bureau des Longitudes, en demandant la réunion d'une Conférence internationale.

Étant donné le fonctionnement des stations actuelles de signaux horaires radiotélégraphiques, les défauts auxquels on veut remédier ne pourront sans doute être écartés que par la création d'un *Service international de l'heure*.

Voyons quelles pourraient être les bases de cette institution.

II. — *Mode actuel de fonctionnement des stations de signaux horaires radiotélégraphiques. Inconvénients et remèdes.*

Chacune des stations de signaux horaires radiotélégraphiques, actuellement en service, est *conjuguée* avec un observatoire voisin, qui détermine l'heure, la conserve et déclanche les signaux horaires.

Dans ces conditions, il ne saurait évidemment y avoir accord entre les heures transmises par les différents centres : la correction, astronomiquement déterminée, de l'heure de la pendule directrice d'un observatoire est, en effet, toujours à l'instant de cette détermination, affectée d'une erreur à laquelle s'ajoute, au moment de l'envoi d'un signal, l'inévitable erreur d'extrapolation.

Cette seconde erreur, en général, augmente rapidement avec la durée sur laquelle elle porte; dès lors si, comme il arrive parfois en hiver dans nos climats, un observatoire est resté 15 jours et même davantage sans pouvoir faire d'observations, l'écart entre son heure et celle d'un autre observatoire aussi peu favorisé peut atteindre plusieurs secondes. De pareilles divergences pourraient troubler les observateurs placés dans la zone d'action commune à deux stations et jeter le discrédit sur les déterminations d'heure faites dans les observatoires.

D'autre part, si elles sont sans importance pour les usages de la vie ordinaire, voire même pour la détermination du point à la mer, les erreurs en question ne sont déjà plus négligeables lorsqu'il s'agit d'étudier la marche d'une pendule ou d'un chronomètre, comme c'est le cas pour les horlogers et pour les navigateurs; elles seraient même intolérables si les signaux horaires devaient, tels quels, c'est-à-dire sans correction résultant d'une interpolation ultérieure, être utilisés pour obtenir la longitude précise d'un lieu ou, par rapport au temps légal, la correction de la pendule d'un observatoire astronomique.

Il y a donc intérêt à réduire au minimum ces erreurs. Le meilleur moyen d'y parvenir et de supprimer, du même coup, les divergences entre les heures transmises par les différentes stations, serait de faire concourir à la détermination de l'heure un certain nombre d'observatoires, de façon à diminuer autant que possible le temps d'extrapolation; on donnerait ensuite à chacune des stations radiotélégraphiques cette heure à transmettre, au lieu de celle de son observatoire conjugué.

La mise en pratique de ce mode d'amélioration et d'unification de l'heure ne présente, au point de vue technique, aucune difficulté. La télégraphie sans fil fournit le moyen de comparer entre eux, simultanément et avec toute la précision désirable, un nombre quelconque de pendules ou de chronomètres, situés dans la zone d'action d'un poste radiotélégraphique. Connaissant dès lors, par rapport au temps de Greenwich et à l'instant même des comparaisons, les erreurs d'un certain nombre de ces garde-temps, on a autant de valeurs de la correction de l'un d'entre eux et l'on peut en déduire la valeur la plus probable de cette correction.

La possibilité de résoudre effectivement ainsi le problème de l'unification de l'heure ne fait pas de doute.

Il reste à étudier les moyens d'application.

III. — *Plan général d'organisation d'un service international de l'heure.*

Une première question se pose :

La détermination de l'heure unifiée doit-elle être effectuée par un établissement ou par un service déjà existants, ou faut-il créer, pour cet objet, un service spécial?

Tout d'abord, semble-t-il, on ne saurait confier cette mission à un seul pays, quelque bien situés que soient ses observatoires sous le rapport du climat. Il importe au contraire de faire collaborer à ce service le plus grand nombre possible de nations, afin d'ôter à l'heure unifiée tout ce qui pourrait lui donner une apparence d'heure nationale. Le choix des observatoires *affiliés* devrait ensuite, dans chaque pays, se faire d'après les garanties qu'ils offrent : soit par leur personnel et leur outillage, pour l'exactitude des observations, la rapidité des calculs et la conservation de l'heure ; soit par leur climat, pour la fréquence des observations.

La collaboration d'observatoires de différents pays étant considérée comme nécessaire à la réussite de l'entreprise, est-il possible de confier à l'un de ces établissements la détermination de l'heure unifiée?

Dans un même pays, on a déjà quelque peine à obtenir la coopération des divers observatoires avec l'observatoire principal. La collaboration quotidienne d'observatoires étrangers avec l'un d'entre eux, si grande que puisse être sa renommée, présenterait plus de difficultés encore. A supposer même qu'au début et dans l'intérêt supérieur du but poursuivi, cette collaboration fût acceptée franchement, elle ne résisterait pas aux inévitables froissements d'amour-propre que ne manqueraient pas de susciter la tendance naturelle de l'établissement choisi à marquer une préférence pour son heure personnelle et le désir, non moins naturel chez les autres, de s'affranchir de l'espèce de tutelle où ils seraient placés. Il paraît donc indispensable de créer, comme on l'a fait pour la mesure de la Terre et pour les Poids et Mesures, un organe spécial, un *Bureau central international de l'heure*, qui centraliserait les éléments fournis par les observatoires affiliés, en déduirait l'heure la plus exacte et la communiquerait ensuite aux stations radiotélégraphiques chargées de la transmettre.

Supposons admise l'existence de cet organe et, pour déterminer son siège, sa composition, ses ressources, voyons comment fonctionnera le service de l'heure unifiée.

IV. — *Mode proposé de fonctionnement du Service international de l'heure.*

Au moyen d'observations d'étoiles et toutes les fois que l'état du ciel le permet, chaque observatoire affilié au Service détermine la correction de sa pendule directrice par rapport au temps moyen de Greenwich. Des corrections ainsi obtenues et des comparaisons des autres garde-temps avec la pendule directrice, il conclut la marche la plus probable de celle-ci, dans l'intervalle de deux séries d'observations; puis, s'aidant toujours des comparaisons avec ses autres garde-temps, il extrapole cette marche de manière à avoir la valeur la plus probable de la correction à l'instant des comparaisons simultanées des pendules directrices de tous les observatoires affiliés.

Le Bureau central est supposé posséder un certain nombre de pendules de précision et de différents modèles, à l'une desquelles, choisie comme pendule directrice, il doit comparer celle de chaque observatoire affilié.

Pour l'exécution simultanée de ces opérations, les battements de toutes les pendules directrices, y compris celle du Bureau central, sont comparés à une même série de signaux rythmés, espacés de $\left(1 - \frac{1}{50}\right)$ seconde, formant comme une sorte de *vernier acoustique*, émis par une puissante station radiotélégraphique, dite *Station émettrice centrale*, choisie de façon à pouvoir être entendue régulièrement de tous les observatoires affiliés et du Bureau central, munis, à cet effet, des appareils nécessaires de réception.

Chacun des observatoires affiliés note l'heure marquée par sa pendule directrice à l'instant du premier et du dernier signal; il y ajoute la correction nécessaire pour obtenir, en temps de Greenwich, les heures de ces deux signaux. Ces heures sont ensuite transmises télégraphiquement par fil au Bureau central, avec la mention « observé », suivie du nombre de jours écoulés depuis les observations, toutes les fois que la correction employée résulte de nouvelles déterminations astronomiques.

L'heure du dernier signal est donnée simplement à titre de contrôle.

Le Bureau central dépouille toutes ces comparaisons simultanées et en tire autant de valeurs de la correction de sa pendule directrice. Chacune d'elles ensuite étant affectée d'un poids fixé d'après le nombre des pendules utilisées, d'après la date de la dernière observation astronomique, etc., il en déduit la correction la plus probable et, par différence avec celle de la veille, la marche dans l'intervalle des deux dernières séries de signaux rythmés. Il est, dès lors, en état de calculer l'heure que marquera sa pendule directrice, à un instant donné quelconque du temps de Greenwich.

Il reste maintenant à transmettre, aux observatoires affiliés, l'heure ainsi unifiée et à la communiquer au public au moyen de signaux expédiés, à des heures déterminées, par les différentes stations émettrices.

On ne peut, dans ce but, songer à faire actionner directement, par le Bureau central, une *pendule à signaux*, qui serait placée dans chacune des stations. Ceci exigerait, en effet, soit que celles-ci fussent directement reliées au Bureau central par des lignes télégraphiques spéciales, mais ce serait une solution trop coûteuse; soit qu'au moment de l'envoi de leurs signaux, un dispositif automatique les mît en communication directe avec lui, durant 15 minutes au moins, solution aussi peu pratique. Le procédé le plus simple, le plus sûr et le plus économique à la fois, consiste à faire donner par la station émettrice centrale, en utilisant ses signaux rythmés de comparaison, l'heure précise du Bureau central, non pas aux stations elles-mêmes, mais aux observatoires qui leur sont conjugués.

A cet effet, aussitôt après avoir reçu les signaux rythmés en question, le Bureau central calcule, en temps de Greenwich, les heures du premier et du dernier; il les envoie à la station centrale, qui les radiotélégraphie immédiatement. Les observatoires conjugués des stations émettrices font les différences de ces heures avec les heures correspondantes calculées par eux et obtiennent ainsi deux valeurs de la petite correction à faire subir à ces dernières heures pour les mettre en concordance avec celles du Bureau central. L'addition de la correction moyenne à celle de leur pendule directrice donne l'heure du Bureau central à un instant quelconque, notamment l'heure d'envoi des signaux horaires de leur station émettrice conjuguée.

L'emploi de ce procédé suppose :

1° Que le Bureau central est directement relié à la station émettrice centrale, de manière à pouvoir communiquer avec elle sans passer par l'intermédiaire d'un bureau télégraphique ou téléphonique;

2° Que les signaux radiotélégraphiques rythmés de la station centrale sont envoyés *avant* les signaux horaires des autres stations émettrices.

En résumé, l'organisation générale à prévoir pourrait comporter dans l'avenir :

1° La désignation, par une Commission permanente internationale, dite *Commission internationale de l'heure*, d'un certain nombre d'observatoires astronomiques devant collaborer en vue d'assurer au mieux la connaissance de l'heure, exprimée en temps de Greenwich;

2° La création d'un Bureau international, devant centraliser toutes les déterminations d'heure faites dans les observatoires affiliés et en déduire l'heure la plus exacte;

3° La désignation d'un certain nombre de stations radiotélégraphiques émettrices de signaux horaires, conjuguées chacune avec un observatoire astronomique;

4° Le choix d'une station émettrice centrale, conjuguée avec le Bureau central.

Le choix de l'emplacement du Bureau international pourrait être fait d'après les considérations suivantes :

a. Ce bureau devrait être situé à proximité d'une puissante station radiotélégraphique organisée pour l'envoi des signaux horaires de toute nature et directement reliée à lui par une double ligne téléphonique, en prévision d'accident possible à l'une d'elles;

b. Les relations télégraphiques, par fil, du Bureau central avec les observatoires affiliés, doivent être aussi rapides que possible; ce Bureau devrait, en conséquence, se trouver près d'un centre de réseaux télégraphiques desservant les observatoires affiliés, et particulièrement les plus favorisés d'entre eux sous le rapport du climat.

En ce qui concerne la station centrale radiotélégraphique, sa situation géographique devrait être telle que les signaux émis par elle pussent être perçus dans toute l'étendue de l'Europe et de la Méditerranée, dans l'Afrique du Nord et sur une grande partie de l'Atlantique Nord; il faudrait enfin que, dans un avenir prochain, ces mêmes signaux pussent aussi régulièrement atteindre les stations radiotélégraphiques les plus orientales de l'Amérique du Nord et de l'Amérique du Sud, telles que Washington (États-Unis) et San Fernando de Noronha (Brésil).

Le Bureau central serait placé sous l'exclusive autorité de la Commission internationale de l'heure.

A côté de son œuvre principale, qui serait l'envoi de l'heure unifiée, ce Bureau pourrait en entreprendre une autre, d'une très grande utilité, savoir l'étude de l'heure et de toutes les causes qui influent sur sa connaissance exacte.

Pour cela, périodiquement, il recevrait des observatoires affiliés et d'autres, les indications relatives à la marche des pendules et tous les renseignements susceptibles d'expliquer leurs anomalies. Avec les résultats de cette étude, joints à ceux des comparaisons quotidiennes, on pourrait corriger les différences de longitude adoptées entre les divers observatoires, améliorer les valeurs trouvées pour les corrections des pendules directrices et obtenir, par la suite, pour chaque étoile observée, une plus exacte détermination de l'ascension droite conclue.

En attendant que les circonstances permettent la réalisation de ce programme, une Commission permanente, nommée par le Congrès, pourrait organiser, à titre d'essai, la coopération dont il s'agit et étudier les améliorations de toutes natures à apporter à ce projet avant de le soumettre officiellement à l'approbation des Gouvernements.

NOTE DE M. J. VIOLLE.

Je demande à la Conférence la permission d'appeler un instant son attention sur une classe de phénomènes à l'étude desquels les signaux horaires seront particulièrement utiles : je veux parler des phénomènes météorologiques et spécialement des orages.

A la suite de ses beaux travaux sur les décharges électriques et sur l'action des paratonnerres, sir Oliver Lodge fut amené à cette conclusion que les coups de foudre devaient présenter les caractères des décharges oscillantes et, par suite, exercer une action sur les tubes de Branly, dont il avait mis en évidence toute l'utilité comme détecteurs sensibles.

Popoff, professeur à l'École de la marine de Cronstadt, se proposa de vérifier le fait. Il adopta le dispositif imaginé par Lodge, mais il y adjoignit un paratonnerre ou tout autre conducteur vertical (ce qu'on appelle aujourd'hui une *antenne*), et un enregistreur placé en dérivation sur l'électro-frappeur.

Ainsi, dès 1895, les premiers appareils de la télégraphie sans fil permettaient de déceler et d'enregistrer les décharges atmosphériques (1); et il est bien remarquable que ces décharges furent ainsi décelées dès cette époque à des distances de plusieurs centaines de kilomètres du lieu où elles se produisaient, quand il a fallu tant d'efforts pour arriver à pareil résultat avec les ondes produites par les décharges de nos installations électriques.

Nous avons donc le moyen d'enregistrer les orages lointains de même que les tremblements de terre; et l'intérêt scientifique n'est pas moindre pour les uns que pour les autres.

(1) Ces décharges, comme on pouvait le prévoir, sont tantôt brusques, tantôt oscillantes. Mais, comme l'avait pressenti Lodge, elles affectent de beaucoup le plus souvent la forme oscillante (95 fois sur 100 d'après M. Senyi).

Il importe donc d'appliquer les mêmes signaux horaires aux deux sortes de phénomènes et avec le même degré de précision.

La chose est même actuellement plus facile pour l'enregistrement des orages, qui se fait au moyen même des appareils courants de la télégraphie sans fil, avec cette circonstance très avantageuse que les manifestations orageuses et les signaux horaires s'inscrivent sur le même cylindre.

M. Turpain a organisé, dès 1902, des appareils avertisseurs à Saint-Émilion, dans le Bordelais; et il a combiné un appareil avec microampèremètre enregistreur, qui fonctionne avantageusement dans différentes stations.

Le regretté directeur de l'observatoire de Lyon avait installé, avec l'aide de M. Flajolet, un appareil du même genre; et j'ai présenté cette année même à l'Académie un photogramme sur lequel se lisaient les manifestations d'un orage lointain et en même temps les signaux horaires de la Tour Eiffel.

Ces signaux horaires sont indispensables à l'étude des décharges orageuses et, en général, de tous les phénomènes météorologiques.

NOTE

AU SUJET DE L'ORGANISATION ACTUELLE

DES

SIGNAUX HORAIRES SCIENTIFIQUES

ÉMIS PAR LA TOUR EIFFEL.

Le Bureau des Longitudes a organisé, dans le courant de l'année 1912, une collaboration des divers observatoires français en vue de l'amélioration de la connaissance de l'heure, en utilisant certains signaux radiotélégraphiques transmis par la Tour Eiffel, ceux-ci étant entièrement distincts des signaux horaires ordinaires et jouant le rôle des « signaux horaires scientifiques » dont la Conférence a reconnu la nécessité.

Cette émission de signaux est faite par le procédé suivant :

Schéma. — Chaque nuit, avant l'expédition des signaux horaires ordinaires, la Tour Eiffel envoie une série de 180 battements rythmés, avec lesquels les pendules directrices des divers observatoires sont comparées par la méthode des coïncidences.

Les observatoires calculent, par rapport à leur pendule, les heures du premier et du dernier de ces battements et, à l'aide du premier et du dernier état observé et de la marche extrapolée de cette même pendule, ils transforment ces heures en temps légal. Les résultats de ce calcul sont transmis le lendemain, aussitôt que possible, par télégramme au Service horaire central, qui les discute et en déduit la correction à apporter aux signaux de la nuit précédente, ainsi qu'à l'état de la pendule directrice d'après laquelle sont réglées « les pendules expéditrices de signaux ».

L'envoi de la comparaison n'est absolument nécessaire, il est vrai, que s'il a été obtenu un nouvel état. Mais, pour la discussion des chiffres, il est très utile au Service central d'avoir les comparaisons de chaque nuit, pour le plus grand nombre possible d'observatoires. Le mot *observé*, ajouté au télégramme et suivi de l'indication du temps écoulé entre la comparaison et les observations, permet, le cas échéant, de reconnaître s'il s'agit d'un nouvel état.

Après l'envoi des signaux horaires ordinaires de nuit, l'Observatoire de Paris fait transmettre, par la Tour Eiffel, les heures des premier et dernier battements rythmés, de manière à permettre aux Observatoires, ayant utilisé ces battements, de connaître aussi l'état de leur pendule par rapport à celle de l'Observatoire de Paris.

Sans avoir la prétention de réaliser le maximum possible d'exactitude, le procédé constitue déjà un grand progrès : les erreurs des signaux transmis n'atteignent, en effet, que très rarement $\frac{2}{10}$ de seconde et, toutes les fois qu'on aura besoin d'une plus grande précision, par exemple pour une détermination de longitude ou pour le réglage des chronomètres à la mer, etc., on rend nulle ou à peu près l'erreur de comparaison en notant les heures des coïncidences avec les signaux rythmés.

Détails des émissions. — I. Chaque soir, à 23^h30^m, la Tour envoie une série de 180 battements rythmés, espacés d'environ 1 seconde $-\frac{1}{50}$ de seconde. Les 60e et 120e battements sont supprimés, afin de servir de repères pour le comptage; il n'y a, dès lors, en tout, que 178 battements.

II. L'Observatoire de Paris compare sa pendule directrice avec les battements. Cette comparaison est faite par la méthode des coïncidences, employée comme il est indiqué au Chapitre III de la *Notice sur la réception des signaux radiotélégraphiques transmis par la Tour Eiffel.* L'Observatoire calcule aussitôt les heures, temps légal, du premier et du dernier signal de la série. Il utilise, dans ce but, le dernier état observé de la pendule et la marche extrapolée, ainsi que la correction calculée le matin pour les signaux de la nuit précédente et dont il va être question. Ce calcul est fait assez rapidement pour que les résultats en puissent être transmis par la Tour aussitôt après le signal horaire de 23^h49^m.

Supposons que ces heures soient $23^h 30^m 2^s,15$ et $23^h 32^m 58^s,40$. La Tour enverra la série ci-après de signaux :

— ··· — — ··· — (signal de séparation),
300215. 325840 (signal répété trois fois),
— ··· — — ··· — (signal de séparation).

III. Les Observatoires affiliés ont également, par le moyen des coïncidences, la comparaison de leur pendule directrice avec la série des battements radiotélégraphiques; ils calculent de même les heures de ces pendules correspondant au premier ou au dernier battement; puis ils transforment ces heures en temps légal, au moyen du dernier état observé et de la marche extrapolée. Le lendemain, le plus tôt possible, ils envoient, par télégramme, ces heures au Service horaire central.

Supposons qu'un Observatoire ait trouvé $23^h 30^m 26^s,33$ et $23^h 32^m 58^m,60$. Il rédige son télégramme comme suit :

Servhor Paris
02633 25860

Le mot *Servhor* désigne l'adresse télégraphique conventionnelle du nouveau service horaire.

Si les heures ci-dessus résultent d'un nouvel état observé, on ajoute, à la suite des nombres, la mention *Observé*, avec l'indication, en jours et dixièmes de jour, du temps écoulé depuis le milieu de la série qui a fourni l'état jusqu'au moment des comparaisons.

Ainsi les mots

Observé 1,2

ajoutés, par exemple, à la suite du télégramme précédent, signifient que le nouvel état avec lequel ont été obtenus les nombres 02633 et 25860 résulte d'observations faites 1 jour et $\frac{2}{10}$ avant les comparaisons qui ont fourni ces mêmes nombres.

IV. Au moyen de ces télégrammes, le Service horaire calcule les heures les plus probables des premier et dernier battements radiotélégraphiques de la nuit précédente, ainsi que la correction à apporter à l'état de la pendule directrice au moment du réglage des *pendules expéditrices*, qui doit être fait avant l'envoi du signal horaire ordinaire de $10^h 45^m$.

La même correction sert pour les signaux suivants, lorsque, dans l'intervalle, il n'y a pas eu de nouvelle détermination d'état à l'Observatoire de Paris.

CATALOGUE

DES

INSTRUMENTS EXPOSÉS.

Ancel (Louis), ingénieur E. C. P., 91, boulevard Pereire, Paris.

Poste récepteur mural, système Ancel, sur tableau marbre, pour municipalités et administrations.

Poste récepteur mural Ancel, muni du détecteur électrolytique à bascule, système Le Doyen.

Appareillage de précision, système Ancel, permettant d'enregistrer à la fois sur un même diagramme les signaux horaires radiotélégraphiques, la marche de la pendule à contrôler et les vibrations d'un électro-diapason (modèle des Observatoires).

Appareillage Ancel, permettant la réception des signaux horaires à la sonnerie ou leur enregistrement au Morse avec un seul détecteur électrolytique.

Enregistrement photographique des signaux horaires à l'aide d'un galvanomètre photographique et d'un détecteur à cristaux.

Courbe photométrique de l'éclipse du 17 avril 1912 à l'aide d'un photomètre Ancel à sélénium, combiné avec un appareil récepteur Ancel pour signaux horaires.

Détecteurs électrolytiques et à cristaux, modèle Ancel.

Poste récepteur Ancel portatif en boîte.

Poste horaire d'amateur simplifié.

Petit radiateur d'essai Ancel à émission musicale fonctionnant directement sur le courant continu, 110 volts, pour le réglage des récepteurs radiotélégraphiques.

Boudreaud, successeur de Winnerl et de Caillier, 40, rue Pergolèse, Paris.

Chronomètres et Compteurs de Marine.

Montres pour torpilleurs et pendules astronomiques.

Vve Charron, Bellanger et Duchamp, 142, rue Saint-Maur, Paris.

Appareil portatif pour la réception des ondes hertziennes.

Chasselon, élève de Brunner, 10, rue de la Tombe-Issoire, Paris.

Théodolite magnétique, modèle moyen, cercles horizontal et vertical donnant la minute par deux verniers avec dispositif pour la composante horizontale.

Théodolite magnétique modèle de voyage.

Théodolite à déclinatoire, cercle horizontal réitérateur, cercle vertical fixe donnant deux minutes centésimales par deux verniers.

Théodolite à microscopes, donnant les 10 secondes, cercles vertical et horizontal réitérateurs.

Compagnie générale radiotélégraphique, 63, boulevard Haussmann, Paris.

Groupe complet d'émission et de réception, type de la Marine de Commerce, à étincelles très amorties, employé à la Compagnie Sud-Atlantique et la Société des Chargeurs Réunis; portée de jour : 700^{km}.

Poste transportable à dos de mulet.

Réception C. G. R. 1912.

Réception horaire C. G. R. 1912.

Réception horaire, type P.

Réception horaire, modèle simplifié.

Détecteur à cristaux, type C. G. R.

Détecteur électrolytique.

Condensateur de réception, à lame d'air, sans contact glissant.

Onde-mètre.

Darras (Alphonse), ingénieur-constructeur, 123, boulevard Saint-Michel, Paris.

Récepteur téléphonique pour T. S. F.

Détecteur à cristaux pour T. S. F.

Appareil portatif pour la réception des signaux horaires, modèle simplifié.

Relais à simple contact, double réglage extérieur Claude-Darras, pour T. S. F., adoptés par les Départements de la Guerre et de la Marine.

Relais à double contact, différentiel, réglage extérieur, pour T. S. F.

DUCRETET (F.) et ROGER (E.), 75, rue Claude-Bernard, Paris.

Appareil récepteur de l'heure, grand modèle.

Appareil récepteur de l'heure, petit modèle.

Appareil pour la détermination des longitudes par la méthode Claude Ferrié et Driencourt.

Appareil portatif pour la transmission des signaux horaires.

Appareil pour l'instruction des télégraphistes, lecture au son.

Casque téléphonique avec deux récepteurs à réglage de 4000 ohms.

Récepteur à relais pour l'enregistrement des signaux radiotélégraphiques.

Récepteur Morse automatique.

Renforçateur de son, système Pollak. Applique à l'enregistrement des radiotélégrammes.

ÉCOLE D'HORLOGERIE ET DE MÉCANIQUE DE PRÉCISION DE PARIS, 30, rue Manin, Paris.

Travaux de première année. Exercices préparatoires, outillage.

Régulateur astronomique, pendule « Invar ».

Mouvement de régulateur et pièces détachées.

Chronomètres de marine.

Micromètres.

Montres, échappements à ancre.

Électromètre Szylard.

FOURNIER, 57, boulevard Montparnasse, Paris.

Deux chronomètres de bord.

Un compteur et une montre pour torpilleur, Marine de l'État et Établissements scientifiques.

GARNIER (Paul). — BLOT, GARNIER et CHEVALIER, successeurs, 9, rue Beudant, Paris.

Application d'un remontage électrique à un régulateur à poids.

Régulateur distributeur automatique.

Récepteurs silencieux.

Récepteur horaire T. S. F., Paris et environs.

Récepteur horaire T. S. F., grande distance.

P. Gauthier. — G. Prin, élève et successeur, 56, boulevard Arago, Paris.

Chronographe imprimant destiné à l'Observatoire de Bucarest.

Micromètre-enregistreur et dispositif de pointés à la main, construit pour l'Observatoire de Cadix.

Micromètre de l'équatorial photographique de Bucarest.

Petite méridienne portative.

Théodolite à microscope avec éclairage électrique pour les observations de nuit.

Cœlostat construit pour l'Observatoire de Meudon, miroir de $0^m,50$ de diamètre de la Maison A. Jobin.

Jaeger, 103, rue Réaumur, Paris.

Régulateur astronomique à échappement de Winnerl, rouage secondaire synchronisé actionnant les contacts de synchronisation.

Régulateur à échappement de Winnerl, rouage unique, actionnant les contacts de synchronisation.

Régulateur à échappement de Graham, montage Winnerl modifié.

Chronographe de poche pour observations scientifiques, à mouvement continu, cadran divisé au $\frac{1}{600}$ de seconde et permettant la lecture au $\frac{1}{2400}$ de seconde.

Appareil enregistreur.

Divers chronographes.

Ébauches de montres.

Récepteur horaire pour T. S. F.

Quelques montres torpilleurs avec système de compensation auxiliaire.

Mouvement de marche de pendule conique pouvant servir au déplacement d'équatoriaux avec pendule compensateur spécial.

Jobin, ingénieur-constructeur, 31, rue Humboldt, Paris.

Astrolabes à prisme Claude et Driencourt, grand modèle, modèle géodésique et petit modèle.

Théodolite, microscopes à micromètre, cercles réitérateurs, éclairage électrique, construit pour le Service hydrographique.

Leroy (L.) et Cie, 7, boulevard de la Madeleine, Paris; 7, square Saint-Amour, Besançon.

Une pendule astronomique (série A, n° 2), semblable à celle de l'Observatoire de Paris, à interrupteur électrique, rectificateur magnétique, microphone, etc.

Une pendule électrique synchronisée par une pendule à contact à la seconde, avec système de signaux rythmés, à durée variable. (Modèle exécuté pour le Laboratoire radiotélégraphique militaire de la Tour Eiffel.)

Une pendule électrique synchronisée, pour observatoires.

Une pendulette chronomètre à deux corps de rouages, avec système de contact au dixième ou à la demi-seconde, à volonté. Réglage facultatif de la durée du contact. (Construite sur les indications de MM. Claude et Driencourt pour la détermination des longitudes par la méthode des coïncidences. Précision du $\frac{1}{250}$ de seconde.)

Un chronomètre de marine à interrupteur électrique à la seconde.

Un chronomètre comparateur, pour la comparaison de deux pendules entre elles.

Un chronographe enregistreur d'ondes hertziennes, combiné avec l'enregistreur du temps par la pendule et le diapason.

Constructeurs : MM. Ancel et Leroy.

Mouronval, ingénieur-constructeur, ancien élève de l'École Polytechnique, successeur de Mailhat, 10, rue Émile-Dubois, Paris.

Cercle méridien portatif, lunette de 81^{mm} d'ouverture, appareil de retournement indépendant, cercle divisé sur argent, quatre microscopes de lecture donnant la seconde d'arc, micromètre à double chariot, niveau à bulle, fiole isolée, 1^{mm} d'inclinaison par seconde d'inclinaison, éclairage axial des microscopes et éclairage du champ.

Théodolite d'Abbadie, modifié par M. Berget, lunette de 61^{mm} d'ouverture et de 50^{cm} de longueur focale, cercles divisés sur argent, lecture successive des cercles vertical et horizontal par microscopes, donnant la seconde d'arc, éclairage électrique des divisions.

Pendule portatif invariable à tige de quartz fondu et à vide permanent de M. Bigourdan.

Pellin (Ph.) et Pellin (F.), ingénieurs-constructeurs, 5, avenue d'Orléans, Paris.

Appareils récepteurs de T. S. F.

Récepteurs pour les observatoires et détermination des longitudes.

Appareil du commandant Tissot, ayant servi à la première détermination de la longitude Paris-Brest par T. S. F.

Ponthus et Therrode, successeurs de Hurlimann et A. Berthelemy, 6, rue Victor-Considérant, Paris.

Sextant, modèle Marine nationale, sur pied avec horizon artificiel à mercure.

Théodolite altazimutal à verniers : grand modèle donnant 10 secondes, petit modèle donnant 30 secondes.

Théodolite à verniers à lunette centrale, donnant 10 secondes aux deux cercles.

Sextant, modèle Marine nationale, disposé pour les observations de nuit.

Petit sextant de poche, donnant la minute.

Petit cercle hydrographique de poche donnant la minute.

Richard (Jules), ingénieur-constructeur, 25, rue Mélingue, Paris.

Enregistreur bolométrique, système de M. Turpain.

Enregistreur d'orages avec milliampèremètre, système de M. Turpain.

Baromètre à poids, petit modèle.

Baromètre à poids, modèle du Bureau Central Météorologique.

Baromètre enregistreur.

Baromètre altimétrique enregistreur, modèle léger en aluminium.

Baromètres altimétriques enregistreurs de poche.

Thermomètre enregistreur extra-sensible.

Thermomètre enregistreur, modèle du Bureau Central Météorologique.

Thermomètre avertisseur électrique.

Baro-thermographe.

Hygromètre enregistreur, modèle du Bureau Central Météorologique.

Psychromètre enregistreur.

Évaporomètre enregistreur, système Houdaille.

Chronographe enregistreur totalisateur.

Pluviomètre enregistreur à flotteur.

Chronographe enregistreur universel.

Chronographe astronomique.

Anémomètre Daloz.

Anémomètre à main.

Anémomètre girouette enregistreur à quatre directions.

Microampèremètre de M. Turpain, donnant l'enregistrement graphique des signaux de l'heure.

Résonateur à coupures de M. Turpain, armé d'un téléphone schématisant un poste récepteur de télégraphie sans fil.

Société française radioélectrique, 128, rue de la Boëtie, Paris.

1 Récepteur P. I².

1 Récepteur P. B. portatif pour longitudes. Ces deux récepteurs sont employés par la Mission de délimitation Congo-Cameroun.

1 Récepteur horaire S. F. R. à électrolytique monté sur le haut-parleur avec 2 accus $4^{V}\,20^{AH}$.

1 Récepteur horaire S. F. R. haute sensibilité avec détecteur A-2.

1 Récepteur horaire Jégou complet (sans pile).

1 — — avec écouteur (sans pile).

1 Détecteur A-1.

1 — S. F. R.-4.

1 Casque Sillivan.

1 — Ducretet.

1 Récepteur S. I. T.-4000 ohms.

1 Poste vibrateur pour la détermination des longitudes par cheminement employé par la Mission de délimitation du Libéria.

Société des Télégraphes Multiplex (système Mercadier-Magunna), 60, rue Caumartin, Paris.

Poste léger de T. S. F. de faible puissance à notes musicales obtenues par l'emploi du convertisseur Magunna à régime isochrone.

Relais monophonique imprimeur pour télégraphe multiplex Mercadier-Magunna.

Monotéléphone acoustique pour réception radiotélégraphique.

Service géographique de l'Armée (Section de Géodésie).

1° Échelles observatoires démontables (système du Commandant d'artillerie Durand), pour reconnaissances géodésiques en terrain plat ou boisé et pour installation d'antennes radiotélégraphiques de circonstance.

L'échelle observatoire démontable se compose essentiellement d'éléments interchangeables de 3^m de longueur utile, assemblés bout à bout et qui, le montage terminé, forment deux échelles verticales dressées à $0^m,58$ l'une de l'autre et se faisant face.

Des haubans en corde, amarrés par étages de quatre aux échelons ou aux montants d'une part, et à des piquets en acier de 1^m de longueur (ou à des arbres voisins) d'autre part, maintiennent l'échelle verticale.

L'observateur monte à l'intérieur de la cage formée par les échelles en s'adossant au besoin contre les échelons de l'échelle qu'il a derrière lui, ce qui lui donne toute confiance.

Au sommet, il se tient debout sur un petit plancher; son buste émerge d'une tablette rectangulaire qui entoure le sommet de l'échelle et sur laquelle il peut placer ses documents et un instrument de mesure des angles.

Ces échelles ont rendu les plus grands services pour la nouvelle triangulation de la France et pour la télégraphie sans fil au Maroc.

(*Voir* l'instruction spéciale.)

2° Poste astronomique léger de campagne pour la détermination rapide des latitudes et différences de longitude.

Astrolabe à prisme de M. Jobin, système Claude et Driencourt, sur pied léger ordinaire ou sur pied stable démontable du Service géographique;

Chronomètre;

Antenne sur mât démontable et transportable de 18^m de hauteur (type militaire réglementaire);

Récepteur radiotélégraphique Carpentier.

Afin de pouvoir rester installé en permanence, le poste est placé sous une baraque géodésique démontable qui n'est nullement indispensable en campagne.

Il fonctionnera la nuit à des dates qui seront indiquées ultérieurement à MM. les Membres de la Conférence.

PROGRAMME DES FÊTES ET RÉCEPTIONS.

Mardi 15 Octobre, à 10 heures.

Séance d'ouverture sous la présidence de *M. le Ministre de l'Instruction publique et des Beaux-Arts*, à l'Observatoire de Paris.

Mercredi 16 Octobre, à 20 heures.

A l'Hôtel Continental, dîner offert à MM. les Délégués par le *Bureau des Longitudes.*

Samedi 19 Octobre, à 19 heures 45.

Les Maîtres Chanteurs de Nurenberg, au Théâtre National de l'Opéra.

Lundi 21 Octobre, à 21 heures 30.

Réception chez *S. A. le Prince Roland Bonaparte*, en son Hôtel, 10, avenue d'Iéna.

Mardi 22 Octobre, dans l'après-midi.

Excursion à Chantilly, visite du Château (Musée Condé). Train spécial. Départ de Paris : 13 h. 25; retour à Paris : 18 h. 35.

Mercredi 23 Octobre, à 17 heures.

Réception de la Conférence par la *Municipalité de Paris*, à l'Hôtel de Ville.

M. le Président de la République accordera une audience à MM. les Délégués le mercredi 16 octobre à 16 h. 30.

Dans la rotonde Ouest de l'Observatoire, un bureau de renseignements fonctionne de 9 h. 30 à 12 heures et de 13 h. 30 à 18 heures. MM. les Délégués et Invités sont priés d'y retirer une carte d'identité à l'issue de la seconde séance.

Dans la grande salle du deuxième étage de l'Observatoire, une exposition permanente d'appareils intéressant la Conférence, est ouverte à MM. les Délégués et Invités, de 9 h. 30 à 12 heures et de 13 h. 30 à 17 heures, sur présentation de leur carte d'identité.

Dans les jardins de l'Observatoire sont installés un poste astronomique léger (astrolabe à prisme et récepteur radiotélégraphique) et divers types d'antennes de campagne.

Le poste radiotélégraphique de la Tour Eiffel est ouvert à MM. les Délégués et Invités, tous les jours, de 10 heures à 12 heures, sur présentation de leur carte d'identité.

TABLE DES MATIÈRES.

PROCÈS-VERBAUX DES SÉANCES DE LA SOUS-COMMISSION DE LA 2e COMMISSION

(Étude détaillée des signaux et des centres horaires).

PROCÈS-VERBAUX DES SÉANCES DE LA SOUS-COMMISSION DE LA 4e COMMISSION

(Étude détaillée du service international horaire).

COMMISSION PROVISOIRE.

ANNEXES.

48769 Paris. — Imprimerie GAUTHIER-VILLARS, 55, quai des Grands-Augustins.

PARIS. — IMPRIMERIE GAUTHIER-VILLARS,
[illegible] Quai des Grands-Augustins, 55.

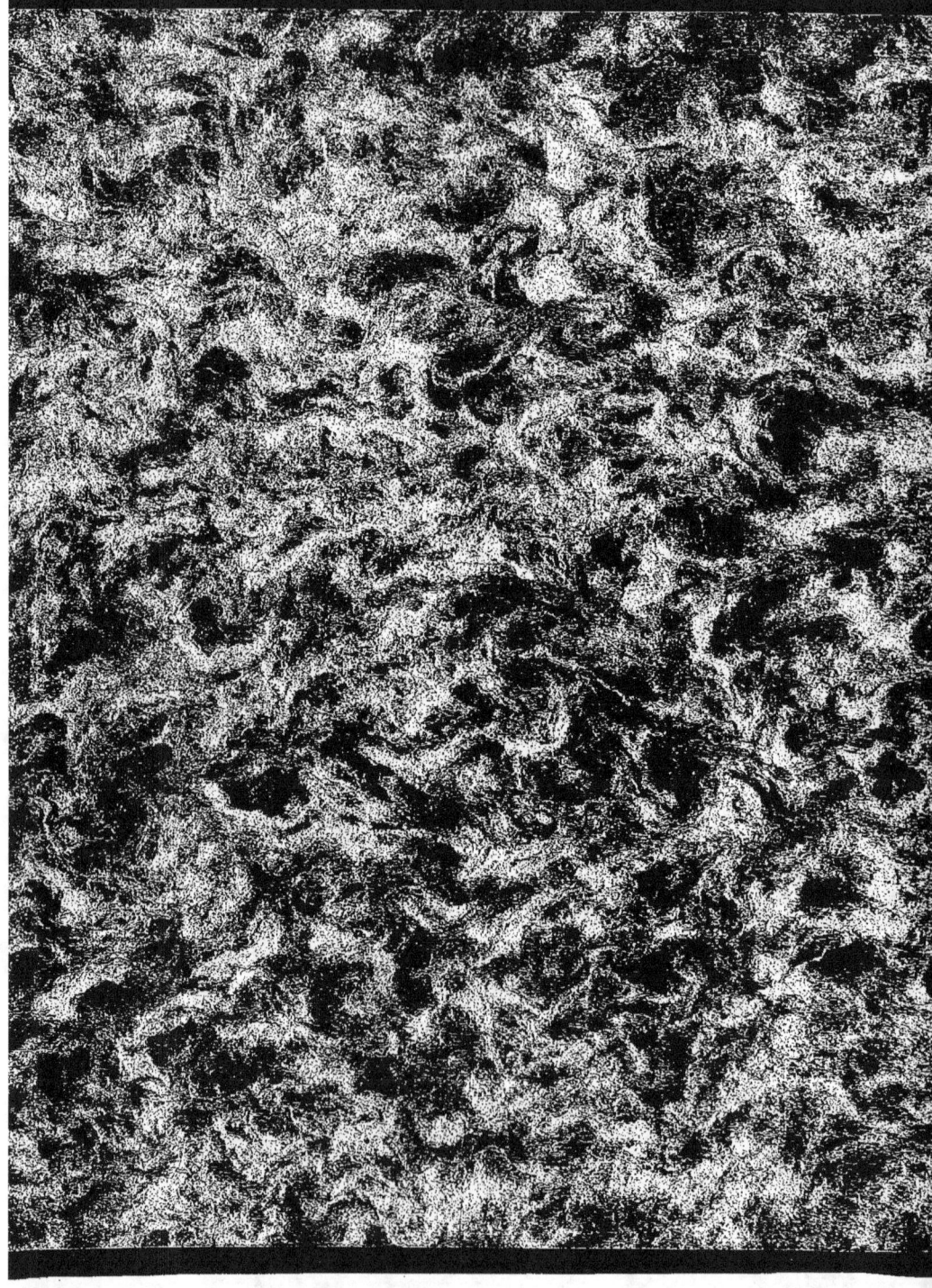